BECHGYN DRWG AM BYTH

I Leo

BECHGYN DRWG AM BYTH

LLWYD OWEN

Argraffiad cyntaf: 2025
© Hawlfraint Llwyd Owen a'r Lolfa Cyf., 2025

Mae hawlfraint ar gynnwys y llyfr hwn ac mae'n anghyfreithlon llungopïo neu atgynhyrchu unrhyw ran ohono trwy unrhyw ddull ac at unrhyw bwrpas (ar wahân i adolygu) heb gytundeb ysgrifenedig y cyhoeddwyr ymlaen llaw

Cynllun y clawr: Sion Ilar
Llun yr awdur: Lisa Owen

Rhif Llyfr Rhyngwladol: 978 1 80099 707 3

Dymuna'r cyhoeddwyr gydnabod cymorth ariannol
Cyngor Llyfrau Cymru

Cyhoeddwyd ac argraffwyd yng Nghymru
ar bapur o goedwigoedd cynaliadwy gan
Y Lolfa Cyf., Talybont, Ceredigion SY24 5HE
e-bost ylolfa@ylolfa.com
gwefan www.ylolfa.com
ffôn 01970 832 304

Bad boys, bad boys,
Whatcha gonna do?
Whatcha gonna do when they come for you?
Inner Circle

1 : Brain

Peidiwch â meddwl am eiliad fod Rob Evans yn foi da. Ar y sbectrwm daioni, ma fe rhywle yn y canol; hanner ffordd rhwng Iesu o Nasareth a Saddam Hussein, yn gogwyddo i gyfeiriad y Crist ddyn. 'Na beth ma fe'n credu, ta beth. 'Na beth ma fe'n dweud wrtho'i hun, ym mherfeddion nos, pan nad oes llonydd rhag yr atgofion. Rhag y gweledigaethau. Yn y degawd ers iddo ymuno â'r fyddin, a hyd yn oed cyn hynny, ma fe 'di gweld lot o bethau fydd byth yn gadael ei gof. Hunllefau byw sy'n ei aflonyddu'n barhaus, gan loddesta ar ei gallineb. Ei isymwybod. Delweddau a phrofiadau sydd wedi'u hysgythru ar feinwe ei ymennydd. Mewn gwaed, nid inc. Yng Ngogledd Iwerddon i gychwyn, wedyn Iraq a nawr yn y Balcanau. Gyddfau hollt yn diferu gwaed. Coesau colledig. Stwmps truenus. Breichiau. Dwylo. Traed. Heb obaith dianc rhag y taflegrau. Pennau tyllog; llygaid gwydrog. Gwag. Babanod yn gafael yn dynn yn eu mamau, eu cegau ar agor, er bod eu sgrechiadau wedi hen dawelu. Croen cochddu, pothellog yn plicio oddi ar esgyrn llwyd. Llygaid y meirwon yn treiddio i'w enaid. Yn ymbil am gymorth, er ei bod hi'n rhy hwyr o lawer i'w helpu. Nos a dydd. Dydd a nos. Cylchdeithiau ar garwsél y Gŵr Drwg. Cyflafanau ar lawr gwlad. Poblogaethau pentrefi cyfan wedi'u pentyrru'n flith draphlith mewn beddau torfol, ar gyrion coedwigoedd tywyll, tawel. Gwacter dynoliaeth, lle gall casineb a drygioni eithafol ymgynnull, a ffynnu.

Yn ogystal â *gweld* gweithredoedd arswydus, ma Rob wedi *gwneud* nifer o bethau anfaddeuol hefyd. Y cyfan, bron, yn enw 'heddwch'. Y cyfan, bron, yng ngwres y frwydr ac yng nghysgod bythol baner y Frenhiniaeth Brydeinig. Talismon ymerodrol. Cyfaill cellweirus. Partner mud Pedwar Angel y Datguddiad. Bron pob gweithred yn reddfol. Rhai yn giaidd. Y mwyafrif yn angheuol. Mae'r gwarth a'r edifar yn rhan o'i gyfansoddiad bellach. A'r cyfan o dan glo meddyliol. Pob profiad. Pob gweithred. Pob ergyd. Pob gofid. Wedi'u claddu o dan domen o drawma.

Heddiw, yn ddau ddeg wyth oed, ac er gwaethaf bod yn destun cwpwl o achosion disgyblaeth lled-ddifrifol dros y blynydde, mae Rob Evans yn gapten ar gatrawd o dri deg o filwyr, a'r eiliad hon ma fe'n arwain pymtheg ohonynt, ar droed, i gyfeiriad mosg mwyaf tref Bijeljina, tua dau gant clic i'r gogledd-ddwyrain o Sarajevo. Mae gweddill ei garfan gerllaw, ar gyrion y dref, yn barod i ymateb, os bydd angen; a Chatrawd y Tanc Brenhinol yn agosach fyth. Mae'r dref hon yn ddrwgenwog am y gyflafan a ddigwyddodd yma ddwy flynedd yn ôl, ym 1992, ond yn ôl yr adroddiadau echrydus a ddaeth dros nos, mae'n debygol fod hanes wedi ailadrodd ei hun, a'r hyn sy'n eu disgwyl yn yr addoldy yn addo bod yn eithafol.

Er gwaethaf yr anochel, mae lluman y Cenhedloedd Unedig, llu heddwch y rhyfel hwn, sy'n gydymaith parhaol i'w hymgyrchoedd, yn cynnig rhywfaint o amddiffyniad rhag yr ymladdwyr – y tramgwyddwyr, y troseddwyr rhyfel – sydd heb os yn gwylio'r cyfan o'u cuddfannau gerllaw. Ar ben hynny, mae'r fest Kevlar ma Rob yn ei gwisgo a'r reiffl L85 safonol sydd yn ei ddwylo manegog yn cynnig haenen ychwanegol o ffug-sicrwydd. Dyw ei gatrawd ddim 'di bod yn destun ymosodiad eto, ond mae tro cyntaf i bopeth, fel maen nhw'n dweud.

Gyda'i filwyr fel esgyll, fel adenydd, bob ochr iddo, mae Rob yn camu'n araf ac yn ofalus i gyfeiriad meindwr Mosg Sulejmanova, sydd wedi sefyll yn yr union fan ers yr unfed ganrif ar bymtheg. Mae strydoedd y dref yn ddistaw yr eiliad hon, er bod llygaid niferus yn gwylio'r orymdaith yn ofalus o bob cyfeiriad. So Rob yn gallu eu gweld nhw, wrth gwrs, ond ma fe'n gallu teimlo eu rhythiadau'n ei brocio, ei dylino. Mae olion y gwrthdaro i'w weld ym mhobman. Adeiladau di-rif yn adfeilio. Tyllau dwfn yn britho'r ddaear. Difrod tân. Ond trwy ryw ryfedd wyrth, ma'r mosg wedi osgoi pob bwled. Pob bom. Yn allanol, o leiaf. Gyferbyn â'r mosg, mewn parc bach trefol, llawn coed sy'n taflu cysgodion heddiw diolch i haul gwan yr hydref, mae Rob yn gweld stondin yn gwerthu ffrwythau a hen fenyw gefn-grom yn llenwi bag bach ar olwynion. Mae'r ddelwedd annisgwyl yn mynd ag ef adref i dde Cymru, a bois-berfâu marchnadoedd y cwm. Mae eu hacenion a'u rhefru yn atseinio rhwng ei glustiau, er nad yw wedi eu clywed ers blynyddoedd bellach.

Ymlaen â nhw, fesul cam. Pennau'r milwyr yn symud o ochr i ochr, yn sganio'r ardal am fygythiadau posib. Ond, ar wahân i'r gwerthwr ffrwythau a'i unig gwsmer, 'sneb ar gyfyl y lle. Heb gyfri'r brain, hynny yw. Ma Rob yn troi ei ben tua'r meindwr, gan weld degau ohonynt un ai'n troelli yn yr awyr neu'n eistedd ar do'r addoldy; eu crawcian gyddfol yn atseinio oddi ar waliau teilchion y dref. Rhagargoelion marwolaeth, yn ôl chwedlau gwerin o bedwar ban byd. Ofergoelion hynafol. Negesweision y Medelwr Mawr. Ond dim mwy nag ysglyfaethwyr manteisgar byd natur, yn yr achos hwn. Fel Rob, mae'r brain yn gallu arogli'r gwaed, cyn ei weld.

Ar gyrraedd prif fynedfa'r mosg, mae Rob yn troi i wynebu ei ddynion. Unwaith eto, caiff ei synnu gan y gefnlen. Yn y parc gyferbyn, yng nghysgod coeden gam, mae'n gweld dau hen ddyn yn chwarae gwyddbwyll, a llond llaw o blant yn dringo ar gar drylliedig gerllaw. Mae'n ysgwyd ei ben, i wneud yn siŵr nad yw'n gweld lledrithiau. Na. Maen nhw yno, heb os. Mae Rob wedi gweld pethe tebyg ym mhob rhyfel mae wedi bod yn rhan ohono. Diniweidrwydd plentyndod, ac arferion bob dydd, yn egino trwy erchyllterau'r ddynol-ryw; fel llygaid y dydd yn ymwthio trwy grac mewn concrid. A dyma fe, o fewn tafliad carreg i chwerthin llon a heintus y plantos, ar fin agor porth i Uffern.

Gyda'i law dde a'i ben, mae Capten Evans yn ystumio ac yn cyfarwyddo ei gatrawd. Mae pob aelod mor ddisgybledig, mor drefnus, maen nhw'n dilyn ei negeseuon i'r dim.

"Sdica 'da fi, Marks," mae Rob yn gorchymyn wrth aelod mwyaf newydd y tîm, wrth i'r gweddill lithro trwy'r drws a mynd ati i ddiogelu'r safle.

"Iawn, syr," daw'r ateb, o geg wyrdd yr Is-Lefftenant Ben Marks, wythnos yn unig ar ôl cyrraedd maes y gad cyntaf ei yrfa. Cymerodd Rob y milwr ifanc o dan ei adain cyn gynted ag y deallodd ei fod yn hanu o Erddi Hwyan. Ac er nad oedd Capten Evans wedi dychwelyd i dref ei febyd unwaith yn y ddeng mlynedd ddiwethaf, roedd clywed yr acen, ac ambell stori leol, yn gwneud gwyrthiau o ran cynnal ei hwyliau.

"Fel glud," gorchmynnodd Rob, ac i mewn â fe i'r mosg, gyda Ben Marks yn dynn wrth ei sodlau; gynnau'r ddau yn sganio'r cyntedd eang a'r ardal ymolchi deilsiog sy'n arwain at y neuadd weddïo. Wrth ddrws y Musalla, mewn rhes daclus ar lawr, mae Rob yn cyfri dau ddeg tri pâr o sandalau llychlyd; a'r oll wedi troedio eu teithiau olaf.

O grombil yr addoldy, mae lleisiau gweddill y gatrawd i'w clywed, ynghyd ag ambell i gyfogiad, ebychiad a rheg. Mae'r drws yn agor o'u blaenau ac Is-Gapten y gatrawd, Dave Campbell, yn ymddangos; ei lygaid yn llydan a choler ei grys wedi ei dynnu dros ei ffroenau. Ar unwaith, wrth ei weld, mae'r aroglau sur-felys, marwaidd yn taro Capten Evans a Ben Marks, ac mae eu llygaid yn llenwi. Haearn o'r gwaed ac ysgarthion greddfol y cyrff wrth gymryd eu hanadl olaf.

"Brace yourselves," daw'r rhybudd o geg Dave Campbell.

"Is the place secured?"

"Yes, captain."

"How many?"

"Twenty three. All male. All executed at point blank range."

Mae Rob yn anadlu'n ddwfn, cyn troi at Ben Marks, sydd wedi gwelwi. "Ti'n barod?"

Mae'r milwr ifanc yn nodio'i ben er bod ei osgo'n awgrymu fel arall.

Gyda'i reiffl dros ei ysgwydd a'i grys dros ei drwyn, mae Capten Evans yn camu i'r neuadd weddïo, gyda Ben Marks yn ei ddilyn. Mae gweddill y gatrawd yn sefyll ger y gyflafan; wynebau pawb yn brudd. Hyd yn oed trwy'r cotwm, mae gwynt y meirw yn llethol, sy'n gwneud i Ben Marks wag-gyfogi wrth shifflad yn betrusgar i gyfeiriad y cyrff. Gall y milwr ifanc deimlo llygaid gweddill y garfan yn ei wylio; pob un yn gobeithio gweld ymateb eithafol i'r olygfa. Tanwydd tynnu coes am fisoedd i ddod.

Daw crawc o'r trawstiau i dorri ar y tawelwch, gan atseinio'n aflafar oddi ar y muriau gwyn, cyn i'r frân gegog ehedeg i'r llawr, glanio ar gelain a phlycio pelen y llygad o un o'r penglogau, ac esgyn unwaith eto i'r ceibrennau er mwyn gloddesta ar y farblen flasus. Mae'r holl beth yn digwydd mor gyflym, fel nad oes un o'r milwyr yn ymateb mewn pryd i atal yr ysbeiliwr adeiniog.

Yn araf bach, mae Capten Evans yn archwilio'r meirw, gan gerdded o un pen y rhes i'r llall, gyda Ben Marks wrth ei gwt. Mae twll bwled i'w weld yng nghefn pen pob un o'r cyrff, a'r clêr i'w clywed yn suo'n swnllyd dros bob man. O dan draed, mae gwaed y meirw yn gronfa sgarlad, ludiog. Mae Rob yn troi at Ben Marks ac yn gweld bod llygaid y milwr ifanc yn llawn dŵr a'r dagrau ar fin bosto.

"Anadla," mae'r capten yn cynghori. "Ishte."

Mae Ben Marks yn eistedd ar gadair gyfagos, yn rhoi ei ben yn ei blu ac yn brwydro i atal ei hun rhag beichio.

*

Yn hwyrach y noson honno, ar ôl goruchwylio ei gatrawd yn gwagio'r mosg o gyrff y meirw, mynychu sesiwn ôl-drafodaeth gyda'i uwch-swyddogion, a bwyta swper di-fflach yn y mès, mae Rob Evans yn gorwedd ar ei wely gwersylla yn pendwmpian a meddwl am frain. Mae'n oer ar y diawl yn y gwersyll dros dro, a'i wynt yn dianc fel anwedd o'i geg bob tro ma fe'n anadlu. Gyda mynyddoedd Majevica'n ymgodi i'r de-orllewin o'r dref, mae bysedd main y llethrau yn goglais mêr ei esgyrn heno. Fflachiodd delwedd yn llygaid ei feddwl: pig galed brân ddu bitsh yn bwyta llygad meddal mamalaidd; y gwaed yn bosto o'r belen gnawdog, fel grepsen suddlon. Mae'n gwybod eu bod nhw'n adar clyfar, heb sôn am fanteisgar, ac mae'n cofio darllen yn rhywle eu bod nhw hyd yn oed yn cynnal angladdau pan ma un o'u cymdeithion pluog yn marw. Am ryw reswm, mae hynny'n gwneud i Rob wenu.

Diolch i'w sgiliau sborioni, a'u hoffter am garcasau, does dim modd gwahanu'r frân wrth farwolaeth, yn chwedlonol nac yn wirioneddol, er y gellid dweud yr un peth am filwyr, wrth gwrs. Gyda'i ddychymyg yn llawn plu tywyll a chrawcian cras, caiff Rob ei dynnu'n ôl i'r presennol pan gaiff wybod bod galwad iddo yn y mès, lleoliad ffôn loeren sydd bron byth yn canu. Dyma ddigwyddiad anarferol, heb os, gan nad oes unrhyw un yn ei ffonio, fel rheol, yn enwedig pan ma fe dramor. Ar ôl dieithrio wrth ei deulu ddegawd yn gynt, mae ei ben yn llenwi â phosibiliadau tywyll. Wrth adael ei wâl, mae'n teimlo ias yn tonni ar hyd ei gorff, ac mae'n gwybod cyn codi'r derbynnydd mai newyddion drwg sy'n aros amdano.

2: Colomendy

Ychydig dros fil o filltiroedd i'r gogledd-orllewin o Bijeljina, mewn tafarn tŷ cornel o'r enw'r Colomendy (neu'r 'Pij' i ddefnyddio'r llysenw lleol), rhoddodd Ceri Evans y ffôn yn ôl yn ei chrud ar ôl siarad â'i frawd am y tro cyntaf mewn deg mlynedd. Plethodd ei ddwylo'n dynn ar y bar gludiog, tan i'w gogyrnau droi'n wyn, mewn ymdrech ofer i atal y cryndod. Anadlodd yn ddwfn ac estyn paced ffres o ffags o dan y cownter. Ugain Regal King Size. Ei hoff frand. Tynnodd y gorchudd plastig, agor y fflap a rhwygo'r ffoil er mwyn cyrraedd y ffyn gwenwynig. Taniodd fatsien a thynnu'n ddwfn, cyn gadael i'r mwg ddianc o'i ffroenau'n araf, fel rhaeadr hudol yn herio disgyrchiant. Rhuodd corwynt o emosiynau trwy ei ben. Dicter a chasineb i gychwyn, gan ei fod yn dal yn gandryll gyda'i frawd bach am ffoi un nos, heb ddweud hwyl fawr, a gadael llond lle o dor-calon a dryswch ar ei ôl. Deallai, i raddau, pam yr aeth. Roedd e'n ceisio dianc rhagddo'i hun ac oddi wrth yr ellyll oedd yn llechu yn ei ben; a'r euogrwydd a deimlai, heb os, am rai o'r pethau erchyll roedd e wedi'u gwneud. Ar ben hynny, roedd y berthynas rhyngddo fe a'u tad, Tom, wedi datgymalu i'r diawl ers marwolaeth eu mam yn '81, ac ymosodiadau parhaus yr hen ddyn fel petaent wedi'u hanelu at Rob yn unig. Nid dyna oedd y gwir, gant y cant, oherwydd roedd Ceri'n darged hefyd, ond gwnaeth Rob rywbeth am y sefyllfa, a dianc o grafangau tocsig eu tad, er iddo adael ambell beth ar ôl yng Ngerddi Hwyan a fyddai'n siŵr o'i synnu pan fyddai'n dychwelyd i'r angladd. Ar ôl i'r don gyntaf dorri ar draethau ei ddigofaint, llenwyd Ceri â gwacter gorlethol. Gofod di-ben-draw y ddegawd goll. Roedd wedi gweld eisiau ei frawd yn arw, ac wedi meddwl amdano bron yn ddyddiol. Ac er iddo anfon ambell lythyr wedi'i gyfeirio ato, care of Armed Forces her Maj, yn enwedig yn ystod y misoedd cynnar, ni chlywodd air yn ôl. Roedd e'n amau'n fawr nad oedd y llythyrau wedi cyrraedd ei frawd. Wel, dyna'r oedd yn ei obeithio a dweud y gwir; fel arall, roedd y bastard bach wedi bod yn ei anwybyddu ar bwrpas. Sugnodd yn galed ar ei smôc, fel petai ei ddyfodol yn dibynnu ar ei gorffen mor gyflym ag y gallai. Fflachiodd delwedd yn llygad ei feddwl. Nodyn byr i'w dad, yn llawysgrifen anniben Rob. Bys canol diffuant. Fuck you a ffarwel mewn dwy frawddeg gwta.

Wedi mynd i ymuno â'r armi. Twll 'ych tin chi, y twat.

I genedlaetholwr o Gymro fel Tom Evans, roedd ymuno â byddin ein gormeswyr yn gic galed yn ei geilliau. Stiwiodd yr hen ddyn am gwpwl o wythnosau, cyn penderfynu esgus nad oedd ei fab ifancaf yn bodoli mwyach. Ni chrybwyllodd ei enw byth wedyn. Dim wrth Ceri, ta beth. Ond gwelodd ei frawd ei eisiau bob dydd. Yn enwedig pan ddatgelodd Jennifer Brown ambell wirionedd wrtho dros y misoedd dilynol. Roedd Rob wedi gadael ychydig yn fwy na nodyn byr ar ei ôl yng nghymoedd de Cymru.

Trodd Ceri a gwylio Sam – ei lys-fab-slash-nai-slash-Iesu-mae'n-gymhleth – naw oed, yn sefyll ar hen grât plastig poteli Corona tu ôl i'r bar, er mwyn cyrraedd y pwmps i dynnu peint o Bass i Derek Double Top, unig gwsmer y dafarn ar yr eiliad hon. Gwenodd ar sgiliau'r crwt, wrth iddo lenwi'r gwydr at ei dri chwarter a gadael i'r cwrw setlo ar y bar, cyn cymryd punt a deg ceiniog, mewn arian mân o werth amrywiol, a'u tollti i'r til yn ôl eu trefn. Wedi gorffen arllwys y chwerw, diolchodd Derek i'r bachgen ysgol, cyn camu at y bwrdd darts yn y snyg.

"Ti'n dishgwl cwmni heno, Del Boy?" gwaeddodd Ceri ar ei ôl, trwy gwmwl o fwg o ben draw'r bar.

"Bydd Spence a Jack ma, wap," daeth yr ateb, wrth i Derek dynnu ei siaced a'i hongian ar gefn cadair. "Gêm fawr wythnos nesaf. Angen practiso."

Cyn dechrau taflu, chwythodd Derek ar ei ddwylo. "Ydy'r gwres mlân 'da ti?"

Anwybyddodd Ceri'r cwestiwn, gan nad oedd siawns yn y byd y byddai'n tanio'r boeler heno. Roedd angen gwerthu mwy na chwpwl o beints o Bass cyn y gallai gyfiawnhau'r fath foethusrwydd. Ers i bwll glo'r dref gau ar ddiwedd y ddegawd flaenorol, roedd popeth wedi newid i drigolion Gerddi Hwyan. Gynt, roedd arian ym mhocedi'r gweithwyr, a sicrwydd o ran eu swyddi. Golygai hynny eu bod yn hapus yn gwario, ond nid dyna oedd y drefn bellach. Roedd pob ceiniog yn cyfri heddiw a dim swllt i'w sbario gan y rhan fwyaf o drigolion y dref. Roedd Maggie a'i chabinet o ladron diegwyddor wedi rhwygo llawer mwy na diwydiant o drefi a phentrefi de Cymru. Roeddent wedi dwyn enaid yr ardal. Hunaniaeth. Gobaith. Hunan-barch. Ond yn fwy na hynny oll, roeddent wedi dwyn y dyfodol. Doedd dim byd wedi dod yn lle'r pwll glo, gan adael y dref ar ei phengliniau, yn begian am dosturi, gan lywodraeth oedd yn ofod o empathi. Yr unig reswm roedd y Pij yn dal ar agor oedd y ffaith bod y teulu'n berchen ar y dafarn, yn hytrach na thalu rhent i ryw fragdy o bell. Hen-hen-dad-cu Ceri a Rob oedd wedi sefydlu'r lle, dros ganrif yn ôl nawr, fel clwb i golomenwyr y dref i gychwyn, cyn addasu a newid dros y degawdau, i'r tafarndy truenus oedd yn bodoli heddiw. O ganlyniad, doedd dim rhent na morgais i'w dalu, diolch byth, ond roedd pethau mor dynn ar Ceri'n ddiweddar, gorfod iddo gael gwared ar bob aelod o staff. Fe yn unig oedd ar ôl nawr, ac roedd yr oriau'n filain a'r cyflog prin yn ddigon i gyfro'r hanfodion. Er hynny, roedd e'n caru'r hen le ac yn methu dychmygu bywyd yn unman arall.

"Ceri?" Torrodd Sam ar draws ei fyfyrdodau.

Taniodd fwgyn arall a throi i gyfeiriad y llais.

"Ti moyn gêm o pŵl?"

Defnyddiodd Ceri allwedd i agor ochr y bwrdd er mwyn rhyddhau'r peli, ac aeth Sam ati i'w gosod yn y triongl pren. Cyn torri, gofynnodd y crwt am Lilt, ac aeth Ceri i ôl can iddo, gan arllwys peint bach slei iddo'i hun cyn dychwelyd. Wrth lenwi'r gwydr, meddyliodd am ddiwedd bywyd ei dad. Hunodd yn dawel yn ei gwsg echdoe, ar ôl mynd i'r gwely'n cwyno am ddŵr poeth. Wedi bywyd ar y bŵs a'r ffags, roedd e'n edrych yn agosach at saith deg, er nad oedd wedi cyrraedd diwedd ei bumdegau mewn gwirionedd. Sipiodd Ceri ei gwrw, a chymryd drag arall ar ei sigarét. Boi blin oedd Tom Evans erioed, ond gwaethygodd pethe fwy fyth ar ôl i'w wraig, Bethan, farw o ganser yn fenyw ifanc. Yr unig bryd y byddai Tom yn gwenu erbyn y diwedd oedd pan fyddai'n gweld Sam. Rhynnodd Ceri wrth feddwl am ei dad yn gorwedd yn gelain yn yr ystafell uwchben y bar, a hynny ddeuddydd yn ôl yn unig. Cafodd sioc, wrth reswm, pan ganfu'r gelain, ac roedd gweddill y diwrnod yn gorwynt o dasgau, cwestiynau, ansicrwydd ac euogrwydd cynyddol, felly ni chafodd fawr o amser i alaru. Tan ddoe. Ni agorodd y dafarn am ddiwrnod, ond gwyddai na fyddai ei dad yn hapus gyda hynny, felly nôl i'r arfer â fe heddiw. Er gwaethaf ei hwyliau drwg a'i dymer, roedd ei absenoldeb mor amlwg, mor llethol, fel y gorfodwyd Ceri i alaru. Neu o leiaf i gofio. Ond nid galar fel yr hyn a deimlodd pan fu farw ei fam oedd hwn.

Cyn i Ceri droi at y brethyn gwyrdd, ac yn unol â rhagolwg Derek, cerddodd Spence a Jack i'r dafarn, gan archebu peint bob un o Bass. Cydymdeimlodd y ddau gyda Ceri, gan frolio'r hen Tom i'r cymylau, fel ma pobl yn tueddu gwneud o dan y fath amgylchiadau. Nodiodd Ceri arnynt a diolch iddynt am eu teyrngedau, ac aeth y ddau i ymuno â'i ffrind wrth yr oche.

"Ti yw coch," medd Sam gyda thinc o falchder yn ei lais a gwên fawr yn hollti ei wyneb.

Edrychodd Ceri ar y bwrdd pŵl a gweld bod y crwt wedi potio chwe phêl felen yn ei absenoldeb.

"Blincin hec! Fi mewn trwbwl fan hyn," gwenodd Ceri arno, cyn mynd ati i gloriannu ei opsiynau.

Ar ôl treulio'i fywyd yn y dafarn hon, heb fyth fod yn bell o'r bwrdd pŵl, roedd hi'n deg dweud bod Ceri'n giamstar ar y gêm. Llygadodd y lliain; yr holl lwybrau posib at fuddugoliaeth yn amlwg iawn i chwaraewr mor brofiadol ag ef. Ond, wrth blygu lawr at lefel y bwrdd, gydag un llygad ar gau mewn sioe fawr i Sam, penderfynodd na fyddai'n clirio'r cyfan, er y gallai wneud hynny'n hawdd, gan nad oedd eisiau bosto balŵn balch y bychan. Yn hytrach, cliriodd chwe phêl, er mwyn bod yn gyfartal, cyn methu'r seithfed ar bwrpas a gadael y wen mewn man cyfleus iawn i Sam gael gorffen y job. Ac wrth iddo gladdu'r felen olaf yn gyntaf, ac yna'r ddu yn gelfydd yn y boced ganol, agorodd drws y dafarn, gan adael i wynt main y nos ruo mewn, gyda Jennifer Brown yn gafael yn dynn yn ei gynffon.

Rhedodd Sam draw ati, gan frolio'i fod newydd guro Ceri mewn gêm pŵl, a gwenodd Jen arno fel petai ei mab newydd ddatgan ei fod wedi canfod sêm o aur yn yr ardd gefn.

"Winner stays on!" bloeddiodd Sam, gan gymryd y goriad gan Ceri, er mwyn rhyddhau'r peli a dechrau 'to. "Ti'n dead, Mam!"

Camodd Ceri tu ôl i'r bar ac arllwys peint o Bow, wrth i Jen eistedd ar stôl wrth i'r tamaid olaf o egni adael ei chorff. Taniodd L&B, er mwyn masgio'r oglau cig oedd yn glynu wrthi fel tarth. Ar ôl wyth awr ar ei thraed mewn ffatri brosesu, roedd hi'n ysu i gyrraedd adref a chael cawod, er na fyddai'r holl sebon yn y byd yn gallu gwaredu'r sawr cnodiog. Llyncodd hanner ei pheint ar ei ben, yr afalau melys yn gwneud gwyrthiau, fel arfer.

"Diolch," meddai wrth Ceri, a rhoi'r gwydr i sefyll ar y bar. "Shwt ddwrnod ti 'di ca'l?"

"Tawel." Ysgydwodd Ceri ei ben yn araf, gan anadlu'n ddwfn wrth wneud. "Fi dal yn hollol fucked up am yr holl beth. Ma'r lle *mor* weird hebddo fe, t'mod."

"C'mon, Mam, ti sy'n torri," gwaeddodd Sam, absenoldeb ei ddad-cu'n amharu dim arno.

"Torra di," atebodd Jen, cyn sibrwd. "Gest di afael ar ti'n gwbod pwy?"

Nodiodd Ceri. "Aye. Fi newydd siarad 'da fe, fel ma'n digwydd. Ma fe deffo'n dod i'r angladd. Medde fe."

Sugnodd Jen ar ei sigarét, wrth i'w meddyliau sgrialu i bob cyfeiriad. Yfodd. Smociodd. Datgymalodd gymhlethdodau'r blynyddoedd a cheisiodd reoli ei hemosiynau. Wrth falu ei stwmp yn y blwch llwch, daeth yr olwyn rwlét i stop a synnwyd Jen gan y lle y glaniodd. Teimlai gyffro yn ei bol. Pili-palas yn dawnsio'r polca. Gloÿnnod-byw yn ei goglais.

Doedd dim synnwyr i'r peth, dyna'r gwir, ond ni allai wadu ei theimladau.

Trodd Jen i edrych ar Ceri, a oedd wrthi'n syllu ar Sam yn bellennig wrth iddo botio peli fel John Virgo ar *Big Break*, a gwyddai yn iawn beth oedd yn mynd trwy ei feddwl. Byddai dychweliad Rob i'r angladd, i'w bywydau, yn newid popeth. Er gwell, er gwaeth, ni allai ddweud, ond ni fyddai'n rhaid iddynt aros yn hir i ffeindio mas.

3: Targed

Tu ôl i olwyn lywio ei Ford Escort RS Cosworth coch – tair blwydd oed, chwe deg un mil o filltiroedd ar y cloc, gydag esgyll eithafol ar y cefn a dwy ddeis flewog yn hongian o'r rear-view – eisteddai Sean Gillard yn gwylio gweithle'r rhicyn diweddaraf ar bostyn ei wely. Yn wahanol i'r rhan fwyaf o'r merched iddo'u ffwcio dros y blynyddoedd, roedd Sean wedi cynnal ei berthynas gyda Kelly yn hirach nag oedd yn arferol. Pedwar mis, hyd yma. Ond roedd rheswm da am hynny. Yn wir, roedd dau. Yn gyntaf, roedd hi mor dinboeth â magïen sy'n byw ar lethr llosgfynydd, oedd yn golygu bod ochr gorfforol y caru yn wyllt ac ar alw. Unrhyw bryd. Unrhyw ffordd. Unrhyw le. Ac yn ail, ac yn bwysicach fyth i Sean, roedd hi'n gweithio i fasnachwr gemau gwerthfawr ar waelod Stryd Bute yn nociau'r brifddinas, gyda gwerth degau o filoedd o eurfarrau, gemwaith ac arian parod yn symud trwy'r sefydliad bob mis. Rhyw ddeufis yn ôl bellach, yn ei diod, neu o dan effeithiau ecstasy mwya tebyg, datgelodd Kelly wrtho bod sêff yn y swyddfa gefn sy'n orlawn ac yn bolio gyda phob math o wrthrychau hawdd eu gwerthu, ac unrhyw beth rhwng chwarter a hanner miliwn mewn arian papur ar unrhyw adeg. Nawr, roedd Sean yn neud yn olréit yn ariannol – hens yr RS Cosworth fflamgoch yr oedd yn eistedd ynddo ar yr eiliad hon – yn gwerthu pils o'r Iseldiroedd a hash o Foroco, via Bryste, i bob math o bobl – hen hipis, stiwdents, rafwyr ar eu ffordd i fyny ac i lawr, gweithwyr proffesiynol o bob disgrifiad, ac unrhyw un arall oedd yn gofyn, cyn belled â bod ganddynt y modd i'w dalu – fan hyn yng Nghaerdydd a hefyd ym mro ei febyd, rhyw dri-chwarter awr lawr yr M4 yng Ngerddi Hwyan, ond pan glywodd am gynnwys y sêff, dechreuodd freuddwydio. Dechreuodd gynllwynio. Roedd ei frawd mawr on board yn barod, ac roedd Sean wedi danglo'r abwyd o flaen trwyn ambell un arall yn ei gylch, heb gael ymrwymiad pendant eto. Ond, wrth wylio'r eiddo o ochr arall y ffordd, ac aros i Kelly ymddangos ar ddiwedd ei diwrnod gwaith, roedd e'n reit hyderus y gallai ef a Paul wneud y job heb unrhyw help pellach. O'r hyn a allai weld, a hefyd o'r hyn roedd Kelly wedi ei ddatgelu wrtho, yr unig fesurau diogelwch oedd ar waith gan y cwmni oedd detholiad o seciwriti gards ar rota shifft, er mai dim ond un oedd yn bresennol ar y safle ar unrhyw adeg, a diffyg arwydd ar flaen yr eiddo yn datgelu natur y busnes. Yn wir, roedd Sean wedi pasio'r lle ddegau o weithiau dros y blynyddoedd – ar droed neu mewn car – heb wybod dim am yr hyn oedd yn llechu ar y tu fewn. Tan iddo gwrdd â Kelly, hynny yw. Yn ôl ei gnych-fydi, heb gynnwys unrhyw gwsmeriaid posibl, tri pherson oedd yn bresennol ar y safle yn ystod oriau gwaith, sef Kelly ei hun, un o'r swyddogion diogelwch, a Harvey Burns, y perchennog neu'r rheolwr, nid oedd Kelly'n hollol siŵr o'i safle swyddogol. Beth bynnag ei rôl, fe oedd y masnachwr. Yr uwch aelod staff. Harvey oedd yn delio â'r nwyddau oedd yn dod mewn ac yn mynd mas. A fe oedd yr unig un oedd ag allwedd i'r gist llawn trysorau yn y swyddfa gefn. Y swyddog diogelwch oedd yn gyfrifol am agor a chau'r drws ffrynt i gleientiaid; Kelly oedd yn gwneud y gwaith gweinyddol o ddydd i ddydd, a Harvey oedd yn delio â'r manylion pwysig. Gan nad oedd un o'r brodyr yn giamstar ar agor cloeon cistiau, nid oedd torri mewn yn nhywyllwch nos, pan oedd y lle ar gau, yn opsiwn. Byddai'n rhaid cynnal y lladrad yn ystod oriau busnes. Yn ffodus, roedd gan Kelly oriad i ddrws ffrynt yr eiddo a hefyd i'r drws diogelwch oedd yn gwahanu'r cyhoedd rhag y swag mas y bac, ac roedd Sean eisoes wedi gwneud copi o'r ddau, heb yn wybod iddi, felly byddai cael mynediad i'r lle, ac i'r sanctwm mewnol, yn hawdd. O'r hyn allai Sean weld, yr unig rwystr gwirioneddol oedd y gard, ond yn ffodus, roedd Paul off ei ben ac yn fwy na bodlon defnyddio grym, felly ni fyddai hynny'n peri unrhyw broblemau iddynt chwaith. Roedd mwy a mwy o fusnesau, beth bynnag eu swyddogaeth, yn gosod camerâu cylch cyfyng, ond ni allai Sean weld un ar gyfyl y lle. Y ffyliaid!

Yn ôl y Casio digidol ar ei arddwrn, roedd deg munud arall ganddo i aros, felly estynnodd Sean hen dun tybaco Golden Virginia rhydlyd o'r blwch menig, a'i osod ar ei gôl, gan fynd ati yn gyntaf i lynu tri papur Rizla gwyrdd at ei gilydd i osod y dec, gan daenu digonedd o boer dros y gŷm, er mwyn sicrhau na fyddai'r sbliffsen orffenedig yn dod yn rhydd yn ystod y smôc. Yna, cododd y bloc canabis gludiog a dadlapio'r cling oedd yn ei gaethiwo. Llenwodd ei ffroenau ar unwaith ag aroglau digamsyniol y squidgy black, ac aeth Sean ati i rolio selsigen denau, hir, o'r resin, oedd ddim yn annhebyg o ran cyffyrddiad i daffi triog, a'i gosod i orwedd ar y papur tenau. Ailsododd y bloc yn y cling, a'r cling yn y blwch, cyn taenu haenen o dybaco dros y cyfan, a mynd ati i rolio pensel berffaith. Fel arfer, pan fyddai ar ei ben ei hun gartref, yn gwylio'r bocs neu'n gwrando ar records, byddai Sean yn smocio pib, heb adael unrhyw dybaco yn agos at y cynnyrch. Ond, nid oedd Kelly mor graidd-galed ag ef yn y pethau hyn, felly byddai'n sesno'r sbliff er mwyn sicrhau na fyddai ei gariad yn troi'n wyrdd cyn iddynt gyrraedd y gwely. Roedd hynny wedi digwydd unwaith o'r blaen, ond ni fyddai Sean yn gwneud yr un camgymeriad eto. Poerodd fflwcsen o dybaco, oedd wedi glynu i'w wefus wrth iddo rolio, allan o'r ffenest. Yn olaf, rhwygodd ddarn bach o gardbord o gornel y pecyn Rizla, a'i rolio'n diwb. I orffen, gwthiodd y rôtsh i din y sbliff. Et voilà! Tocyn unffordd i baradwys.

Cododd y smôc at ei drwyn. Anadlodd yn ddwfn, gan werthfawrogi ei phersawr. Squidgy black oedd ei ffefryn, o bell ffordd. Yn bennaf oherwydd ei wynt, ond hefyd achos nad oedd angen llosgi'r resin er mwyn ei friwsioni, fel yn achos soapbar, rocky neu gold seal. Roedd hynny, yn ei dro, yn golygu nad oedd blaenau ei fysedd wedi'u staenio'n frown, gan wneud iddo edrych fel petai newydd sychu ei din heb ddefnyddio papur tŷ bach. Ers iddo sicrhau cyflenwad dibynnol o'r du, nid oedd yn tueddu i smocio unrhyw beth arall. Dim ond gwerthu'r straeniau salach i'r rheini nad oedd ganddynt ddewis.

Dychwelodd y tun tybaco i'w guddfan a gwthio leitar y car i'w le, er mwyn iddo gynhesu. Gwelodd symudiad yng ngwydr barugog drws ffrynt gweithle Kelly, cyn iddi ymddangos ar y palmant yn ei holl ogoniant, gan edrych yn ddanteithiol dros ben, fel arfer, heddiw yn gwisgo sgert lwyd fer, teits tywyll a siaced ddenim dros ei blows wen. Roedd ei gwallt du cyrliog wedi'i glymu'n gwt merlen dynn, ac roedd ei nodweddion yn rhydd o golur, ar wahân i ychydig o finlliw eirin gwlanog. Doedd dim brychau ganddi i'w cuddio, diolch i'w chroen perffaith, lliw sinamon.

Chwyddodd y chwant yn ddwfn ym mherfeddion Sean, a throdd ei feddyliau at y noson iddynt gwrdd am y tro cyntaf, yn yr Hippo Club, sef clwb nos mwyaf brwnt, chwyslyd a real y brifddinas, rownd bac yr orsaf drenau ar Penarth Road. Roedd Sean yno'n gwerthu pils; ei y-fronts tynn yn cynnwys digon o MDMA i gadw'r clwb nos i fynd am benwythnos. Teulu'r Mactees oedd yn rhedeg y sioe. Wel, nhw oedd yn gyfrifol am y bownsars ar y drws a'r gwthwyr, fel Sean, ar y llawr. Roedd Sean yn nabod John Mactee ers degawd; cyn iddo gael ei gyhuddo a'i garcharu ar gam am lofruddiaeth Lynette Snow yn '88. Roedd John fel seléb yn yr Hippo hyd heddiw, ar ôl cael ei ryddhau o'r carchar mewn syrcas o sylw gan y wasg, ond gallai Sean weld yng ngwacter ei lygaid nad oedd popeth yn iawn, nad oedd popeth yn gytbwys. Roedd yr holl brofiad yn dal i'w aflonyddu, a'r hunllefau yn ei blagio bod tro y byddai'n cau ei lygaid. Ond, diolch i'w cyfeillgarwch hirhoedlog, cafodd Sean ganiatâd arbennig i werthu ei gynnyrch ei hun yn y clwb, yn hytrach na phrynu'r pils wrth y Mactees, fel byddai gweddill y gwerthwyr yn ei wneud. Byddai Sean yn rhoi ugain y cant o'i enillion iddynt ar ddiwedd y noson ac, er nad oedd e'n rhy hapus gyda'r fargen, oherwydd gallai werthu mewn mannau eraill heb dalu dim i neb am y fraint, roedd e'n caru dod i'r Hippo, yn enwedig ar y nosweithiau drum & bass a hip-hop. Fel rheol, ni fyddai Sean byth yn llyncu pilsen wrth weithio, wrth werthu, gyda geiriau Ice Cube yn atseinio rhwng ei glustiau. *To be a dope man, boy, you must qualify, don't get high off your own supply.* Doethineb pur, heb os nac oni bai.

Ar y noson dan sylw, gyda'r bas o droell-fyrddau'r DJ yn dirgrynu trwy loriau'r clwb, a'r anwedd yn diferu oddi ar y waliau, chwifiodd Sean ar John ar draws y bar. Eisteddai John yn ei le arferol, can o Red Stripe mewn un llaw a sbliff dew yn y llall, yn siarad â merch drawiadol tu hwnt. Aeth Sean yn syth draw atynt.

"Alright, John," medd Sean.

"Alright, Sean," atebodd John. "How's tricks?"

"Good, man. Good." Siaradai Sean gyda John, ond roedd ei lygaid wedi'u hoelio ar y ferch. Gwenodd arni ac estyn ei law. "Sean," cyflwynodd ei hun.

Cipiodd y ferch ei law heb oedi, y gwreichion yn tasgu'n syth. "Kelly. John's second cousin, twice removed."

"Ain't we all!" chwarddodd John, cyn codi ar ei draed ac esgusodi ei hun.

Eisteddodd Sean ar unwaith, ei ffocws yn absoliwt. Roedd Kelly yn hyfryd gyda'i gwên gartrefol a rhywiol i gyd ar unwaith, diolch i'r un dant cam yng nghanol y rhes uchaf unionsyth. Roedd hi'n gwisgo dillad ffynci a lliwgar, fel y rhan fwyaf o'r clybwyr. Colur minimol. Gwallt cyrliog, trwchus. A'i llygaid yn dawnsio'n llawn drygioni.

"Ti moyn pil?" gofynnodd Sean.

"Ti'n gwerthu?" Daeth ateb Kelly, gydag islif o siom.

"Na. Fi'n *cynnig*," atebodd Sean gyda gwên slei yn dawnsio ar ei wep.

"Go on, 'te," dychwelodd Kelly'r wên. Gyda llog.

"Rho ddwy funud i fi," poerodd Sean. "Paid symud, OK."

Gwyliodd Kelly fe'n mynd. Edrychodd ar ei horiawr. Byddai'n rhoi dwy funud iddo a dim eiliad yn fwy.

Aeth Sean yn syth i weld Tyrone, bòs y masnachwyr mewnol, oedd yn goruchwylio popeth o ystafell fach oedd wedi'i thycio rhwng dwy storfa y tu ôl i'r bar. Roedd John yno hefyd, a'r aer yn drwch o gymylau porffor. Gwagiodd Sean ei bocedi er mwyn dangos ei enillion am y nos.

Torchodd yr arian papur ar y bwrdd. "There's six twenty there, so that's..." Oedodd Sean wrth gyfrifo'r ganran yn ei ben. "One two four for you, yeah?"

"You done for the night, is it, brah? Still early, like."

"Something's come up," gwenodd Sean, ei lygaid yn cwrdd â rhai John dros ysgwydd ei gefnder.

"I heard," gwenodd Tyrone arno.

Cododd Sean ei sgwyddau'n ddi-hid.

"Make it one two five, alright safe."

Cyfrodd Sean yr arian, cyn rhuthro'n ôl at y bar a gweld Kelly'n codi i adael. Gafaelodd yn ei braich i'w hatal rhag mynd.

"Ti'n hwyr," dwrdiodd Kelly'n ffug-gandryll.

"Sori," atebodd Sean, gan agor cledr ei law i ddatgelu dwy bilsen lwydwen gyda logo'r cwmni ceir Mitsubishi arnynt. Agorodd Kelly botel o ddŵr a llyncwyd y tabledi ar eu pen. O fewn ugain munud roedd y gwefrau hyfryd yn gwibio trwy eu gwythiennau, a'u cyrff yn plethu ac yn rhygnu ar y dawnslawr. O fewn awr, roedd eu tafodau'n ymgodymu, a'u dwylo'n crwydro dros bob rhan o'u cyrff, gan fodio a byseddu cnawd. Y peth nesaf gallai Sean gofio oedd ffrwydro trwy ddrws fflat ei ffrind newydd, gan rwygo dillad, llyfu croen a glafoerio dros ei gweflau caru. Aethant ati trwy'r nos a'r bore a mewn i'r prynhawn, gan osod cynsail ar gyfer dyfodol agos eu perthynas.

Yn ôl yn y presennol, erbyn i Kelly gyrraedd y car ac agor y drws, roedd Sean cyn galeted ag einion, ac mor boeth â gefail gof. Llithrodd i sedd y teithiwr, ei sgert yn codi'n uwch fyth i fyny ei morddwyd. Pwysodd ar draws y brêc-llaw er mwyn rhoi cusan i'w gyrrwr tacsi, gan sylwi ar yr ymchwydd yn ei drowsus. Gafaelodd ynddo, gan wasgu ei fin tan bod Sean bron yn llewygu.

"Tania'r injan. Tania'r sbliff 'na. A cer â fi gartre. Nawr."

Eisteddodd Kelly yn ôl yn sedd y teithiwr a gwnaeth Sean yn union fel y gorchmynnwyd iddo.

Hanner awr yn ddiweddarach, roedd y cariadon yn gorwedd yng ngwely dwbl meddal Kelly; Sean yn ymbalfalu i wthio rôtsh i dwll tin sbliff arall, a Kelly'n mwynhau Marlboro Light ôl-gyfathrachol. Roedd albwm cyntaf A Tribe Called Quest yn chwarae ar y stereo, a'r ffenest ar agor i adael i'r mwg ddianc, oedd yn golygu dau beth: un, roedd hi'n blydi oer yn yr ystafell â hithau'n fis Tachwedd; a dau, roedd sŵn traffig ardal Glannau'r Afon bron yn boddi curiadau Q-Tip yn gyfangwbl.

"Tro fe lan," mynnodd Sean. "Fi'n caru'r tiwn yma."

Ymestynnodd Kelly at y bwrdd ochr gwely, a rhoi hwb i'r sain. Llenwodd nodau agoriadol y gân serch am ferch gyda phen-ôl sylweddol, *'Bonita Applebum'*, y stafell, a phendwmpiodd Sean a Kelly i'r curiadau hamddenol, gan gyd-ganu'r geiriau yn dawel – Kelly'n hoelio pob gair, a Sean ddim yn bell ar ei hôl.

"Ti 'di meddwl mwy am ti'n gwbod beth?" gofynnodd Sean wrth i'r gân nesaf ar y tâp gychwyn, sef y glasur, *'Can I Kick It?'*

Trodd Kelly i edrych arno. Sugnodd ar ei sigarét cyn chwythu'r mwg tua'r ffenest. "Fi methu *stopio* meddwl am y peth!" ebychodd. "Bob eiliad o bob dydd fi yn y lle 'na."

"A?" Taniodd Sean y sbliff, tynnu arni'n galed a dal y mwg yn ei frest am sbel.

"Fi'n petrified, Sean. Beth os gewn ni'n dal?"

Chwythodd Sean lond sgyfaint o fwg i'r stafell. Cochodd ei lygaid wrth i'r gwaedlestri fosto. Pesychodd. Yfodd ddŵr er mwyn adfer, gan basio'r mwgyn i Kelly.

"Ma 'na risg, heb os, ond sneb yn y gwaith yn gwybod amdanon ni, oes e, so byddi di'n iawn. Fydd neb yn gwneud y cysylltiad a byddi di'n fenyw gyfoethog iawn. Gei di o leiaf fifty gees ac mae hynny'n mynd i newid dy fywyd. Gei di symud mas o'r twll 'ma i ddechrau."

Eisteddodd Kelly a throi i edrych arno; ei hosgo'n fygythiol mwya sydyn.

"Beth?" gofynnodd Sean.

"Falle bod angen i fi atgoffa ti mai *fi* sy'n gweithio yn y siop, dim ti, so fi'n gwbod yn iawn faint o arian a stwff sydd yn y sêff."

"Ie. A?"

"Fi moyn mwy na fifty gees os fi'n cytuno i helpu."

"*O leiaf* fifty gees, wedes i," gwenodd Sean arni a chymryd y sbliff o'i gafael.

Meddalodd Kelly, a thoddi yn ôl i'r glustog. "Dylen ni redeg i ffwrdd gyda'n gilydd. Gadael y lle 'ma ar ôl. Mynd i weld y byd."

Nodiodd Sean ar yr awgrym, er nad oedd unrhyw fwriad ganddo i rannu'r ysbail gyda hi. A dweud y gwir, doedd dim llawer o siawns gan Kelly i oroesi'r cyfan, heb sôn am gael ei thalu. "Ble ti ffansi mynd?" gofynnodd.

Ar ôl trafod ambell gyrchfan posib – Thailand, Brasil a Sbaen – aeth Kelly i'r gawod, felly gwisgodd Sean ei ddillad wrth i Phife a Tip rapio am ffyliaid sy'n gwerthu cyffuriau. Yn naturiol, nid oedd Sean yn hoff iawn o'r gân olaf ar yr albwm, er gwaethaf ei rhythm bachog. Ar ôl llithro ei sbardiau am ei draed, camodd i'r bathrwm a gwylio Kelly'n seboni ei chorff hyfryd o dan lif y dŵr.

"Fi off," datganodd Sean, dros sŵn y diferion.

"Ble ti'n mynd?"

"Gatre. I weld Paul."

"*Paul*? O'n i ddim yn gwbod bod e mas 'to."

"Aye. Ers wythnos."

"Pam na wedest di?"

Cododd Sean ei sgwyddau. "Fi'n nofio mewn afon yn yr Aifft ar hyn o bryd, Kel."

"*Beth*?!" Ebychodd Kelly'n ddryslyd ar ateb cryptig ei chariad.

"Fi in denial, 'na gyd."

Chwarddodd Kelly ar hynny, a gadawodd Sean y fflat, gan ddychwelyd i'r Cosworth, oedd wedi'i barcio ar lan yr Afon Taf, dafliad carreg o'r Inn On The River. Tu allan i'r dafarn, safai rhes o buteiniaid yn aros am fusnes, gan rynnu yn yr elfennau. Camodd i'r car, tanio'r injan ac aroglodd fwsg Kelly'n codi o'i ganol. Teithiodd yr holl ffordd adref at ei frawd yn meddwl am y sêff yng nghefn gweithle ei gariad.

4: Dyled

Gwta wythnos ar ôl i Tom Evans adael y byd hwn, am hanner awr wedi dau ar brynhawn Sul, caeodd Ceri, ei fab, y drysau gan ffarwelio ag yfwyr amser cinio'r Colomendy. Selogion go iawn y sefydliad. Alcis, mewn gwirionedd – a diolch byth amdanynt – oedd yn awr yn gorfod llenwi'r dair awr a hanner nesaf rywffordd, cyn i'r dafarn ailagor am chwech, yn unol â deddfwriaeth hen ffasiwn y wlad. Ar un llaw, roedd Ceri'n falch cael brêc bach o dynnu peints, mân siarad a derbyn cydymdeimlad y cwsmeriaid; ond ar y llall, gydag arian yn brin a chost yr angladd i'w thalu ar ben popeth, roedd pob ceiniog yn cyfri. Ond o leiaf nid oedd yn byw yn Nwyfor, lle nad oedd hawl gan dafarndai agor o gwbl ar y Sabath, gan gostio cannoedd i dafarnwyr yr ardal bob penwythnos. Clodd y drws ar ôl yr ymlusgwyr a mynd ati i glirio a golchi'r gwydrau, sychu'r byrddau, gwagio'r blychau llwch a mopio'r llawr i orffen. Agorodd y til a chyfri'r arian. Tri deg un o bunnoedd, namyn ugain ceiniog. Ddim yn ffôl. Ond ddim yn grêt chwaith.

Aeth i'r gegin a bwyta powlen o greision ŷd. Nid oedd Ceri'n gogydd o fri, er y gallai wneud y pethau sylfaenol, dim problem. Brechdan, bîns, sglods, y math yna o beth. Dim byd ffansi, ond digon da iddo fe. Ond doedd dim chwant bwyd arno ers colli ei dad, er y gwyddai bod *rhaid* iddo fwyta. Tanwydd i gynnal ei egni. Yn enwedig gan ei fod yn treulio'r rhan helaethaf o'i ddiwrnodau ar ei draed. Golchodd y fowlen wag o dan y tap a gwisgo côt law gynnes a het wlân gyda logo tîm pêl-droed y dref am ei ben. Wrth adael y dafarn trwy'r drws cefn, taniodd ffag ac anelu am ystâd tai cyngor Y Wern. Pesychodd wrth ddilyn y lonydd cefn i gychwyn; gwynt main y Bannau yn gwneud i'w drwyn redeg, ond o leiaf nid oedd hi'n bwrw. Er, roedd hynny'n anochel o edrych ar y cymylau duon oedd yn dechrau ymgynnull uwch ben. Yna, dilynodd lwybrau'r gamlas i gyfeiriad ei gyrchfan, gan gyfarch ambell wyneb cyfarwydd ar hyd y daith – rhai'n cerdded ac eraill yn eistedd ar stolion yn pysgota o'r lan. Ar ôl wythnosau o law, roedd y tir o dan draed yn stegetsh, a difarodd beidio â gwisgo'i sgidiau cerdded. Gwelodd grëyr glas yn pysgota yn nŵr bas y gamlas, cyn iddo ledaenu ei adenydd a ffoi wrth i Ceri agosáu. Cafodd ei synnu gan faint yr aderyn ac oedodd i'w wylio'n ehedeg, gan frwydro yn erbyn y gwynt er mwyn codi dros dopiau'r coed gerllaw.

Gadawodd rwydwaith y gamlas, gan groesi'r llecyn gwyrdd yng nghanol ystâd tai cyngor Y Wern. Cofiodd chwarae mob a phêl-droed yma'n blentyn, yng nghwmni ei hen ffrind, Sean, a phlantos eraill yr ardal. Fel y crëyr glas, roedd Sean wedi lledaenu ei adenydd a gadael Gerddi Hwyan, gan symud i Gaerdydd, er y byddai'n galw mewn i'r Colomendy o bryd i'w gilydd i ddweud helô, pan fyddai'n dychwelyd i'r dref i weld ei frawd, er bod hwnnw wedi bod yn y carchar ers sbel, o'r hyn roedd Ceri wedi'i glywed.

Clywodd frân yn crawcian ar y gwynt a throdd ei lygaid yn gyntaf tua'r nen ac yna i gyfeiriad cartref y Gillards, gan gael sioc ei fywyd o weld y ddau frawd yn sefyll ar y dreif; Paul yn smocio a Sean yn golchi ei gar. Glaniodd y frân ar simnai'r tŷ cyngor llwm, gan alw ar eraill i ymuno gyda hi. Doedd dim dewis ganddo ond mynd i ddweud helô, ac er fod Ceri wastad yn falch o weld ei hen ffrind, ni allai ddweud yr un peth am ei frawd. Roedd Paul yn seico o'r crud, ac roedd Ceri, fel pawb arall, yn ofnus ohono. Wrth dyfu fyny yn y dref, gwarchodwyd Ceri rhag dyrnau'r bwli, diolch i'w gyfeillgarwch gyda Sean, ond nid oedd hynny'n wir i'r rhan fwyaf o'i gyfoedion. Roedd Paul dair blynedd yn hŷn ac wedi treulio'i fywyd fel oedolyn mewn a mas o'r carchar, yn bennaf am ymosodiadau treisgar, a hefyd un stretsh dwy flynedd am ei ran mewn lladrad arfog. Ei osgoi fyddai Ceri'n wneud fel arfer, ond doedd hynny ddim yn opsiwn heddiw.

"Iawn, bois?" cyfarchodd Ceri, wrth agosáu.

"Ceri!" ebychodd Sean, gan daflu'r sbwng i'r bwced llawn swigod, sychu ei ddwylo ar ei jîns ac estyn llaw.

"Paul," nodiodd Ceri i gyfeiriad y lloerigyn penfoel.

Tynnodd Paul ar ei ffag a syllu ar Ceri. Ni wenodd. Ni siaradodd. Ond nodiodd, oedd yn gyfarchiad digonol a dweud y gwir.

"Ma fe jyst mas o clinc, Cer, so rhaid i ti ecsgiwso ei lack of social skills."

"Be ti'n neud nôl 'ma, 'te?" Anelodd Ceri'r cwestiwn at Sean. "O'n i'n meddwl bod ti 'di symud i Gaerdydd, full time."

"Fi nôl a mlaen, t'mod. Yn enwedig nawr bod Paul gytre. Ni'n gweithio ar gwpwl o bethe. Irons in the fire, math o beth." Winciodd Sean wrth orffen y frawddeg.

Nodiodd Ceri, er nad oedd eisiau dychmygu beth oedd y brodyr yn ei gynllwynio. Dim byd da, roedd hynny'n sicr. A dim byd cyfreithlon chwaith. Fel ei frawd, roedd Sean hefyd yn troedio ar ochr arall y ffin droseddol. Gwerthu cyffuriau yn bennaf. Geezers. Bach yn *wwww*, bach yn *aaaa*. Fel y cymeriad Cocni 'na off y *Fast Show*. Bois dodgy, fel eu tad gynt. A'u hewythrod hefyd. Roedd tor-cyfraith yn rhan o'u hetifeddiaeth deuluol a drwg-weithredu yn llifo yn eu gwaed. Ar wahân i'r trais corfforol, yr unig wahaniaeth rhwng y ddau frawd, a dweud y gwir, oedd nad oedd Sean wedi cael ei ddal. Eto.

"Sori am dy dad 'fyd. Shocker."

"Diolch," atebodd Ceri. "Methu credu bod e 'di mynd rili."

"O'dd dad ti'n olréit," medd Paul.

Roedd e'n dy ofn di, y nob, meddyliodd Ceri, er mai "Diolch" ddaeth allan o'i geg.

"Pryd ma'r angladd?" gofynnodd Sean.

"Dydd Mercher. Dau o'r gloch yn Horeb. Parti yn y Pij wedyn."

"Parti?"

"Wel, dim *parti*-parti, ond ti'n gwbod beth fi'n meddwl."

"Aye," nodiodd Sean. "Rho showt os ti angen unrhyw beth."

"Diolch, bois," medd Ceri, cyn ysgwyd llaw Sean a cherdded o 'na, gan danio ffag arall wrth fynd.

Ar ochr arall yr ystâd, agorodd drws ffrynt cartref Jen a Sam cyn i Ceri gael cyfle i'w gnocio. Rhedodd Sam allan a rhoi cwtsh fawr iddo.

"Diolch, dŵd, oedd angen honna arna i."

"Alla i ddod â pêl?" gofynnodd Sam, gan edrych i gyfeiriad Ceri.

"Wrth gwrs."

Cododd Sam bêl rygbi oddi ar y lawnt fach sgwâr o flaen yr eiddo, a'i sbinio i gyfeiriad Ceri. "Der â dy bêl-droed," mynnodd Jen. Gwyddai o brofiad, petai Sam yn dod â'i bêl rygbi, byddai'n rhaid iddynt chwarae gyda fe'r holl ffordd, ond gallai adlonni ei hun gyda phêl gron, gan adael iddi gael sgwrs fach gyda Ceri.

"Fi'n gweld bod Paul Gillard mas o'r carchar."

"Ers wythnos, apparently."

"Sa i'n lico fe, Cer. Na'i frawd."

"Sa i'n ffan o Paul chwaith, Jen, ond ma Sean yn olréit. Ni'n hen, hen ffrindiau."

"Fi'n gwbod 'ny. Ond ma Sean yn gwerthu drygs. Cadw draw wrthyn nhw, OK."

"OK, *Mam!*" atebodd Ceri'n goeglyd.

Pwniodd Jen ei fraich. "Ma'r ddau ohonon nhw'n dodgy, 'na gyd. No gwd i neb."

"Fi'n gwbod, ond ma nhw'n galw mewn i'r Pij o bryd i'w gilydd, a sa i'n gallu osgoi nhw bryd 'ny."

Ar ôl dringo'n raddol am hanner awr, mewn glaw mân a gwynt main, cyrhaeddodd y triawd un o hoff lecynnau Tom Evans. Y man lle byddai'n dianc o'r dafarn, yn enwedig ar ôl colli ei wraig. Golygfan fannog ar ochr clogwyn uchel, i'r gogledd o Erddi Hwyan. Gafaelodd Jen yn llaw ei mab, er mwyn ei atal rhag mynd yn rhy agos at y dibyn, a syllodd y tri o'u blaenau, ar dde Cymru yn ei llawn ogoniant. I'r dwyrain, roedd modd gweld Pont Hafren ar ddiwrnod clir, tu hwnt i flerdwf trefol Caerdydd a Chasnewydd. I'r gorllewin, chwydai simneiau Port Talbot eu llygredd i'r aer, gan ychwanegu at broblemau'r haenen osôn, a gwneud i ddinas Abertawe ddawnsio yn y tawch; ac yn syth o'u blaen, lledaenai Gerddi Hwyan i'r de tuag at Ben-y-bont, a Phorthcawl ac Ogwr tu hwnt.

Eisteddodd Jen a Ceri ar fainc gyfagos, i smocio a syllu ar yr olygfa, tra aeth Sam i chwarae pêl-droed yn y maes parcio gwag tu ôl iddynt, gan geisio crymanu'r bêl i gornel uchaf gôl dychmygol.

"Gofynnodd e am Rob eto neithiwr," medd Jen. "Moyn

gwybod os yw e'n dod i'r angladd. Fi'n meddwl bod e'n ecseited i gwrdd â fe."

"Ti'n meddwl bod e'n ame?"

Cododd Jen ei sgwyddau. "Pwy a ŵyr? Ond so fe'n thick... ac ma fe'n llawn cwestiynau."

Nid oedd Ceri na Jen wedi celu bodolaeth Rob wrth Sam, er nad oeddent wedi datgelu'r gwir wrtho gant y cant chwaith. Roedd y crwt wedi cael ei fagu mewn teulu anghonfensiynol o'r cychwyn, yn gyntaf gyda Ceri'n ceisio llenwi'r bwlch a adawodd ei frawd ar ei ôl yn uniongyrchol, cyn ochrgamu pan na lwyddodd yr arbrawf yna. Roedd Sam wedi profi cariad diamod wrth ei ewythr erioed, gyda Ceri'n dad benthyg o'r radd flaenaf, ond gyda Rob ar fin dychwelyd i'w bywydau, roedd hi'n gyfnod ansicr i bawb ac roedd angen troedio'n ofalus. Nid oedd Sam erioed wedi cwrdd â Rob, ond roedd Ceri'n gweld ei frawd bob dydd yn nodweddion y crwt. Yn enwedig yn lliw glas digamsyniol ei lygaid, a hefyd yn siâp ei geg a'r ffordd roedd ei gorff ifanc yn symud. Fel cath, oedd y disgrifiad gorau.

"Fi'n meddwl mai'r unig beth gallwn ni neud yw aros tan ar ôl yr angladd a gweld beth yw beth wedyn. I mean, bydd Rob yn gwybod y gwir ar unwaith, heb i un ohonon ni ddweud gair."

"Fi'n difaru peidio dweud wrth Rob nawr," cyfaddefodd Jen.

"'Nes i dreial, Jen. Pan aeth e gynta. 'Nes i anfon llwyth o lythyre, ond sa i'n meddwl gyrhaeddon nhw fe. Ges i'r rhan fwyaf ohonyn nhw'n ôl, return to sender. A ma 'na fai arno fe hefyd, cofia. *Fe* redodd i ffwrdd. Dim ni. Galle fe 'di cysylltu, yn galle fe?"

Nodiodd Jen a thanio sigarét arall.

"Sdim pwynt difaru dim nawr. It is what it is, ac fe sortwn ni fe ar ôl yr angladd, OK."

Aeth Jen a Sam adref ar ddiwedd y prynhawn, ac agorodd Ceri'r dafarn am deirawr arall ar nos Sul. Roedd criw bach yn aros wrth y drws am chwech, pump o'r selogion mwyaf yn dychwelyd i dorri syched; pob un ohonynt yn drewi o anobaith a diweithdra. Llwyddodd i wagio'r dafarn erbyn deg munud wedi naw, cyn mynd ati i dacluso. Yr un drefn, ddydd ar ôl dydd. Wrth orffen mopio'r llawr, clywodd gnoc ar ddrws y dafarn.

"Ni 'di cau!" gwaeddodd, ond gwnaeth hynny i'r cnocio gynyddu.

Camodd Ceri at y porth a sbeciodd trwy'r ffenest i weld pwy oedd yno, ond yr unig beth allai weld yn y tywyllwch oedd cap pig yn cuddio nodweddion wyneb yr ymwelydd.

"Dewch nôl fory!" bloeddiodd trwy'r pren. "Bydda i'n agor am un ar ddeg."

Trodd, gan feddwl mai dyna oedd y diwedd arni, ond cafodd sioc ei fywyd o weld dieithryn arall yn pwyso ar y bar, yn gwisgo du o'i gorun i'w sawdl, gan gynnwys cap pig fel y dyn ar drothwy'r dafarn. Nid oedd yn foi mawr, ond roedd rhywbeth naturiol a diymdrech o fygythiol amdano. Fel petai'n hen gyfarwydd â'r fath sefyllfaoedd.

"Agor y drws, 'na gw-boi," gorchmynnodd y dyn main mewn llais meddal, cyn i Ceri gael cyfle i ddweud gair. Ystyriodd brotestio, gwrthod, ond roedd rhywbeth am ei osgo, am ei agwedd, oedd yn gwneud i'r clychau ganu rhwng clustiau Ceri. Roedd e yn ei bumdegau, os nad yn hŷn na hynny, gyda thrwyn hir a gwefusau tenau; craith ar ei foch a bysedd melyn wedi'u staenio â nicotin. Roedd ei lygaid yn wag ac yn wydrog; hanes treisgar ei orffennol wedi'i gladdu yn ddwfn ynddynt.

Trodd Ceri'n ôl at y drws a'i ddatgloi, ac i mewn i'r Pij camodd horwth yng ngwir ystyr y gair, wedi'i wisgo'r un fath â'i bartner gosgeiddig.

"Diolch," mwmiodd yn gwrtais, gan gloi'r drws ar ei ôl.

"B-b-beth? P-p-pwy?" ceciodd Ceri, gan wneud i'r dyn main wenu.

"Hoffech chi ddiod, Mr Evans?" gofynnodd, fel petai'n berchen ar y lle.

Edrychodd Ceri o un dyn i'r llall, gan wybod yn ei berfedd bod rhywbeth mawr o'i le fan hyn. "Aye," atebodd, gan gamu at yr optics a thollti chwisgi mawr i dymbler. "Chi moyn un?"

"Dim diolch."

"Be chi moyn, 'te? Pam bo' chi 'ma?"

"Dim byd mawr, Mr Evans. Sgwrs fach, 'na gyd. Gewn ni eistedd?"

"O's dewis 'da fi?"

Ysgydwodd y dyn main ei ben yn araf. "Dim rili."

Eisteddodd Ceri ar stôl dal wrth y bar, a gwnaeth y siaradwr yr un peth, tra safodd y slabyn y tu ôl iddo, yn ddigon agos fel ei fod yn gallu arogleuo ei anadl. Cyfuniad afiach o winwns ac afu, oedd yn ddigon i godi cyfog ar Ceri.

Tynnodd y dyn main gas arian o'i boced, cyn ei agor yn araf a chynnig sigarét i Ceri. Cododd hi at ei wefusau a phwysodd yr hwlc i'w gyfeiriad er mwyn ei thanio. Synnwyd Ceri gan y weithred, ond diolchodd yn daer. Trodd yn ôl at y dyn wrth y bar, a oedd hefyd wedi tanio ei smôc. Syllodd Ceri arno, gan aros am esboniad.

O'r diwedd, ar ôl eistedd yno'n mygu am sbel, dechreuodd. "Chi'n gyfarwydd â'r enw Pete Gibson?"

Nodiodd Ceri. Roedd *pawb* yn y dref yn gyfarwydd â'r enw yna. A phawb yn y dref yn ceisio osgoi cael eu cysylltu ag ef. Gangster lleol. Newyddion drwg.

"Gwd. Gwd. Felly sdim angen i fi ymhelaethu am hynny. Reit, 'te. Yn syml, Mr Evans, roedd eich tad, heddwch i'w lwch, mewn dyled i Mr Gibson..."

"Dyled?! No way!"

"*Way*, Mr Evans. *Wa-hey*, hyd yn oed!"

"Ers pryd?"

"Ers blynyddoedd. Ma'r contract gwreiddiol fan hyn. Binsy."

Tynnodd Binsy'r cawr ddogfen o boced fewnol ei siaced a'i phasio i Ceri. Wrth iddo sganio'r manylion, esboniodd y dyn main y sefyllfa iddo.

"Fel fi'n siŵr eich bod yn gwybod, Mr Evans, roedd eich tad yn hoffi gamblo. Y gee-gees yn bennaf ond hefyd ambell gêm o pocer. High stakes hefyd. Y broblem oedd ei fod e'n chwaraewr gwael ac un o'r unigolion mwyaf anlwcus wnaeth droedio'r blaned hon erioed. Doedd e byth yn ennill, Mr Evans, ac mae hynny'n golygu un peth, ac un peth yn unig."

Syllodd Ceri arno, ar ôl gweld y cyfanswm mewn du a gwyn.

"Beth?" gofynnodd, y sioc wedi sugno pob owns o egni ohono.

"Dyled, Mr Evans. Dyl. Ed."

"So'r ffigwr 'ma'n gywir," plediodd. "A ma fe 'di marw, ta beth, so allwch chi ddim..."

Torrodd y dyn main ar ei draws. "Os darllenwch chi'r print mân, Mr Evans, fe welwch bod eich tad wedi cytuno i basio'r ddyled ymlaen atoch chi, ei next of kin, petai'n marw cyn ei had-dalu, gan ddefnyddio'r dafarn 'ma fel collateral."

Cododd cyfog i gefn gwddf Ceri, wrth i'r byd droi ben i waered. Tagodd y sigarét yn y blwch llwch. Llyncodd y chwisgi. Syllodd ar y gorfodwr trwsiadus a chwrtais oedd yn eistedd o'i flaen. "Ond sdim arian fel 'na gyda fi..."

Cododd y dyn main ei ddwylo o'i flaen mewn ystum oedd yn awgrymu'n gryf nad oedd yn becso'r dam am hynny. "Wel, Mr Evans, ma mis gyda chi i ddod o hyd i'r arian, neu bydd rhaid i chi un ai werthu'r hen le 'ma, neu drosglwyddo'r dafarn i enw Mr Gibson."

Cododd ar ei draed, gan adael Ceri'n syfrdan ar ei stôl, yn syllu ar y ffigyrau.

"Un peth cyn i ni fynd, Mr Evans."

Cododd Ceri ei ben ac edrych i gyfeiriad y llais, ond ni welodd ddwrn Binsy'r cawr yn hedfan tuag ato, tan iddo chwalu ei drwyn yn deilchion, gan wneud i'r gwaed dasgu, ac i Ceri gwympo am nôl oddi ar y stôl a tharo ei ben ar y llawr caled. Trwy'r tawch a'r dagrau a'r boen, clywodd Ceri'r dyn main yn siarad.

"Blas bach o'r hyn allai ddigwydd petaech chi'n methu ad-dalu'r ddyled."

Gorweddodd Ceri ar y llawr am amser maith, ei feddyliau'n troi a'i drwyn yn gwaedu. Diawlodd ei dad am adael y fath etifeddiaeth, tra atseiniodd geiriau Sean Gillard yn ei ben. *Ni'n gweithio ar gwpwl o bethe. Irons in the fire, math o beth.* Winciodd ei hen ffrind arno yn ei isymwybod, a gwyddai Ceri y byddai'n ei ffonio cyn gynted ag y gallai godi ar ei draed.

5: Gweddillion

Dechreuodd pererindod Capten Rob Evans adre i Erddi Hwyan ddeg awr ar hugain bron i'r funud cyn amser cychwyn angladd ei dad. Yn gyntaf, teithiodd mewn hofrennydd Chinook o wersyll dros dro y Cenhedloedd Unedig ar gyrion Bijeljina i faes awyr Sarajevo, oedd yn dal yn weithredol trwy ryw ryfedd wyrth, er bod hanner y derfynfa wedi'i bomio i ebargofiant a mwy o dyllau yn y rhedfa na cholsyn o gaws Swistirol, cyn neidio ar hen Hercules yno er mwyn hedfan i faes awyr RAF Brize Norton yn Swydd Rhydychen. Ar wahân i Rob, roedd yr awyren yn llawn milwyr oedd un ai wedi'u hanafu ac ar eu ffordd adref i adfer, os oeddent yn lwcus, neu gyrff milwyr marw, os nad oeddent mor ffodus. Anwybyddodd Rob ei gyd-deithwyr, gan gymryd y cyfle i ddarllen nofel ryfedd iawn o'r enw *The Wasp Factory*, a roddodd Ben Marks iddo cyn gadael. Nid oedd Rob wedi darllen nofel ers blynyddoedd, ac nid oedd yn siŵr beth i'w wneud o ddychymyg eithafol yr awdur o'r Alban. Chwalodd y tro yng nghwt y stori ei ben yn rhacs, a byddai'r delweddau dirdynnol ac amrwd yn ei aflonyddu am fisoedd i ddod. Yn gydymaith i'r geiriau, roedd presenoldeb etheraidd ei dad. Cyrhaeddodd orsaf y llu awyr brenhinol yn Brize Norton am naw o'r gloch y nos, gan gymryd mantais o wely gwag mewn dorm llawn newydd-ddyfodiaid. Ar ôl misoedd hir yn byw a bod mewn ardal o ryfela dwys, cysgodd fel twrch am saith awr ddi-dor; rhywbeth nad oedd wedi digwydd ers amser maith. Dihunodd am bump y bore. Cododd. Rhedodd bum cilometr o amgylch y safle, a gwneud cant sit-up a press-up cyn cael cawod. Yna, gwisgodd sifis cyfforddus ar gyfer y daith, yn hytrach na'i lifrai arferol. Teimlai'n rhyfedd, ond nid oedd eisiau dychwelyd i dref ei febyd yn gwisgo iwnifform. Byddai pawb yn syllu arno beth bynnag, heb roi mwy o reswm iddynt wneud. Bwytodd frecwast clou yn y mès, cyn cael lifft i orsaf drenau Swindon. O'r fan yna, teithiodd i'r gorllewin, gan syllu allan o'r ffenest ar y tirlun gwyrdd yn gwibio heibio; ei feddyliau yn nydd-droi yn glymau dryslyd, a'r pryder a'r cyffro yn cwffio am oruchafiaeth yn ei fol. Roedd ei geg yn amddifad o boer; a chledrau ei ddwylo'n gronfeydd chwyslyd. Ni wyddai sut fath o groeso fyddai'n ei gael gan Ceri, ei frawd mawr. Y gwir oedd na fyddai'n ei feio petai'n ei snybio'n llwyr, ar ôl i Rob adael Gerddi Hwyan heb air yr holl flynyddoedd hynny'n ôl. Gobeithiai'n arw y byddai modd iddynt gymodi. Ddim ar unwaith, efallai, ond dros y dyddiau, yr wythnosau nesaf. Roedd gan Rob fis o absenoldeb tosturiol cyn dychwelyd at ei gatrawd, a gobeithiai y byddai hynny'n ddigon o amser i'r rhewlif anochel rhyngddo fe a'i frawd ddadmer rhyw fymryn. Dianc wrtho'i hun ac wrth ei dad oedd y rheswm i Rob ymuno â'r fyddin; ond wrth wneud, dieithriodd oddi wrth ei frawd hefyd, a byddai'n difaru hynny am weddill ei oes. Yna, trodd ei feddyliau at Jennifer Brown. Ble'r oedd hi erbyn hyn, tybed? Yn bell o'r Colomendy, ac yn bell o Erddi Hwyan, dyna oedd ei obaith. Gwingodd wrth gofio sut y gwnaeth ei thrin. Fel baw. Fel darn o sbwriel. Dim ond ers mis neu ddau roeddent wedi dechrau caru go iawn, ar ôl blynyddoedd o fflyrtian a chamgychwyniadau yn ystod eu hamser yn yr ysgol. Gallai ad-alw delweddau nwydus o'u sesiynau caru corfforol yn gwbl ddiymdrech hyd heddiw, er bod islif o euogrwydd yn perthyn iddynt, yn ogystal ag edifar a thristwch llethol. Meddyliodd amdani'n barhaus yn ystod y misoedd ar ôl iddo ei heglu hi, gan ystyried sgwennu ati i esbonio'r rhesymeg tu ôl i'w lwfrdra. Ond yn y pen draw, ni allai wneud hynny hyd yn oed. Am gachgi! Tan yr wythnos ddiwethaf, ni chlywodd air wrth neb ers gadael Cymru. Dim llythyr. Dim carden Nadolig neu ben-blwydd. Dim galwad ffôn. Ac roedd hynny'n iawn 'da Rob. Ymgollodd yn ei ddyletswyddau newydd. Canolbwyntiodd ar ei yrfa. A gobeithiai'n arw bod Jen wedi gwneud yr un peth. Ond yn fwy na hynny hyd yn oed, gobeithiai ei bod hi'n hapus, ble bynnag yr oedd hi erbyn hyn.

Cyrhaeddodd orsaf drenau Caerdydd toc wedi deg y bore. Gwiriodd yr amserlen a gweld bod trên i Faesteg yn gadael platfform chwech am chwarter wedi, felly ymlwybrodd draw mewn digon o amser ac eistedd ar fainc i aros. Clywodd enwau trefi a phentrefi ledled Cymru yn atseinio dros yr uchelseinydd, gan wneud i'r hiraeth fyrlymu yn ei fol. Gadawodd Gerddi Hwyan yn dref lewyrchus, llawn diwydiant, ond gwyddai fod popeth wedi newid yng nghymoedd de Cymru yn ei absenoldeb.

Am chwarter wedi un ar ddeg, camodd oddi ar y trên ym Maesteg a dal tacsi i Erddi Hwyan. Gofynnodd i'r gyrrwr ei ollwng gwpwl o strydoedd i ffwrdd o'r Colomendy, er mwyn iddo allu cerdded rhan olaf y daith a rhoi trefn ar ei feddyliau. Pasiodd resi ar ôl rhesi o dai teras; pob bricsen, pob drws, pob llechen yn tanio atgofion. Roedd e'n barod i wynebu Ceri nawr ac yn barod i ddelio â marwolaeth ei dad. Claddu'r corff. Claddu'r atgofion. Claddu'r gorffennol. Maddau. Symud ymlaen. Fodd bynnag, nid oedd yn barod o gwbl am yr hyn oedd yn aros amdano y tu allan i'r Pij. Jen Brown yn smocio ffag ar y palmant, yn gwisgo du o'i chorun i'w sodlau uchel ac yn edrych mor hyfryd â phob un o'i freuddwydion. Bu bron i Rob lewygu yn y fan a'r lle, ond sadiodd ei hun ac anadlu'n ddwfn i wrthsefyll y sioc. Fe'i meddiannwyd gan ofn pur a'i reddf gyntaf oedd rhedeg i ffwrdd. Yn rhyfeddol, ar ôl arwain ei gatrawd i lu o sefyllfaoedd bygythiol, lle'r oedd eu bywydau yn llythrennol yn y fantol, nid oedd wedi teimlo mor ofnus ag yr oedd yn teimlo nawr wrth weld Jen yn syllu i'w gyfeiriad, dros y ffordd a dros wagle'r blynyddoedd coll. Am ryw reswm, nid sioc oedd yr olwg ar ei hwyneb hi, a thaerai Rob iddo weld awgrym o wên yn goglais corneli ei gwefusau. Croesodd y ffordd, ei fag mawr yn teimlo fel cragen lawn cerrig ar ei gefn. Er gwaethaf tymheredd isel yr hydref a'r gwynt main oedd yn chwythu i fyny'r cwm, teimlodd ddiferyn o chwys yn hollti llafnau ei ysgwyddau. Gwenodd ar ei gyn-gariad, ei *unig* gariad go iawn, wrth i Jen chwalu'r stwmp o dan ei stileto. Chwythodd y tamaid olaf o'r mwg o'i cheg ac ysgwyd ei phen yn araf.

"Hia," medd Rob yn lletchwith, heb syniad sut i'w chyfarch. Roedd e eisiau ei chofleidio, ond ni fyddai hynny'n briodol, o dan yr amgylchiadau. Yn hytrach, estynnodd ei law, ond gwnaeth hynny iddi chwerthin. Gwridodd Rob, cyn gwenu.

"Dere ma'r nob," medd Jen, gan afael yn ei law a'i dynnu ati.

Gallai Rob fod wedi aros yn ei breichiau am byth, yn gloddesta ar ei phersawr – cyfuniad penfeddwol o batsiwli priddlyd a mwg sigaréts – ond nid oedd hynny'n opsiwn.

Ar ôl datgymalu, safodd y ddau fel delwau, yn syllu ar ei gilydd. O'r diwedd, torrodd Rob y tawelwch.

"Beth ti'n neud 'ma?"

Ystumiodd Jen at ei dillad du. "Beth ti'n meddwl fi'n neud? Yr un peth â ti."

"Na, na. Fi'n deall 'ny. Fuck. Sa i'n gwbod. O'n i'n meddwl byddet ti wedi hen fynd o fan hyn, 'na gyd."

Cododd Jen ei sgwyddau. "Yn wahanol i ti, Rob, 'nes i byth ddianc o Erddi Hwyan."

Gwridodd Rob ar hynny, ei fochau'n llenwi â gwarth. Saethodd ei lygaid i bob cyfeiriad, er nad oedd modd dianc nawr. Yn wir, doedd e ddim eisiau dianc. Roedd e eisiau aros fan hyn, gyda hi, am weddill ei oes. Edrychodd ar ei llaw chwith, gan nodi nad oedd hi'n gwisgo modrwy briodas. Dechrau da, ond rhaid arafu. Rhaid pwyllo. Roedd hyn yn wirion bost; dim ond dwy funud roedd e wedi bod nôl!

"Ti moyn ffag?" gofynnodd Jen, gan weld y gwallgofrwydd yn llygaid Rob.

"Sa i'n smoco," atebodd.

"Call iawn." Taniodd sigarét arall. "Fysen i'n dweud sori am dy golled a'r holl stwff 'na ma pobl yn dweud cyn angladdau, ond o wybod am hanes ti a dy dad, sa i'n siŵr beth i'w ddweud."

"Sa i'n siŵr shwt fi'n teimlo, Jen. Dyna'r gwir. Do'n i ddim yn hoffi'r hen ddyn, ond roedd e'n dad i fi. Ac i Ceri. Shwt ma fe?"

"Gei di ofyn iddo fe dy hun. Ma fe yn y bar yn cadw cwmni i dy dad."

"Be, ma'r coffin 'ma?"

Nodiodd Jen a sugno mwg. "Bydd yr hyrs 'ma mewn rhyw awr a hanner, so cer mewn i'w gweld nhw."

Gwenodd Rob, cyn camu o'r palmant i'r dafarn, prin yn gallu credu beth oedd newydd ddigwydd. Daeth o hyd i'w frawd yn sefyll dros arch eu tad, oedd wedi'i gosod ar y bwrdd pŵl, yn syllu ar fwgwd cwyraidd y gelain, gan fod hanner uchaf y gasged ar agor i'r byd gael gweld ei wep. Fflachiodd atgof ym mhen Rob; ei fam yn gorwedd yn yr union fan bron i bymtheg mlynedd yn ôl nawr. Torrodd ei galon yn ddarnau mân y diwrnod hwnnw, ond roedd ei organ gyhyrol yn dal mewn un darn heddiw. Cafodd Rob sioc o weld y llanast o ddyn oedd yn sefyll o'i flaen. Edrychai Ceri'n hŷn o lawer na'i ddeg mlynedd ar hugain, ond efallai mai dyna oedd realiti pob tafarnwr. Roedd hynny'n sicr yn wir yn achos eu tad, oedd wastad wedi edrych rhyw ugain mlynedd yn henach na'i oedran. Bywyd o smocio ac yfed beunyddiol. Oriau gwaith hir, diffyg cwsg a dim amser i gadw'n heini. Ond, ar ben creithiau'r blynyddoedd, roedd wyneb Ceri'n dangos clwyfau llawer mwy diweddar. Dau lygad du a thrwyn chwyddedig.

Ar glywed y drws yn agor a chau, a'r camau'n agosáu, cododd Ceri ei ben a syllu ar ei frawd afradlon. Edrychodd arno, mor heini, mor iach. Cyhyrau ei freichiau'n bolio o dan ddefnydd ei siwmper. Gwallt cwta, taclus. Gên lyfn, sgwâr. Mwstás call, milwrol, dros set o ddannedd gwynion, syth. Fflachiodd ei lygaid lapis-laswli yng ngolau pŵl y Pij – dau begwn o obaith yn nhywyllwch bywyd y landlord. Er hynny, byrlymodd y dicter a deimlai tuag ato. Roedd e'n falch o weld Rob, heb os, o gofio'r trafferth roedd eu tad wedi gadael ar ei ôl, ond nid oedd hynny'n esgusodi'r hyn a wnaeth.

Gwenodd Rob ar ei frawd ac estyn llaw er mwyn ei hysgwyd. Cymerodd Ceri hi, cyn tynnu Rob tuag ato a thaflu dwrn i gyfeiriad ei drwyn. Diolch i'w hyfforddiant a'i reddf, llwyddodd Rob i symud digon er mwyn sicrhau na fyddai dwrn Ceri'n gwneud gormod o ddifrod, ond ni lwyddodd i osgoi'r ergyd yn gyfan gwbl. Glaniodd y cygnau caled ar ochr ei ben, gan wneud i Rob golli'i falans a chamu'n fân am nôl. Cododd ei ddwylo mewn ystum o heddwch, wrth i Ceri sgipio o'i flaen fel Frank blydi Bruno.

"Gei di honna am ddim," gwenodd Rob, gan godi ei law at ei lygad. "Ond paid meddwl am eiliad nei di lanio un arall."

"Digon teg," atebodd Ceri, cyn estyn ei law a thynnu ei frawd tuag ato.

Ar ôl cwtsh letchwith o gariadus, camodd Rob at ochr arall yr arch. Syllodd y brodyr ar ei gilydd i gychwyn, ac wedyn ar wyneb eu tad, yn gorwedd mewn hedd, gydag aroglau hopys yn hongian yn yr aer. *Addas iawn*, meddyliodd Rob, er na ynganodd un ohonynt air.

"A'th e yn 'i gwsg, do?" gofynnodd Rob ar ôl sbel.

Nodiodd Ceri. "Aeth e i'r gwely'n cwyno am indigestion a gafodd e drawiad ar y galon yn ystod y nos. 'Na beth wedodd y doctor, ta beth. O'n i yn y stafell drws nesaf, ond glywes i ddim byd, so sa i'n meddwl nath e ddiodde."

Taniodd Ceri ffag i fasgio'i amheuon. Ei euogrwydd. Y gwir yw iddo fynd i'r gwely a phasio mas, fel byddai'n gwneud yn nosweithiol, diolch i'r cwrw a'r chwisgi y byddai'n yfed bob dydd, felly hyd yn oed petai ei dad wedi gweiddi a sgrechian wrth gymryd ei anadl olaf, fyddai Ceri ddim callach. Roedd yr euogrwydd wedi disodli'r galar erbyn hyn, cyn i ymweliad gorfodwyr Pete Gibson y noson o'r blaen guro'r cyfan. Yn llythrennol.

Syllodd Rob ar ei dad gan deimlo dim. Yn wahanol i'r ffordd y teimlai wrth edrych ar Ceri, a Jen tu fas, roedd yn wagedd o emosiwn. Er hynny, roedd yn ddiolchgar i'w dad am un peth. Trwy farw, roedd yr hen ddyn wedi gorfodi Rob i ddychwelyd i Erddi Hwyan; i ailgydio, i atgyfodi ei berthynas gyda'i frawd, a byddai mewn dyled iddo am byth am hynny.

"Ti moyn drinc?" gofynnodd Ceri.

"Ydw," oedd ateb pendant Rob. "Ond gad fi newid gynta."

Yn yr ystafell sbâr yn yr atig, oedd yn llawn dwst a bocsys, gwely sengl ac ambell hen degan lled-gyfarwydd, diosgodd Rob ei ddillad teithio, ac estyn trowsus du a siwmper gwddf-polo ddu o'i fag. Ymolchodd yn gyflym yn y bathrwm lawr stâr, ei lygad chwith yn dechrau duo, gan gydweddu â gweddill ei wisg. Chwistrellodd ddiaroglydd o dan ei geseiliau a slotian joch go hael o Kouros dros ei wddf a'i arddyrnau. Eisteddodd ar erchwyn y gwely i wisgo'i sgidiau a chafodd sioc ei fywyd o weld bachgen ifanc, tua deg mlwydd oed, yn pwyso ar ffrâm y drws yn gwisgo siwt ddu oedd o leiaf ddau seis yn rhy fawr iddo, ac yn syllu'n syth ato. Roedd e'n gafael mewn Game Boy llwyd, tolciog. Cyfarfu eu llygaid dros y llychynnau; lliw glas trawiadol eu hirisau fel adlewyrchiad o'i gilydd.

"Pwy wyt ti, 'te?" gofynnodd Rob gyda gwên.

"Sam."

"Hia, Sam. Beth ti'n neud 'ma?"

"Ma Dad-cu fi wedi marw."

Synnwyd Rob gan yr ateb. Gofynnodd yn bwyllog, ei lygaid yn craffu ar y crwt. "Tom Evans o'dd dy ddad-cu?"

Nodiodd y crwt ei ben, wrth i ben Rob chwyrlïo.

"So... ti.. yw... mab Ceri?" Ynganodd y geiriau'n araf, wrth i'r geiniog ddechrau cwympo. Yna, ysgydwodd Sam ei ben mewn ymateb, a gwawriodd y gwir ar Rob Evans.

6: Bore Da

Ar hen soffa flodeuog, mewn ystafell fyw oedd yn debycach i dwlc mochyn na lolfa, cododd Paul Gillard ei ffolen ac anfon taflegryn tawel o'i dwll pwps i gyfeiriad cyffredinol ei frawd, Sean, oedd yn eistedd wrth ei ochr yn canolbwyntio ar y teledu; ei lygaid yn bolio o'i ben, ei dafod wedi'i glampio rhwng ei ddanned a'i fodiau'n ceisio'u gorau i reoli car rasio dyfodolaidd ar y sgrin. Roedd golau gwan y diwrnod newydd yn treiddio i'r stafell trwy'r llenni tenau, treuliedig a chasét o ganeuon Metallica'n chwarae ar hen stereo eu tad yn y cornel. Roedd Paul yn caru metal, bron cymaint ag roedd Sean yn dwlu ar drum & bass. Fel cyfaddawd, byddai'r brodyr yn dewis y cyfeiliant cerddorol bob yn ail, wrth iddynt aros ar ddi-hun trwy'r nos unwaith eto, yn yfed a smocio, hamro leins a siarad cachu tan doriad gwawr. Dyma eu cartref teuluol, er bod eu rhieni wedi hen ffarwelio â'r byd hwn. Clefyd y llwch i'w tad, ar ôl bywyd yn gweithio dan ddaear a smocio bocs o Benny Lungbusters bob dydd, a lewcemia i'w mam. Roedd Sean wedi cael y lle iddo'i hun am dros flwyddyn, diolch i wyliau gorfodol Paul, er pleser ei Mawrhydi, ar ôl bod yn rhan o gyfres o ladradau arfog yn ne Cymru a Gwlad yr Haf. Cafodd Paul ddedfryd drugarog o gymharu â'i gyd-dramgwyddwyr, gan iddo fradychu pob un ohonynt am lai o amser o dan glo. Roedd hynny, wrth gwrs, yn gwbl wrthun ymhlith dihirod o bob rhan o'r byd, ond roedd Paul yn achos arbennig, gan nad oedd yn becso'r dam am gonfensiynau, tra'r oedd yn ddigon caled a gwallgof i ddelio ag unrhyw un oedd yn mentro cwyno. Paul, heb os, oedd un o'r unigolion mwyaf brawychus yn y dref, os nad y sir, ond, er gwaethaf ei wallgofrwydd digamsyniol, roedd Sean yn dal i weld ei eisiau pan nad oedd yma. I raddau, ta beth, achos roedd y diawl yn mynd ar ei nerfau'n aml 'fyd. Yn ogystal â thŷ'r teulu yng Ngerddi Hwyan, roedd gan Sean fflat bach yng Nghaerdydd. Hofel o le off City Road, lle byddai'n treulio peth o'i amser, ond roedd yn ceisio cadw ei fywyd yn y brifddinas a'i fywyd fan hyn ar wahân, yn bennaf achos byddai Paul yn siŵr o ddifetha'i fusnes gyda'i bresenoldeb gwenwynig. Fodd bynnag, roedd yr horwth lloerig yn handi ar gyfer rhai pethau, ac roedd Sean ar fin ei ddefnyddio i sorto problem fach y bore hwn.

"Iasu fuck, Paul! Ti'n blydi drewi, y fuckin anifail!" bloeddiodd Sean pan gyrhaeddodd y drewdod ei drwyn, er na wnaeth dynnu ei lygaid oddi ar y teledu am hanner eiliad hyd yn oed.

Gwenodd Paul yn llawn balchder, cyn pwyso mlaen at y bwrdd coffi a mynd ati i chwalu pentwr o bowdwr gwyn ar y gwydr, gan ddefnyddio llafn rasal i greu dwy linell drwchus. "Ti moyn mynd ar ôl gorffen y ras 'na?"

"Faint o' gloch yw hi?"

Sbiodd Paul i gyfeiriad y cloc ar y silff ben tân, gan straenio'i lygaid mewn ymdrech i weld y dwylo. Ond, fel oedd yn digwydd bob tro roedd ei system yn llawn amffetaminau, roedd ei olwg yn niwlog a wyneb y cloc bron yn amhosib i'w weld. Cododd ar ei draed i gael pip agosach. "Hanner awr 'di chwech. Fi'n meddwl."

"Perffaith," atebodd Sean, wrth i'w roced-gar ffrwydro ar y sgrin. "Bastard!"

Gyda'r awyr yn galeidosgop o liwiau prydferth uwch ben toeon llaith a llwyd y dref, gyrrodd Sean y Cosworth yn araf ac yn ofalus ar hyd strydoedd tawel Gerddi Hwyan, o ystâd tai cyngor Y Wern, trwy ardal Pwll Coch, tan cyrraedd nendyrau'r Coed. Ni aeth yn agos at y terfyn cyflymder unwaith, gan na fyddai cael stop gan y cops yn y fath gyflwr yn syniad da. Roedd y spîd yn rhuo trwy eu gwythiennau a phleserau anghyfreithlon ac amrywiol y noson gynt yn rhan o'r gybolfa o hyd. Amffetaminau oedd car-gyffur Paul ac roedd y powdwr fel petai'n rhoi pwerau goruwchnaturiol iddo ar adegau, oedd yn ddelfrydol ar gyfer yr orchwyl hon. Gan anwybyddu protestiadau ei frawd, smociodd Paul sigarét yn sedd y teithiwr, gydag oerfel y bore'n treiddio i'r car trwy'r ffenest agored. Er gwaethaf ambell nodwedd gorfforol gyffredin – trwynau Rhufeinig, llygaid llwydwyrdd – roedd y gwrthgyferbyniad rhwng y brodyr yn eithafol. Roedd Sean rhyw chwe modfedd yn llai na'i frawd o ran taldra, ac oddeutu pum stôn yn ysgafnach na fe 'fyd. Ond nid bloneg oedd cnawd y cyn-garcharor, ond cyhyrau wedi'u cerfio yn ystod ei gyfnod diweddaraf o dan glo. A thra roedd gwallt Sean fel pâr o lenni brown tywyll ar ei ben, yn unol â steil y cyfnod, roedd pen Paul wedi'i eillio'n llyfn ar bob adeg, fel petai'n dioddef o alopecia. Neu'n canu gyda Right Said Fred.

"So ma Ceri on board, 'te?" meddai Paul, gan gofio sgwrs fratiog o'r noson flaenorol.

"'Na be wedodd e neithiwr."

"Ti'n meddwl bod hwnna'n syniad da?"

Ystyriodd Sean y cwestiwn cyn ateb, gan feddwl am ddatblygiadau'r dyddiau diwethaf. Ffoniodd Ceri e dair noson yn ôl, ar ôl ei weld ar brynhawn dydd Sul, gan swnio braidd yn desperate ac yn pysgota am gyfle i ennill lot o gash tu hwnt i'w gylch gwaith arferol. Roedd Ceri'n adnabod Sean ers yr ysgol gynradd, ac yn gwybod yn iawn ei fod yn gwneud pethau amheus am arian. Heb fynd i fanylion, datgelodd Ceri bod angen chwistrelliad o arian arno, a hynny ar frys, cyn gofyn os oedd unrhyw gyfleoedd gan Sean ar y gorwel. Cyflwynodd Sean y syniad iddo, sef y lladrad arfog ar weithle Kelly, a gofynnodd Ceri petai'n gallu cael diwrnod neu ddau i ystyried y peth. Nid oedd Sean yn disgwyl clywed wrtho eto, gan nad oedd Ceri o'r un brethyn â fe a Paul, ond cafodd ei synnu'r noson gynt pan glywodd lais ei hen ffrind ar y ffôn, yn ymrwymo i'r job, er nad oedd e'n swnio'n gwbl frwdfrydig am y peth. Dyfalai Sean ei fod mewn dyled, ond doedd dim ots 'da fe am hynny mewn gwirionedd. Roedd angen trydydd aelod arno, er mwyn hwyluso pethau, felly croeso i'r tîm, Ceri, a bant â'r ffycin cart.

"Ni angen gyrrwr, Paul, a sneb arall yn ffansïo'r job. Fi 'di rhoi'r feelers mas, fel ti'n gwbod."

Gwyddai Sean mai'r gwir reswm nad oedd unrhyw un arall eisiau gwneud y job oedd oherwydd bod Paul yn rhan o'r cynllwyn. Roedd enw ei frawd yn fwd ar lawr gwlad, gan fod yr hyn a wnaeth i'w griw diwethaf yn hysbys i bawb yn rhwydwaith troseddol de Cymru.

"Ti'n meddwl bod ganddo fe'r bôls?"

"Mae gan bawb y bôls pan ma nhw'n ddigon desperate."

"Gwir. Nawr beth ni'n neud fan hyn bore 'ma?"

Daeth Sean â'r car i stop yng nghysgod y cwmwl-grafwyr. "Wedes i wrthot ti neithiwr, Paul. Jesus H Cribbins, so ti'n gwrando gair."

"Jyst atgoffa fi. Mae 'di bod yn noson hir."

Anadlodd Sean yn drwm, gan ysgwyd ei ben yn ddramatig.

"Ti'n cofio Finn Cox? O'dd e yn yr ysgol 'da ni. Bach yn ifancach na ti. Bag chwain."

Ysgydwodd Paul ei ben swmpus. "Faint sydd arno fe i ti?"

"Mil."

Chwibanodd Paul ar glywed hynny. "A faint ti'n mynd i roi i fi am dy helpu?"

"Deg y cant."

"Sorted."

Roedd gan deulu'r Mactees gysylltiadau yn yr Iseldiroedd, lle'r oedd yr ecstasy gorau yn y byd yn cael ei gynhyrchu. Bob wythnos, byddai Tyrone a'r criw yn anfon bechgyn a merched ifanc di-rif dros y môr i gasglu'r cynnyrch, gan smyglo'r pils adref mewn tiwbiau o fil i fyny eu ceudylloedd mwyaf preifat. Byddai'r Mactees yn talu punt am bob pilsen yn y lle cyntaf, ac yn rhoi cant o bils i bob smyglwr am ei drafferth pan fyddai'n dychwelyd i Gymru. Gyda chymaint o bils yn eu coffrau, roeddent yn hapus i werthu swp i entrepreneuriaid fel Sean am ddwy bunt y pop, er mwyn troi elw cyflym a gwneud lle i fwy o gynnyrch. Ac ar ôl hynny, byddai Sean yn eu gwerthu am un ai £5, £10 neu £15 yr un, yn dibynnu ar y cwsmer. Er enghraifft, roedd yn gwerthu pils i ffrindiau Kelly am £5; ond yn codi mwy ar bobl nad oedd yn eu hadnabod, gan amrywio'r pris yn ddibynnol ar nifer o ffactorau: acen, agwedd, dillad, y math o sgidiau ro'n nhw'n gwisgo, y math o ffags ro'n nhw'n smocio a'r math o gar ro'n nhw'n gyrru ac ati. Ond, o bryd i'w gilydd, roedd angen i Sean shiffto llwyth o gynnyrch yn gyflym hefyd, a dyna pryd roedd e'n gwerthu swp mawr i bobl fel Finn Cox. Gwerthodd Sean fil o dabledi ecstasy i Finn rhyw fis yn ôl nawr, am dair punt yr un. Yn unol â'u cytundeb, ad-dalodd Finn fil o bunnau iddo ar ôl wythnos, a mil arall ar ôl pythefnos. Ond ers hynny, dim byd. So fe 'di ateb galwadau ffôn Sean nac agor y drws i'w fflat. Y tro diwethaf i Sean alw draw, wythnos yn ôl bellach, postiodd lythyr yn esbonio'r sefyllfa i Finn. Heddiw oedd y dedlein, heddiw oedd Dydd y Farn.

Camodd y brodyr o'r car gan dynnu eu cotiau yn dynn am eu gyddfau. Roedd hi'n wyntog ac yn wlyb, a'r olygfa o'u blaen yn hollol depressing. Roedd y Coed yn gachdwll o le a'r ardal yn drewi o dlodi. Ac o'r sbwriel pydredig a'r baw ci yn bobman. Agorodd Sean y bŵt er mwyn estyn ambell offeryn. Dim byd mawr; rhaff ddringo chwarter modfedd o drwch a deg metr o hyd, tâp diwydiannol, cyllell glec iddo fe a hen dsiaen beic rydlyd i'w frawd. Ers blynyddoedd maith, dyma oedd dewis arf pennaf Paul, ar ôl i'r dref gyfan weld y difrod y gallai tsiaen o'r fath ei wneud i ddyn, pan hemodd Rob Evans, brawd bach boncyrs Ceri, foi o'r enw Ian Jenkins ger Porth Hwyan, a newid cwrs bywyd Jenko am byth. *Tri mewn un*, oedd ei fantra, a gallai Paul wneud mwy o ddifrod gyda'r arf hwn nag y gallai rheng o blismyn ei wneud gyda'u pastynau. Ar fwy nag un achlysur, roedd Sean wedi gweld ei frawd yn newid bywydau gyda tsiaen beic; gan chwipio dioddefwyr a rhwygo eu croen o bell, cyn camu'n agosach ar ôl yr ymosodiad cychwynnol a'u stido nhw'n bwlp, gan ddefnyddio'r gadwyn fel dwrn pres cyntefig. Yn olaf, gallai ddefnyddio'r tsiaen fel rhaff, i grogi neu i glymu, yn dibynnu ar y sefyllfa. Ac ar ben hynny, nid oedd yr heddlu'n ystyried tsiaen beic fel arf peryglus. Yn bennaf am nad oeddent wedi gweld Paul yn rhoi un ar waith.

Cerddodd y brodyr i gyfeiriad y tyrau, heibio i barc chwarae concrid oedd yn edrych yn fwy peryglus nag unrhyw un o'r gemau ar *Gladiators*, maes parcio llawn ceir na fyddai unrhyw un yn ystyried eu dwyn, a mwy o sbwriel o dan draed na chanolfan ddinesig Caerdydd yn dilyn cyngerdd y Big

Weekend. Yn ôl y disgwyl, nid oedd y lifft yn gweithio, felly lan y grisiau â nhw, gyda Sean yn arwain y ffordd. Roedd y fflatiau'n dawel ar yr adeg yma o'r dydd, yr amser delfrydol i wneud galwad o'r fath, gan fod pob cyffurgi gwerth ei halen un ai'n cysgu'n braf ar ôl mynd i'r gwely'n hwyr, neu'n dal ar ei draed yn gwylio ffilms neu'n chwarae gemau cyfrifiadurol.

Ar y chweched llawr, y llawr uchaf, daeth y brodyr i stop tu fas i ddrws fflat Finn Cox. Cyn gwneud dim, oedodd y ddau am funud fach, gan bwyso ar y wal er mwyn cael eu gwynt atynt ar ôl y dringo. Roedd effeithiau'r amffetaminau yn dechrau pylu, felly palodd Paul yn ei boced a chynnig bag plastig llawn powdwr gwyn i'w frawd. Llyfodd Sean ei fynegfys a'i wthio i'r bag, cyn rhwbio'r chwim dros ei ddeintgig, gan wingo mewn ymateb i'r cemegion hallt. Gwnaeth Paul yr un peth; calonnau'r brodyr yn codi trwy'r gêrs a'r gwallgofrwydd yn eu meddiannu. Cnociodd Sean ar y drws a gosod ei glust ar y pren er mwyn gwrando. Curai ei galon rhwng ei glustiau, ond nid oedd hynny'n ddigon i fasgio sŵn y symud tu fewn i'r fflat. Cnociodd eto, ond ni atebwyd y drws.

"Ma rhywun mewn 'na," sibrydodd Sean wrth ei frawd.

"Ti moyn fi agor y drws yn neis-neis, neu hamro fe lawr? Lan i ti."

"Neis-neis plis. So ni moyn dihuno'r cymdogion, ydyn ni?"

"Fair enough. Sym' o'r ffordd, 'te."

Camodd Sean i un ochr a gwylio'i frawd yn lapio'r tsiaen o amgylch bwlyn y drws yn gelfydd, mor agos at y pren ag oedd yn bosib. Yn araf, croesodd Paul y gadwyn i greu cwlwm, cyn tynnu pegynau'r tsiaen i gyfeiriadau croes yn gyflym, gan gynhyrchu digon o bŵer i wneud i'r bwlyn ddatgymalu a chwympo i'r llawr wrth eu traed. Diolch i ansadrwydd tila'r pren, a diffyg cloeon ychwanegol, defnyddiodd Paul ei fawd i wthio gweddill y bwlyn trwy'r twll, cyn agor y drws yn gwbl ddiymdrech.

"Piece of piss," gwenodd ar ei frawd bach, a gwahodd Sean i gamu i'r fflat.

"Ble wyt ti, Finn?" medd Sean mewn llais meddal, ei lygaid yn saethu i bob cyfeiriad.

"'Na i tsheco'r bathrwm," ac i ffwrdd â Paul ar drywydd y dyledwr, gan adael Sean wrth y drws ffrynt, rhag ofn y byddai Finn yn ceisio'i heglu hi.

Roedd y fflat yn cynnwys un ystafell fawr, gyda chegin yn un rhan ohoni a lolfa yn y llall, bathrwm, ystafell wely a balconi, felly doedd dim lot o guddfannau gan Finn a dweud y gwir. Crogai niwlen borffor dros bob man ac roedd yr ysgyrion a'r ysbwriel oedd ar wasgar ym mhobman yn gwneud i lolfa'r Gillards edrych fel arddangos-dŷ ar ystâd newydd o dai Wimpey.

Daeth rhyw gomosiwn o'r ystafell wely ac yna ymddangosodd Paul yn y lolfa'n dragio Finn Cox gerfydd ei bigyrnau, gan ddod i stop yng nghanol yr ystafell fyw.

Gwingodd Finn ar y llawr. Sgrechiodd fel babi dros bob man, felly camodd Sean draw ato a phenglinio wrth ei ochr. Roedd llygaid Finn fel petaent yn ceisio dianc o'i benglog, ond roedd hynny'n hollol naturiol, o ystyried popeth.

"Dal e'n llonydd i fi," mynnodd Sean, a gwnaeth Paul fel y gofynnwyd iddo. Yna, lapiodd y tâp diwydiannol o amgylch ei ben, gan gau ceg Finn ac atal y sŵn. "'Na welliant," medd Sean, gan godi eto ac estyn y rhaff. Wrth glymu ei arddyrnau a'i bigyrnau'n dynn y tu ôl i'w gefn, siaradodd Sean yn dawel gyda'r dyledwr. "Ti'n gwbod pam fi 'ma, Finn, a ti'n gwbod bo fi'n foi reit resymol." Nodiodd Finn ei ben, fel petai hynny'n mynd i'w helpu nawr. "Ond pan ma pobl sydd mewn dyled i fi yn dechrau anwybyddu fi, a stopio ateb galwadau ffôn fi... wel..." Trodd Sean ei ben ac yn edrych ar ei frawd. "Wel... dyna pryd fi'n galw Paul."

Ar y gair, cydiodd Paul yn Finn a'i halio oddi ar y llawr yn gwbl ddiymdrech, fel Geoff Capes yn codi sach, ac yn ei dollti dros ei ysgwydd gan arwain y ffordd at y balconi. Gyda'r pryder puraf yn ei feddiannu'n llwyr, roedd Finn Cox yn gwbl ddiymadferth wrth wylio Sean yn clymu pen y rhaff i bostyn dur ar ochr y balconi, cyn troi ato a dweud, eto mewn llais meddal, cyfeillgar: "Ca'l di thinc bach am yr arian nawr, Finn. Byddwn ni nôl mewn munud i weld shwt ma pethe'n siapo."

Yn araf ac yn ofalus, gollyngodd y brodyr Finn dros ochr y balconi, gan ei adael yno i hongian, rhyw hanner can metr uwchben y ddaear. Gyda'r gwynt main yn hyrddio o bob cyfeiriad, a'r glaw oer yn gadael ei farc, masgiwyd sgrechiadau aneglur Finn Cox i'r fath raddau, fel nad oedd modd i'r brodyr eu clywed, hyd yn oed o'r soffa lai na phum metr o'r man lle'r oedd yn siglo.

Trodd Paul y teledu 'mlaen ac aeth Sean i wneud paned. Wrth aros i'r tecell ferwi, adeiladodd sbliff o squidgy black i fynd gyda hi. Wrth yfed a smocio ar y soffa, gwyliodd y brodyr adroddiad newyddion hirwyntog a dros ben llestri am Bea Letts, merch ddeunaw oed o Essex oedd mewn coma o hyd, ar ôl yfed lot gormod o ddŵr wrth gymryd pils dros y penwythnos blaenorol. Roedd yr adroddiadau yn hollol nyts a gwnaeth Paul sylw annisgwyl o graff mai dim ond achos ei bod hi o gefndir dosbarth canol roedd ei stori'n cael cymaint o sylw. Yn anffodus, roedd Sean yn rhy stônd i ymateb.

Ar ôl chwarter awr o bendwmpian, aeth y brodyr i weld sut oedd Finn. Fel dau bysgotwr ar long yn y dyfnfor, tynnwyd y ddalfa ddynol dros ochr y balconi a'i adael i wingo ar y dec.

Pen-gliniodd Paul bob ochr i'r corff ac ymunodd Sean â'i frawd yn ei gwrcwd.

"Fi'n mynd i dynnu'r tâp nawr, a ti'n mynd i ddweud wrtha i ble mae'r arian, OK."

Nodiodd Finn ei ben yn wyllt a rhwygodd Sean y tâp o'i geg, gan dynnu stybl fel prydferthwraig yn cwyro coesau.

Udodd Finn mewn ymateb i'r boen. "Dim ond tri chant sydd gen i!" wylodd ar y brodyr. "Sori, Sean. Fi'n fuckin sori, man!"

Heb rybudd, dyrnodd Paul y dyledwr, gan chwalu ei drwyn dros ganol ei wyneb. Tasgodd y gwaed. Oernadodd y dioddefwr.

"Cod e ar ei draed," gorchmynnodd Sean ac, ar ôl iddo wneud, defnyddiodd Sean ei gyllell glec i dorri'r rhwymau, gan sylwi bod Finn wedi gwlychu'i drowsus. Ond doedd dim syndod am hynny a dweud y gwir, gan y byddai'r rhan fwyaf o bobl yn gwneud yr un peth wrth hongian dros falconi ar y chweched llawr.

Gan edrych i fyw ei lygaid, gofynnodd Sean wrth Finn i hôl yr arian. Aeth y brodyr gyda fe i weld ei guddfan, rhag ofn ei fod yn celu'r gwir rhagddynt. Tyrchodd Finn i berfeddion ei wardrob a rhoi tri chant o bunnau i Sean.

"Fi'n mynd i roi tan dydd Sadwrn i ti ffeindio'r gweddill..."

"No way!" gwaeddodd Paul ar y penderfyniad.

Anwybyddodd Sean brotestiadau ei frawd. "Fel wedes i, Finn, fi'n ddyn reit resymol, ond fel ti'n gweld, so ti'n gallu dweud yr un peth am Paul. Dydd Sadwrn. Canol dydd. Neu byddi di dros y balconi 'na 'to, ond heb raff y tro hwn, kapeesh?"

"Ti'n rhy blydi soft," medd Paul yn y Cosworth ar y ffordd adref.

Gwenodd Sean ar sylw ei frawd. "Dim soft yw'r gair," atebodd.

"Beth, 'te?"

"Rhesymol."

7: Y Twll Du

Ar ôl cwrdd â Sam yn atig y Pij wrth newid i'w ddillad cnebrwn, bu rhaid i Rob eistedd ar y gwely am orig fach i feddwl dros bethau ac i ailafael yn ei batrwm anadlu. Roedd presenoldeb y crwt a'i lygaid lapis-laswli yn esbonio pam bod Jen yma o leiaf, ond roedd Rob yn teimlo'n simsan diolch i'w ddatgeliad di-air. Dywedodd gymaint gydag un sigl o'i ben. Digon i lorio dyn fel Rob, oedd mor gadarn a digyffro fel arfer. Rhedodd Sam i ffwrdd cyn i Rob allu gofyn mwy o gwestiynau iddo, ond roedd y gwir i'w weld yn glir yn ei lygaid. Roedd pen Rob wedi'i chwalu'n rhacs. Ar un llaw, teimlai ddicter tuag at ei frawd a'i hen gariad am beidio â dweud dim byd wrtho am Sam, cyn iddo gallio a chofio mai *fe* oedd wedi rhedeg i ffwrdd yng nghanol nos, heb air o esboniad a heb ddweud ffarwél. Roedd Rob wedi troi ei gefn ar ei deulu yn llwyr, ar ei gefndir, ar ei hanes ac ar ei filltir sgwâr hefyd, heb anfon yr un neges i ddweud wrth Ceri ei fod yn iawn ac yn gweld ei eisiau; a heb feddwl ddwywaith am deimladau Jen. Dianc wrth ei dad ac oddi wrtho'i hun oedd ei unig amcan ac fe lwyddodd i'r fath raddau iddo esgeuluso pawb arall yn y fargen. Pylodd y llid wrth i'r gwarth ei gofleidio, ac yna disodlwyd y cyfan gan deimlad annisgwyl. Balchder. Hoeliwyd ei sylw gan hen ffotograff oedd yn hongian wrth ochr y gwely. Ceri a fe ar draeth Porthcawl tua ugain mlynedd yn ôl, yn gwisgo dim byd ond pâr o Speedos bob un. Eu crwyn yn binc a'r brychni haul yn britho eu bochau. Mewn cadair blygu hen ffash, yn cael ei gwthio allan o'r ffrâm bron, eisteddai eu mam yn syllu'n hiraethus ar ei bechgyn, ar ei bois, gyda gwên gwbl foddlon ar ei hwyneb. Mwya sydyn, teimlodd Rob gysylltiad dilychwin â'i fam, ac roedd hynny'n destun dathlu.

"Rob!" bloeddiodd Ceri i fyny'r grisiau, gan ysgwyd Rob allan o'i bensyndod. "Der' i ga'l drinc."

Bum munud yn ddiweddarach, eisteddai Rob wrth y bar yn magu peint o Caffrey's a chwisgi mawr, heb rew, yng nghwmni ei frawd a Jen, ill dau ar y rým and blac. Roedd Sam gerllaw yn chwarae ar ei Game Boy, ac ni allai Rob gadw ei lygaid oddi arno.

"Sori bo' ti 'di goro ffeindio mas fel hyn," sibrydodd Jen.

"Pam na wedoch chi wrtha i? Byse hynny wedi newid popeth."

"Naethon ni dreial, Rob. Aros funud."

Diflannodd Ceri o'r bar, gan adael ei frawd yn syllu ar Sam, a Jen yn syllu ar Rob. Trodd meddyliau Jen yn ôl at y dyddiau a'r wythnosau ar ôl i Rob ddiflannu. Roedd hi mor grac gyda fe i gychwyn. Torrwyd ei chalon yn deilchion ac wylodd am oriau heb godi am aer. O'r cychwyn cyntaf, roedd Ceri'n gefn iddi; eu cyd-ddicter tuag at Rob yn eu rhwymo a'u grymuso, ac yn eu helpu i symud ymlaen. Ond newidiodd popeth rhyw fis ar ôl iddo fynd, pan fethodd Jen ei misglwyf.

"Co ti," medd Ceri, wrth osod pentwr o lythyrau ar y bar o flaen ei frawd.

Cododd Rob yr un ar y top. Darllenodd y cyfeiriad amwys a'r stamp pendant. *Return to sender*. Cododd un arall. A'r nesaf. Pob un yn adrodd yr un stori. Edrychodd ar Jen yn gyntaf, ac wedyn ei frawd. Llenwodd y dagrau ei lygaid. Roedd e'n disgwyl cael ei orlethu wrth ddychwelyd i Erddi Hwyan heddiw, ond nid oedd yn disgwyl unrhyw beth fel hyn. Roedd y sefyllfa'n ormod iddo. Llyncodd y chwisgi ar ei ben.

*

Roedd Capel Horeb yn hanner llawn a llygaid pawb wedi'u hoelio ar y teulu wrth iddynt ddilyn yr arch i flaen yr addoldy. Yn debyg i'r Colomendy, safai'r capel ar gornel rhes hir o dai teras. Ar ôl bod yn absennol o'r dref cyhyd, nid oedd Rob yn adnabod y rhan fwyaf o'r galarwyr, ond nodiodd Sean Gillard, hen ffrind i Ceri, arno o'r rhes gefn, tra safai ei frawd mawr wrth ei ochr; pen moel y cawr yn disgleirio yng ngolau cras y capel. Fel milwr da, cymrodd Rob hanner eiliad i asesu'r brodyr, gan ddod i'r casgliad mai eu hosgoi ar bob cyfrif fyddai'r ffordd gallaf o symud ymlaen. Gallai gofio enw drwg Paul Gillard yn cael ei sibrwd ar goridorau'r ysgol, hyd yn oed ar ôl iddo adael y sefydliad. Roedd e rhyw bum mlynedd yn hŷn na Rob a'i enw fel bwgan o gwmpas y lle. Roedd e'n fwli digyfaddawd ac yn seico llwyr oedd yn mwynhau arteithio eraill a gwneud eu bywydau yn annioddefol. Ac os oedd atgofion Rob yn gywir, aeth Paul Gillard i'r carchar cyn iddo droi'n ugain ac, o edrych arno heddiw, yn rhes gefn y capel yn gwisgo siwt rad o rywle nad oedd cweit yn ei ffitio'n iawn, dyfalai Rob nad oedd llawer wedi newid ers hynny.

Yn eistedd tua'r blaen, yng nghysgod y pulpud, adnabu Rob rieni Jen. Cyflymodd ei galon wrth eu gweld. Byddai'n rhaid iddo eu hwynebu nhw cyn hir, ac nid oedd yn edrych ymlaen at hynny, yn enwedig o gofio datguddiadau'r bore. Roedd gweddill y gynulleidfa yn gymysgedd o unigolion gwelw a gwingllyd, selogion y Pij, hynny yw; hen gyplau lledgyfarwydd, a dynion prudd yr olwg, y cyfan gydag ambell beth yn gyffredin, gan gynnwys llwydni eu crwyn a'r anobaith yn eu calonnau. Safai un allan yn y dorf. Dyn yn ei bumdegau; ei siwt ddrud a'i groen heulfrown yn awgrymu arian, a'i ddannedd afanc yn canu clychau yn atgofion Rob.

Roedd tu fewn y capel yn adfeilio'n araf – y paent yn plicio oddi ar y waliau a'r pren yn frith o bryfed – gan adlewyrchu ffawd y dref ehangach. Gadawodd Rob Erddi Hwyan yng nghanol streic y glowyr; gan ddychwelyd heddiw i weld gwaddol y cyfnod ar lawr gwlad.

Wrth shifflad yn fân i'r rhes flaen, gwelodd Rob ei frawd yn llygadu dau aelod o'r cynulliad dros ei ysgwydd. Gwelodd fflach o bryder, neu efallai casineb, ar wyneb Ceri, a chododd ei law at ei drwyn rhacs yn reddfol. Nid oedd Rob wedi sylwi ar y pâr yn llechu yng nghornel pella'r tŷ cwrdd, ond cafodd gipolwg clou arnynt wrth eistedd. Fel y brodyr Gillard oedd yn eistedd gerllaw, roedd y ddau yma'n gomig o wrthgyferbyniol ar lefel gorfforol hefyd. Yn syml, ac fel Sean a Paul, roedd un ohonynt yn fain a gewynnog a'r llall yn anferth. Fel fersiwn mwy taclus, mwy parchus, o'r Undertaker. Roedd gwallt y ddau yn fyr ac yn daclus, ac roeddent wedi gwisgo yr union yr un fath, polo-neck du yn hytrach na siwt a chrys; fel petaent wedi cael eu creu mewn ffatri y bore hwnnw ac yn ffres oddi ar y gludfelt.

Am yr ugain munud nesaf, aeth y pregethwr trwy ei bethau, yn parablu a chlodfori Tom Evans, bob yn ail gyda Duw. Gwelodd Rob y dagrau yn llifo dros fochau ei frawd, er na theimlodd ef ei hun unrhyw beth a dweud y gwir. Ar ôl colli pob cysylltiad gyda'i deulu ers degawd, ac o gofio mai ei dad oedd un o'r prif resymau dros yr arwahanu, roedd Rob yn gragen wag o ran galar ar yr eiliad hon. Crwydrodd ei feddyliau ac ymgollodd yn y 'beth os' a'r 'efallai'. Trwy gornel ei lygad, gwyliodd Jen yn mwytho llaw Sam yn dyner. Gobeithiai'n arw nad oedd yn rhy hwyr iddo ddod i adnabod y crwt. A gobeithiai'n arw y byddai Jen yn hapus iddo wneud hynny. Roedd y croeso gafodd ganddi'r bore hwn yn rhoi gobaith iddo, ond gwyddai nad oedd yn haeddu unrhyw chwarae teg o dan yr amgylchiadau. Wrth i'r ficer agosáu at ddiwedd y gwasanaeth, tyngodd Rob lw i wneud yn iawn am y blynyddoedd coll. I Sam, i Jen a hefyd i Ceri. Edrychodd ar y tri ohonynt yn eistedd wrth ei ochr; eu bochau'n disgleirio er cof am Tom. Yn wahanol i Rob, cafodd y tri ohonynt gyfle i ddod i'w adnabod dros y ddegawd ddiwethaf, ac roedd eu dagrau'n awgrymu nad oedd yr hen ddyn yn fastard milain bob eiliad o bob dydd. Plyciodd yr euogrwydd ar gydwybod Rob, ond ni adawodd iddo loetran. Claddodd yr emosiwn gyda'r llu o atgofion a gweledigaethau tywyll oedd eisoes yn byw yn ei ben. Gwyddai fod cryn dipyn o waith ganddo i'w wneud, ac roedd yn ysu i gychwyn ar berwyl pwysicaf ei fywyd.

Yn ystod yr emyn olaf, gwyliodd Rob ei frawd yn hanner troi i edrych y tu ôl iddo. Gwnaeth Rob yr un peth a gweld Little and Large yn syllu'n syth ato, heb gydymdeimlad yn agos at eu hwynebau. Nid galaru, nid talu teyrnged, nid cofio oedd y rheswm dros eu presenoldeb yn y capel heddiw. Roedd mwy o lawer i'r stori hon. Gwelodd Rob ei frawd yn codi ei law at ei drwyn unwaith eto, cyn i'r teulu bach ddilyn yr arch allan o'r capel ac i gefn yr hyrs, er mwyn cludo Tom Evans i'w orffwysle olaf.

*

Gyrrodd yr hyrs yn araf trwy'r dref, gan fod mynwent Capel Horeb ar gyrion Gerddi Hwyan, heb fod yn bell o'r hen bwll glo, oedd yn dal i daflu cysgod haniaethol a gwireoneddol dros yr ardal gyfan, chwe blynedd ers iddo gau. Yn ôl y newyddion, roedd cyfraddau diweithdra cymoedd de Cymru gyda'r uchaf yn y Deyrnas Unedig, yn brwydro gyda hen drefi glo Swydd Efrog am y brig, a gwyddai Rob iddo wneud y peth iawn yn gadael i ymuno â'r fyddin pan y gwnaeth, yn economaidd o leiaf. Pistylliodd y glaw ar do'r car, y *rat-tat-tat* di-baid yn cipio Rob yn ôl i dir y gad ei orffennol. Ond gyda datguddiadau'r bore yn ffres yn ei feddwl, ni wyddai petai'n gallu dychwelyd at ei fywyd gyda'r fyddin byth eto. Syllodd trwy'r ffenest ar y dref druenus tu hwnt i'r gwydr, oedd yn edrych yn waeth o lawer yn y glaw. Agorodd y ffenest er mwyn rhoi cyfle i fwg sigaréts Ceri a Jen ddianc trwy'r crac. Ysai Rob i allu gofyn i'w frawd am y dynion oedd yn cilwgu arno yn y capel, ond gwyddai nad dyma'r amser i wneud hynny. Dim o flaen Jen a Sam. Roedd rhywbeth yn dweud wrth Rob mai mater preifat oedd wrth wraidd yr hanes a byddai'n codi'r peth gyda Ceri'n hwyrach, pan gâi gyfle.

Daeth yr hyrs i stop ym maes parcio bach y fynwent, a'r car oedd yn cludo'r teulu wrth ei ochr. Wrth gamu allan i'r glaw, sylwodd Rob ar Jaguar XJ6 arian yn hwylio heibio a dau ddyn cyfarwydd yn eistedd ym mlaen y cerbyd. Mewn tawelwch, cariodd yr ymgymerwyr yr arch at y bedd, cyn ei gosod yn y twll yn ofalus. Dilynodd Rob, Ceri, Jen a Sam ymdaith olaf Tom Evans; dau ymbarél du yn eu cysgodi. Ar ôl dod i stop, gwelodd Rob garreg fedd ei fam drws nesaf i dwll du ei dad. Darllenodd y geiriau syml.

BETHAN MAIR EVANS
1947 — 1981
CWSG MEWN HEDD

Llifodd yr atgofion melys, gan wneud i galon Rob wegian ar ei hôl. Bu farw ei fam yn lot rhy ifanc, gan atal Rob a Ceri rhag cael perthynas ystyrlon, aeddfed gyda hi. Nid oedd e eisiau amddifadu Sam o hynny hefyd. Ni fyddai hanes yn ailadrodd ei hun yn yr achos hwn.

Gyda'r glaw yn dal i bistyllio, gwibiodd y pregethwr trwy ei bethau, gan ruthro at A-men yr adnod a gwahodd y teulu i daflu pridd ar glawr caeedig y coffin. Ar ôl gwneud, dychwelodd y pedwarawd at y maes parcio a gwelodd Rob fod y Jag wedi parcio gerllaw, a'r ddau ddyn o'r capel yn eistedd yno'n syllu ar ei frawd. Trodd Rob i weld bod Ceri'n rhythu'n ôl atynt.

"Ffrindie?" holodd Rob.

Ysgydwodd Ceri ei ben.

8: Gwylnos

Cwpwl o oriau ar ôl ffarwelio â Tom Evans yn y fynwent, roedd ei feibion tu ôl i far y Colomendy a'r lle dan ei sang, am y tro cyntaf ers amser maith. Roedd bron pawb oedd wedi mynychu'r capel y prynhawn hwnnw yn y dafarn heno, gan gynnwys y pregethwr, er nad oedd unrhyw sôn am Little and Large na'r Afanc. Wrth dynnu peint ffrothlyd o Bass i dad Jen, oedd yn llawer llai dig na'r disgwyl, er bod awgrym o siom yn llechu yng nghefn ei lygaid, gwyliodd Rob ei epil annisgwyl yn chwarae pŵl ym mhen draw'r salŵn. A dim jyst chwarae pŵl chwaith, ond hamro pawb oedd yn ei herio. Fel arfer, winner stays on oedd hi, a doedd Sam ddim wedi gadael yr arena unwaith. Roedd y ffaith nad oedd y crwt wedi meddwi'n helpu ei achos, wrth gwrs, gan fod pob un o'i herwyr yn lledfeddw, ar y lleiaf, ond roedd ei dalent amrwd yn amlwg i Rob, er nad oedd hynny'n syndod, gyda Sam yn hala cymaint o amser yn y Pij. Treuliodd Rob a Ceri oriau di-rif yn potio peli ar yr union fwrdd wrth dyfu i fyny; y ddau frawd yn gystadleuol ac yn benderfynol o guro'i gilydd, a'u hwyliau yn codi a disgyn yn dibynnu ar y canlyniad. Roedd pob brwydr yn agos a phob buddugoliaeth yn destun balchder. Ni allai Rob gofio fe na'i frawd yn potio pob pêl cyn i'r llall gyrraedd y bwrdd, er byddai Ceri'n siŵr o adalw pethau'n wahanol. Dyna'r peth am atgofion, fersiwn personol oedd popeth, ac roedd y cyfan yn cymylu dros amser. Fel yn achos agwedd rhieni Jen tuag at Rob heno. Roedd e'n disgwyl iddynt fod yn anghyfeillgar, ar y gorau, ond cafodd ei synnu pan afaelodd ei thad yn ei law yn gadarn a'i groesawu gartref, tra rhoddodd ei mam gwtsh fawr iddo, yn gwbl ddigymell, fel petai'n aelod hirgolledig o'r teulu. Ond dyna'n union be oedd e, wedi meddwl. Diolch i niwl trwchus y cyfnod gwyllt cyn iddo ddianc o'r hen le 'ma, nid oedd Rob yn cofio rhyw lawer amdanynt. Yr unig fanylyn oedd wedi aros yn y cof oedd mai swyddog difa plâu oedd job tad Jen, ac mai fe oedd un o'r cyntaf yn y maes i gael trwydded i saethu wiwerod llwyd i'r cyngor lleol! Am alwedigaeth. Am yrfa. Doedd dim rhyfeddod bod hynny wedi gludo i'w greuan. Roedd ganddo frith gof o Jen yn mynd gyda'i thad i hela fermin, a gwnaeth Rob nodyn meddyliol i godi'r pwnc ar y cyfle cyntaf. Eisteddai Jen rhwng ei rhieni, ar stôl dal wrth y bar, yn sipian peint o seidr, yn gyfuniad genynnol perffaith o'r cwpwl bob ochr iddi. Roedd ganddi'r un llygaid llwydlas gwelw â'i thad, a gweddill nodweddion wyneb ei mam. Dimpls dwfn ar ei bochau pan fyddai'n gwenu, dannedd lled-syth a gwefusau llawn, gwallt brown tywyll tonnog, nid cyrliog, a rhych fach yng nghanol ei gên. Cyfarfu llygaid y cyn-gariadon fwy nag unwaith yn ystod yr oriau diwethaf, dros bennau'r sgrym barhaus wrth y bar, gan siarad cyfrolau heb yngan gair. Roedd gwreichion tân y gorffennol yn dal i fod yn gynnes, heb os, ac ni fyddai'n cymryd llawer iddynt dasgu eto, er bod rhaid troedio'n ofalus, gan fod cymaint yn y fantol. Roedd Rob wedi gwneud smonach llwyr o bethau unwaith, ac roedd yn benderfynol nad oedd yn mynd i ailadrodd y camgymeriad.

Er gwaethaf perthynas gymhleth Rob a Tom Evans, roedd hi'n amlwg, diolch i hanesion, atgofion a straeon lliwgar selogion y Pij, fod yr hen ddyn yn uchel ei barch yn y dafarn hon. Parciodd Rob ei deimladau am ei dad, gan fwynhau clywed y locals yn ei gofio. Roedd Tom yn ddyn pwdlyd, heb os, ond o'r hyn glywodd Rob heno, roedd ochr chwareus iddo hefyd, a digon o chwerthin yn cyd-fynd â phob atgof. Ond gwnaeth hynny Rob yn drist, gan na welodd e'r ochr yna o'i dad hyd yn oed unwaith.

Yn ogystal â'r holl straeon am Tom Evans, gorfod i Rob oddef llawer o dynnu coes ei hun, gyda phawb fel petaent yn gyfarwydd â'i hanes. Ond, yn hytrach na gwneud iddo deimlo'n ynysig ac ar y cyrion, gwnaeth yr holl gellweirio iddo deimlo'n gartrefol iawn. Dros y blynyddoedd, roedd Rob bron wedi anghofio mor gynnes a chyfeillgar oedd preswylwyr ei filltir sgwâr, ac roedd wrth ei fodd tu ôl i'r bar, yn siarad cachu llwyr gyda llwyth o ffrindiau newydd.

Gyda'i hwyliau'n hedfan, aeth Rob i'r lle chwech. Ar ôl blynyddoedd o lwyrymwrthod, oherwydd diffyg cyfleoedd yn hytrach nag unrhyw resymau moesol, roedd wedi yfed tri pheint o Caffrey's yn ystod y ddwy awr ddiwethaf, ac roedd ei fladren bron â bosto. Safodd wrth yr iwreinal dur gloyw a gadael i'r dŵr lifo ohono. Teimlodd ryddhad pur wrth wneud, er gwaethaf yr aroglau gorlethol oedd yn codi o'r cafn. Cyfuniad llesmeiriol o amonia a chemegion diheintio. Llenwodd ei lygaid, a dyna pryd glywodd y lleisiau'n sibrwd yn unig guddygl y tŷ bach. Roedd y drws ar gau, ond roedd hi'n gwbl amlwg fod dau berson yr ochr arall iddo. Ffliciodd Rob y diferion olaf i'r pant, cyn cau ei gopis a golchi ei ddwylo yn y sinc. O'r cuddygl clo, clywodd ffroeni. Rhochian cyntefig, anifeilaidd. Pwysodd Rob ar y wal, ac aros. O fewn munud, agorodd drws y ciwbicl, ac allan daeth y brodyr Gillard.

"Roooooooob!" gwaeddodd Sean dros bob man, wrth snwffian a rhwchial fel twrch ar drywydd tryffls. Roedd gwyn ei lygaid yn goch, a'r canhwyllau fel dwy ffrimpan.

Ymgododd Paul tu ôl iddo, yn rhwbio'i fynegfys dros ei

ddeintgig, cyn gwepan mewn ymateb i'r cemegion amrwd. Yn wahanol i'w frawd, ni thalodd unrhyw sylw i Rob.

"Ti moyn lein, man?" gofynnodd Sean.

Anelodd Paul am y drws, ond camodd Rob ac atal ei ymadawiad. Nid oedd Paul wedi arfer â'r fath ymddygiad, a syllodd ar y milwr fel petai wedi colli'r plot yn llwyr. Edrychodd Rob yn syth i lygaid yr horwth. Er ei faint, er ei gryfder a'i wallgofrwydd drwgenwog, nid oedd Paul Gillard yn dychryn Rob. Ar ôl deg mlynedd yn rhyfela, doedd dim byd yn codi ofn arno bellach. A, diolch i'w hyfforddiant trylwyr, gwyddai Rob ei fod yn meddu ar y sgiliau angenrheidiol i sorto Paul petai angen.

"Cŵl ffycin bîns, man," poerodd Sean, gan gamu rhwng Rob a Paul, gan weld y gwylltineb yn gafael yn ei frawd. "So ni moyn trwbwl, man, jyst codi glàs i dy hen ddyn."

"Codi glàs? Ti'n cymryd y piss nawr! Un rhybudd chi'n ca'l 'da fi, OK, bois. A fi'n gwbod bod ti'n ffrind i Ceri, Sean, ond sa i moyn gweld chi'n snorto beth bynnag mewn fan hyn 'to. Byse Ceri'n colli'i leisens 'se'r cops yn clywed."

Cododd Sean ei freichiau o'i flaen mewn ystum o heddwch, er mai gwgu gwnaeth ei frawd y tu ôl iddo. "Dim chwys, dim chwys. Consider it done. O'dd dy hen ddyn di'n olréit, Rob. Fydd y lle 'ma ddim 'run peth hebddo fe."

Camodd Rob i'r ochr a gwahodd y brodyr i adael y tŷ bach. Sean yn arwain y ffordd, a Paul yn dynn ar ei sodlau. Wrth basio, clywodd Rob yr horwth yn mwmian "pric" o dan ei anal.

Dilynodd Rob nhw'n ôl i'r bar, gan obeithio mai dyna oedd diwedd drama'r dydd, ond cafodd ei synnu at sodlau ei sanau wrth weld Little and Large yn eistedd wrth fwrdd yng nghornel y dafarn, rhwng y bandit-un-fraich a'r peiriant sigaréts; yr un main, hŷn, yn magu brandi mawr, a'r cawr ar y cwrw sinsir. Dyfalodd Rob fod dyletswyddau'r behemoth yn cynnwys gyrru, ymysg pethau eraill, llai arferol.

Dyfriodd llygaid Rob wrth gamu tu ôl i'r bar, diolch i fwg yr holl sigaréts oedd ar dân yn y dafarn. Ar wahân iddo fe a Sam, roedd pawb arall yn y lle yn smocio. Er bod ambell un o'i gyd-filwyr yn smygu, roedd y fyddin wedi gwahardd gwneud mewn dorms, pebyll, yn y mès ac mewn ystafelloedd cyfarfod, felly roedd yr aroglau'n estron iddo erbyn hyn.

"Beth yw'r stori fan hyn, 'te?" gofynnodd Rob i'w frawd, gan nodio i gyfeiriad Little and Large a thynnu peint bob un o Carling i'r brodyr Gillard, oedd bellach yn pwyso ar y bar, eu trwynau'n plycio fel petai'r ddau yn dioddef o annwyd trwm.

"Weda i wrthot ti wedyn," atebodd Ceri'n ddiamynedd, wrth droi at yr optics i dollti jin mawr dros rew mewn gwydr tal.

Yn amlwg, roedd rhywbeth o'i le, ond ni allai wneud unrhyw beth am y sefyllfa tan y byddai Ceri'n ymddiried ynddo.

Jen a Sam oedd y rhai cyntaf i ffarwelio, gan fod y crwt yn gorfod codi ben bore i fynd i'r ysgol. Aeth rhieni Jen gyda nhw, gan nosdawio'n dwymgalon cyn gadael. Roedd Jen wedi yfed lot mwy nag y byddai'n gwneud fel arfer ar nos Fercher, a gadawodd i gledr ei llaw lusgo fymryn yn hirach nag oedd angen ar foch Rob cyn mynd. Syllodd ar Rob a gwenu, cyn ymadael, law yn llaw â'i mab.

Diflannodd Little and Large heb i Rob eu gweld nhw'n codi. Dim ffys, dim ffwdan, ond gadawyd blas cas ar eu holau. Rhyw haint amhleserus yn brwydro â'r ffags am oruchafiaeth. Yna, yn araf bach, dechreuodd y dafarn wagio. Er gwaethaf y sgwrs a gawsant yn y tŷ bach, roedd Sean yn ddigon cyfeillgar wrth ddweud nos da, er na ellid dweud yr un peth am ei frawd.

Roedd rhywbeth pydredig am Paul, a'i bresenoldeb fel cwmwl tywyll dros bob man. Gobeithiai Rob na fyddai'n croesi llwybrau gyda'r brodyr eto tra'r oedd yng Ngerddi Hwyan, er bod rhywbeth yn dweud wrtho mai breuddwyd ffŵl oedd hynny.

Cliriodd Rob a Ceri'r Colomendy gan sgwrsio'n braf am bopeth a dim byd o gwbl, er mai arwynebol oedd cynnwys y sgwrs a dweud y gwir. Ar ôl degawd o amddifadedd, byddai'n cymryd mwy na diwrnod iddynt deimlo'n gwbl gyfforddus yng nghwmni ei gilydd unwaith eto. Roedd boliau'r ddau yn llawn cwrw, ac roedd hynny'n helpu hefyd. Ar ôl casglu'r gwydrau a'u golchi, gwagio'r blychau llwch llawn i'r bin, sychu'r byrddau a'r bar, a mopio'r llawr, eisteddodd y brodyr wrth y bar, gyda chwisgi mawr bob un o'u blaenau.

"Reit," medd Rob, gan droi ei ben i edrych ar ei frawd.

"Reit," anadlodd Ceri a syllu ar ei ddiod.

"Yn gyntaf..." dechreuodd Rob, heb wybod yn union beth yr oedd am ei ddweud. Ond yna llifodd y geiriau ohono. "Yn gyntaf, fi'n sori. Fi'n sori am redeg i ffwrdd. Fi'n sori am Jen a Sam a'r holl shit 'nes i adael ar fy ôl. A fi'n sori am dy adael di. Sa i'n disgwyl i ti ddeall, ond roedd *rhaid* i fi fynd. Y noson honno. Y funud honno. Fel arall, fi'n meddwl falle bydde fi wedi ei ladd e. Neu rywun arall. Neu fi fy hun."

Taniodd Ceri ffag a gadael i Rob barablu.

"Ma heddiw wedi bod yn mental. Fi'n methu credu rhai o'r pethau fi 'di gweld a'u clywed. A fi'n methu coelio bod ti a Jen wedi rhoi croeso mor gynnes i fi. A'i rhieni 'fyd. Ar ôl popeth..."

Cododd Rob ei law at ei lygad cleisiog, gan estyn ei wydr a gwahodd ei frawd i wneud yr un peth.

"Sori am lampo ti bore 'ma," ymddiheurodd Ceri, wrth dincial y gwydrau.

"O's o'dd unrhyw un yn haeddu cael clatsien, fi oedd hwnnw."

Gwenodd Ceri a nodio ei ben.

"Ond beth amdanot ti?" gofynnodd Rob. "O't ti'n haeddu dau lygad du a trwyn rhacs?" Tro Ceri oedd hi i godi ei law at ei wyneb nawr. Yna, plygodd Ceri, ei ben yn ei blu, ac ochneidiodd yn ddwfn, gan wneud i'w frawd feddwl am eiliad ei fod ar fin dechrau crio. Rhoddodd Rob law ar ei ysgwydd, heb wybod yn iawn beth i'w wneud. Roedd e mas o bractis ac allan o'i ddyfnder yn llwyr.

"Do'n i ddim yn haeddu unrhyw beth o'r fath," atebodd Ceri yn gadarn, gan godi ei ben ac edrych i fyw llygaid ei frawd. "Ond ti'n gwbod pwy o'dd *yn* haeddu clatshen?"

"Pwy?" gofynnodd Rob.

"Dad!" Ebychodd Ceri. "Ond ma'r hen fastard wedi mynd a gadael fi yn y cach, yn blydi boddi yn y stwff 'fyd."

Sipiodd Rob y chwisgi, ac aros i'w frawd ymhelaethu.

O'i boced, estynnodd Ceri'r gwaith papur. Y cytundeb rhwng Tom Evans a Pete Gibson. Darllenodd Rob bob gair o'r ddogfen, cyn i'w sylw gael ei hoelio gan y ffigwr. Gan y ddyled. Adroddodd Ceri hanes ymweliad Little and Large y noson gynt, a'r anrheg y gadawon nhw ar eu holau, sef y llanast ar ei wyneb.

"Shit!" ebychodd Rob.

"Yn wir," cytunodd Ceri.

"So, beth ni'n mynd i neud am y peth?"

"*Ni?*" Trodd Ceri i edrych ar ei frawd, gan godi un ael ar hynny.

"Ie. *Ni.*"

Dechreuodd Ceri nodio ei ben nawr. "OK, Mr Milwr, OK. Ond paid poeni am y peth. Ma 'da fi blan."

9: Cnoc Cnoc

Cwympodd Rob i'r gwely sengl yn atig y Pij yn gwisgo dim byd mwy na'i baffwyr. Ar ôl cymryd mwy o arian heno nag oedd e wedi gwneud ers misoedd lawer, cytunodd Ceri i danio'r gwres canolog, fel trît iddo fe a'i frawd bach. O ganlyniad, roedd y llofft mor gysurus a chlyd ag unrhyw le roedd Rob wedi clwydo ynddo ers amser maith. Wedi'r cyfan, roedd y milwr profiadol yn hen gyfarwydd â gwelyau gwersylla a phebyll llaith. Yn wir, roedd dihuno ar doriad gwawr gydag anwedd dŵr y noson gynt yn drip-dripian ar ei dalcen neu ar ei obennydd yn digwydd yn lot rhy aml. O ganlyniad, gwerthfawrogai'r wâl dros dro yn ei gartref teuluol. Matres trwchus, ddim yn rhy dalpiog; dau obennydd, a dŵfe cotwm tenau. Nefoedd! Cododd ei freichiau cyhyrog a gosod ei ddwylo tu ôl i'w ben, y bysedd wedi plethu. Roedd golau'r lamp fach ar y bwrdd wrth ochr y gwely'n taflu cysgodion dros onglau anghyson y nenfwd. Syllodd ar y gweoedd pry cop oedd yn llechu yng nghorneli'r stafell, er na allai weld y penseiri wyth-coes yn un man. Caeodd ei lygaid, y llesgedd yn llethol mwya sydyn, a llenwodd ei ben â digwyddiadau'r dydd. Roedd hi'n anodd credu'r holl bethau oedd wedi dod i'r fei dros y ddeuddeg awr ddiwethaf, a theimlai'n fwy disbyddedig yr eiliad honno nag ar ôl martsio ugain clic yn cario gwarfag dau ddeg pump cilo ar ei gefn. Nid oedd am eiliad wedi dychmygu y byddai ei ddiwrnod cyntaf yn ôl yng Ngerddi Hwyan cweit mor ddigwyddlawn, ac er mai dychwelyd i fynychu angladd ei dad oedd prif nod yr ymweliad, newidiodd *popeth* yr eiliad y gwelodd Jennifer Brown yn smocio ar y palmant tu fas i'r Pij. Llithrodd Rob i fyd breuddwydion, wrth i ddelweddau a datgeliadau'r dydd bentyrru yn ei isymwybod. Mwgwd angau ei dad yn yr arch. Croeso Ceri. Dwrn Ceri. Cleisiau Ceri. Coflaid Ceri. Cariad Ceri. Gwên Jen. Rhieni Jen. Cledr Jen ar ei foch. Yr edrychiad yn ei llygaid. Maddeuant? Neu erydiad emosiynau dros amser? Llygaid Sam. Geiriau Sam. Gwên Sam. Ei lygaid ef. Ei lais ef. Ei wên ef. Nid oedd modd gwadu'r gwir, a llenwodd hynny Rob â balchder. Â gobaith. Sean a Paul. Little and Large. Yr Afanc. Y capel. Y coffin. Y bedd. Dyled ei dad. Etifeddiaeth gwbl annheg. Gwaddol anffodus. Atseiniodd y gair 'pric' yn ei ben, fel llafar-gân, fel mantra, fel metronom, a dihunodd Rob o'i freuddwydion pan glywodd gnocio cras ar ddrws cefn y dafarn, a diawlodd ei ben clwc wrth ddragio'i din o'i nyth.

Oherwydd nerth y cnocio, ac er gwaethaf oerfel y dydd, agorodd Rob y drws cefn yn ei drôns tyn, heb feddwl ddwywaith am hynny. Ond trwy niwl anochel y bore drannoeth, cafodd ei synnu wrth weld Jen yn sefyll yno, yn gwenu arno gan ysgwyd ei phen yn araf.

"Wow!" ebychodd, gan adael i'w llygaid grwydro dros gorff cyhyrog ei chyn-gariad. "Ti'n edrych yn ffresh."

Cododd Rob law at ei dalcen wrth i awyr iach y bore daro ei ben fel ffrimpan clown mewn syrcas. Anadlodd yn ddwfn a gafael yn ffrâm y drws i sadio ei hun. Ffocysodd ei lygaid ar Jen, a gwelodd ei bod wedi gwisgo'n barod ar gyfer ei gwaith. Cofiodd hi'n sôn rhywbeth am selsig, er bod y manylion ar goll yn y mwrllwch.

"Coffi?" gofynnodd, wrth i'r croen gŵydd orchuddio'i gorff.

"'Na i roi'r tecell mlân. Cer di i nôl dresin gown neu rywbeth."

Ar ôl socian ei wyneb mewn llond sinc o ddŵr oer, a gwisgo amdano'n gyflym, dychwelodd Rob i'r gegin yng nghefn y dafarn yn teimlo'n well, heb os, er nad oedd yn agos at fod yn holliach.

"Sa i'n meddwl bod Ceri adre," medd Rob, wrth eistedd lawr a chofleidio cynhesrwydd y cwpan coffi.

"Nagyw. Weles i fe gynne, pan es i â Sam i'r ysgol."

"Ble o'dd e'n mynd?"

"I glirio'i ben. Awyr iach. Ro'dd e'n anelu am Borth Hwyan."

Ar glywed yr enw, fflachiodd atgofion tywyll iawn ym meddwl Rob. Sipiodd ei goffi, gan werthfawrogi ei felyster. "Syniad da."

"Gaethoch chi noson hwyr, yn amlwg."

Nodiodd Rob ei ben yn araf, wrth feddwl am fonllost y diwrnod blaenorol. "Ges i ambell syrpréis, sdim dowt am hynny."

"A dyna pam fi 'ma. Fi'n gwbod gest ti sioc o weld Sam ddoe, so gad i fi esbonio."

"Jen. Sdim ishe. Fi sydd ar fai. Fi nath redeg i ffwrdd. Gadael ti ar ben dy hun..."

"Dim cweit," torrodd Jen ar draws, cyn mynd ati i adrodd yr hanes. "'Nes i grio am wythnosau ar ôl i ti fynd. Misoedd hyd yn oed. Ac yn fwy byth ar ôl sylwi bo fi'n dishgwl. O'n i mor grac. O'n i mor... Sa i'n gwbod. Trist. Ie. 'Na fe. O'n i'n gutted. Ac yn ofnus hefyd. O'n i *mor* ifanc. A fi'n gwbod nad o'n i'n serious cyn i ti fynd, ond... ond... o'n i'n teimlo ar goll.

Abandoned. Er bo fi'n gwbod nad o't ti'n gwbod dim byd am y babi."

Eisteddodd Rob fel delw yn gwrando ar eiriau Jen. Nid oedd e erioed wedi teimlo mor euog, mor gywilyddus. Roedd e eisiau ymestyn ar draws y bwrdd, ei chofleidio, ei chusanu, begian arni i faddau iddo. Ond ni allai symud. Hoeliwyd Rob i'r fan a'r lle gan ei geiriau.

"Yn ffodus, roedd Mam a Dad yn wych. Gallen i fod wedi cael gwared ar y babi, ond ar ôl penderfynu ei gadw, roedden nhw'n gefn i fi trwy'r cyfan, chwarae teg. Ac wedyn 'nes i a Ceri..."

Newidiodd tôn llais Jen yn llwyr wrth iddi ddechrau sôn am Ceri, a gwnaeth hynny i glustiau Rob godi. Sipiodd ei goffi, gan graffu arni trwy'r stêm.

"Fi'n cadw anghofio nad wyt ti'n gwbod dim o'r hanes, ond 'nes i a Ceri glosio yn ystod fy meichiogrwydd... a phan daeth Sam i'r byd... wel..." Stopiodd Jen yn sydyn. "So Ceri wedi dweud dim byd wrthot ti, naddo?"

Ysgydwodd Rob ei ben, ei geg cyn syched â'r Sahara.

"So hwn yn beth hawdd i rannu gyda ti, Rob, ond 'nes i a Ceri ddechrau..." sychodd ei geiriau. Roedd Jen yn fud am rai eiliadau, wrth chwilio am y ffordd orau ymlaen. "Sa i hyd yn oed yn gwybod beth i alw fe, Rob..." Oedodd eto, gan wenu'n gam. *Perthynas*, mwn. Ond dim un arferol, cofia. O'n i'n byw gyda Mam a Dad ar ôl cael Sam, ond roedd Ceri'n graig i fi 'fyd. Rhwng y pedwar ohonon ni, naethon ni oroesi'r misoedd cynnar, ac ar ôl 'ny... wel... roion ni go iddi... fi a Ceri... a Sam... fel teulu bach..."

Ar glywed hynny, bu bron i Rob boeri ei goffi dros y bwrdd, ond ffrwynodd ei hun, gan gofio ei ran ef yn y gachfa. Doedd dim hawl ganddo deimlo'n ddig mewn unrhyw ffordd. Yn wir, o dan yr emosiynau cymhleth, teimlai gymysgedd o genfigen a diolchgarwch pur.

"Nath e ddim para'n hir. A nath Ceri dreial cysylltu gyda ti. Anfonodd e loads o lythyre, ond gath e ddim ateb, fel ti'n gwbod. Ta beth, 'nes i a Sam symud mewn i'r Pij at Ceri a dy dad, ond doedd hynny ddim yn ddelfrydol... dim gyda babi bach. Gormod o sŵn, ti'n gwbod. Ond roedd Ceri a Tom yn dotio ar Sam. Ac er i ni gael go... fel cwpwl, fi'n meddwl... doedd ein calonnau ddim ynddi go iawn. O edrych nôl, fi'n credu mai panig oedd wrth wraidd y cyfan. O'n i'n fêts, fi a Ceri, a ni dal yn agos iawn hyd heddi, ond... ond... Doedd dim sbarc yna. Dim fel..." Unwaith eto, gadawodd Jen i'r geiriau bylu. Trodd ei llygaid i edrych ar Rob, a gweld ei fod yn syllu arni, yn hongian ar bob gair. "Yn y pen draw, daethon ni i'r casgliad mai Sam oedd yr unig beth pwysig. Fe oedd y glud, ac roedd hynny'n ddigon. Gyda'n gilydd, ond dim *gyda'n gilydd*, byddai ei fywyd yn llawn cariad. Rhwng y ddau ohonon ni, Tom a Mam a Dad, so Sam wedi mynd un diwrnod heb glywed ein bod ni'n ei garu. Anyway, 'nes i symud nôl at Mam a Dad – er mawr ryddhad i dy dad, by the way, oedd yn fwy grympi fyth heb gael digon o gwsg – cyn ffeindio job a tŷ ar ôl i Sam fynd i'r ysgol. Ma Ceri wedi bod yno i'r ddau ohonon ni trwy'r cyfan. Yr wncwl-slash-llys-dad-slash-pwy-a-ŵyr-beth gorau yn y byd."

Dyrnwyd Rob yn ei drwyn gan y datgeliadau, cyn iddynt afael yn ei goler a slapio'i fochau yn ddidrugaredd. Er gwaethaf holl ddatguddiadau'r diwrnod blaenorol, roedd hanes magwraeth Sam yn trympio'r cyfan rywsut. Syllodd ar Jen, gan ysgwyd ei ben yn araf.

"Dwed rywbeth," gwenodd Jen yn gam a thanio ffag.

O'r diwedd, sibrydodd Rob un gair. "Sori."

Wfftiodd Jen yr ymddiheuriad. "Ma fe'n hen hanes nawr, ond o'dd rhaid i fi ddweud y cyfan wrthot ti."

"Fydden i ddim wedi mynd 'sen i'n gwbod bod ti'n feichiog."

Cododd Jen ei hysgwyddau ar hynny, gan nad oedd yn gwbl argyhoeddedig o'r honiad. "Wel, ti yma nawr, so os ti moyn dod i nabod dy fab cyn i ti adael 'to, dere draw i gael swper 'da ni heno."

Aeth Jen i'r gwaith ar ôl hynny, gan adael Rob yn troedio dŵr mewn pydew dwfn o emosiynau croes. Wrth drochi yn llif y gawod, daeth i'r casgliad ei fod mewn dyled oes i'w frawd mawr, ac y byddai'n treulio gweddill ei fywyd yn ceisio ei haddalu.

Ar ôl adfywio ryw ychydig, gwisgodd Rob ddillad addas a gadael y Colomendy, gan anelu am y tir uchel, er mwyn clirio'i ben, ond hefyd i roi trefn ar ei feddyliau. Roedd ganddo bedair wythnos i wneud yn iawn am ddegawd o wallusdra. Gwyddai fod hynny'n annigonol, wrth gwrs, ond byddai'n gwneud ei orau glas yn ystod y cyfnod hwn i ddod i adnabod Ceri a Jen unwaith eto, a hynny fel oedolion, a Sam, ei fab, am y tro cyntaf. Lloriwyd Rob gan stori'r tri, wrth i Jen adrodd yr hanes yn gwbl rydd o emosiwn yn gynharach. Cyflwyno ffeithiau roedd hi'n wneud, nid ceisio gwneud i Rob deimlo'n euog am adael, neu'n genfigennus. Ond ar ddiwedd y dydd, teimlai'n wag. Roedd wedi rhedeg i ffwrdd, heb sylweddoli fod y byd ar blât iddo fan hyn. Teimlodd warth llwyr wrth gofio pam iddo ffoi. Yr hyn wnaeth i Jenko a'r gwrthdaro plentynnaidd rhwng disgyblwr llym a'i epil. Nid oedd Tom Evans yn dreisgar, ond gwnaeth ei gwyno a'i ddwrdio parhaus drechu Rob yn y pen draw. Wrth gwrs, roedd yr un peth yn digwydd ym mhob rhan o'r byd, ond nid oedd y mwyafrif o'r dioddefwyr yn dianc, ac yn ymuno â'r fyddin o ran malais plentynnaidd. O wybod yr hyn a wyddai yn awr, chwalwyd Rob gyda chwithdod.

Trwy'r gwynt a'r glaw, martsiodd Rob i gyfeiriad Porth Hwyan, y man lle cyrhaeddodd y torbwynt, gan ymgolli yn y coed bythwyrdd a'r adfeilion ôl-ddiwydiannol oedd yn creithio'r ardal. Hen simneiau, twneli a ffwrnesi brics, yn plethu â byd natur. Oedodd ar ddibyn serth i werthfawrogi'r olygfa: De Cymru a Môr Hafren hyd at y gorwel agos, gan fod arfordir Cernyw ar goll yn y cymylau heddiw. Wrth gerdded, ystyriodd waddol ei dad. Dyled o ychydig dros hanner can mil o bunnau, a hynny'n codi bob mis oherwydd llog. Ar ôl degawd yn y fyddin, roedd gan Rob ychydig o gynilon, ond dim hanner digon i setlo'r sgôr. Byddai modd datrys y broblem trwy werthu'r Pij, ond nid oedd hynny'n opsiwn. Roedd hanes a gwaed eu teulu wedi'u gwau yn waliau'r dafarn. Gwerthu'r lle oedd yr opsiwn olaf un; gwnaeth Ceri hynny'n berffaith glir. Roedd enw Pete Gibson yn hysbys i Rob yn barod, hyd yn oed cyn i Ceri rannu'r manylion gyda fe neithiwr. A gwyddai lle'r oedd yr Afanc yn ffitio mewn hefyd. Llaw chwith y bòs. Dwrn ar ffurf dyn. Gallai gofio enw Gibson yn cael ei sibrwd o gwmpas y dref yn ystod ei blentyndod, fel rhyw fwgan chwedlonol. Fel rhybudd. Bwci-bo a fyddai'n cosbi bechgyn drwg. Roedd y dihiryn yn fwy pwerus fyth erbyn heddiw, wrth gwrs, a'r bygythiad yn fwy real o lawer. Ond roedd gan Ceri gynllun ac, er ei amwysedd, byddai Rob yn gwneud popeth y gallai i'w helpu i sortio'r sefyllfa ac achub dyfodol ei deulu.

Dychwelodd Rob i'r Colomendy jyst cyn dau, ei fol yn grymial ac yn barod am ginio, ond synnwyd ef wrth weld bod y drws ffrynt ar glo. Nid oedd Ceri wedi dweud dim am beidio agor heddiw, er na allai feio ei frawd am gymryd bach o amser i ymadfer ar ôl halibalŵ'r diwrnod cynt. Aeth Rob rownd y bac, ond cyn llithro trwy'r iet ar ochr yr eiddo, gwelodd gar cyfarwydd yn gyrru i ffwrdd. Stopiodd yn stond a gwylio, ei lygaid yn cwrdd â rhai Little and Large, wrth i'w Jaguar arian gefnu ar y gymdogaeth. "Shit!" ebychodd, cyn codi ei goesau a mynd ar drywydd ei frawd. Gwyddai'n reddfol fod rhywbeth wedi digwydd a daeth o hyd i Ceri yn anymwybodol ar lawr oer y dafarn, gyda gwaed ffres yn diferu oddi ar y bar. Gwiriodd am bwls yn y mannau arferol, cyn estyn peint o ddŵr a'i dollti dros wyneb ei frawd. Dihunodd Ceri ar unwaith, gan saethu fyny fel darn o dost. Gyda'i lygaid ar agor led y pen, edrychodd ar Rob fel petai'n ei weld am y tro cyntaf. Yn araf, daeth ato'i hun, a helpodd Rob e i yfed dŵr er mwyn dod ato'i hun.

"Ffycin hel, fy ffycin 'nhrwyn!" Gwingodd Ceri wrth godi ei law at ei wyneb maluriedig.

Camodd Rob tu ôl i'r bar, er mwyn estyn chwisgi mawr i'w frawd.

"Shit!" ebychodd.

"Beth?" gofynnodd Ceri trwy lond ceg o waed.

"Ti moyn y newyddion da, neu'r newyddion drwg?"

"Drwg."

"Ma nhw 'di gwagio'r til."

"A'r da?"

Cododd Rob y cytundeb papur oedd yn gorwedd gerllaw, wedi'i fritho gan waed ffres. "Ma'n nhw 'di tynnu fe off y cyfanswm."

10: Amynedd

"Mmmm-hmmm!" Gyda'i lygaid led y pen, gwerthfawrogodd Rob lond ceg cyntaf ei Findus Crispy Pancake fel petai'n garcharor oedd newydd gael ei ryddhau o'r clinc ar ôl treulio blynyddoedd mewn cell heb fynediad at hyd yn oed y bwyd mwyaf sylfaenol. Oedd ddim mor bell â hynny ohoni, a dweud y gwir.

"Paid cymryd y mic!" chwarddodd Jen ar draws y bwrdd crwn yng nghegin fach ei chartref ar ystâd Y Wern.

"Sa i'n neud dim o'r fath, Jen! Ma'r rhain yn lyfli. Sa i 'di cael un ers blynydde. Ers ymuno â'r armi. Mmm-hm!" Cymrodd hansh arall, a dilyn y llond cegaid â chwpwl o Micro Chips, oedd yn OK, bach yn gardbordllyd, ond ddim yn yr un lîg â'r pancos.

"Beth ti'n bwyta yn yr armi?" gofynnodd Sam, oedd yn eistedd rhwng yr oedolion, ac yn dal i wisgo ei ddillad ysgol afliwiedig; y siwmper oedd gynt yn goch, bellach yn agosach at binc.

"Cwestiwn da, Sam," llyncodd Rob ei fwyd, cyn estyn am ei wydr o sgwosh i olchi'r cyfan lawr. "Ma hynny'n dibynnu ar ble ydw i yn y byd."

Lledaenodd llygaid Sam. "Wyt ti wedi bod i Antartica?"

"Un peth ar y tro!" ebychodd Jen. "Ma'n nhw'n dysgu am y cyfandiroedd yn yr ysgol."

"'Na' yw'r ateb i dy ail gwestiwn. Lot rhy oer i fi." Gwnaeth

Rob sioe o rynnu i gyd-fynd â'i ateb. "Ond nôl at y bwyd. Os fi adre yn y baracs, yn hyfforddi neu'n paratoi i fynd ar daith dramor, ni'n cael bwyd yn y ffreutur, sy'n reit debyg i beth ti'n cael yn yr ysgol siŵr o fod..."

Crychodd trwyn Sam. "Fel semolina?"

Gwenodd yr oedolion ar ei gilydd, a theimlodd Rob rywbeth cyntefig, nwydus, yn tanio'n ddwfn ynddo. "Ni *yn* cael semolina! Ddim yn aml cofia. Gyda digon o jam. A fi'n eitha lico fe 'fyd."

"Ych-a-fi!" poerodd Sam. "Beth arall?"

"Yn y baracs?"

Nodiodd Sam ei ben a rhofio llond llwy o bys i'w geg.

"Stwff fel pasta, reis, tatws, llysiau, digon o gig a ffrwythau, ond dim gormod o bethe melys. Pwdins, t'mod."

"Pam na?"

"Ni'n gorfod cadw'n heini." Wrth adrodd y frawddeg olaf, teimlodd Rob lygaid Jen yn gwerthfawrogi ei gyhyrau ar draws y cyllyll a'r ffyrc. Tynhaodd ei feiseps heb feddwl, heb edrych i'w chyfeiriad, a chlywodd sŵn bach yn dianc yn reddfol o'i cheg. Dim mwy nag anadl a dweud y gwir. Neu ochenaid lawn dyhead. "Ond, pan ni mas ar ops, ni'n byw mewn tents, ac mae hynny'n meddwl sdim ffreutur..."

"Dim semolina?"

"Yn union! Ni'n bwyta bwyd lot mwy basic. Em Ar Ees ni'n galw nhw."

"Beth?"

"Em Ar Ees. Meals ready to eat. Ma'r emffasis ar y caloriau yn hytrach na'r blas. Tanwydd i'n cadw ni fynd."

Edrychodd Sam ar Rob dros ei blât, heb ddeall rhyw lawer o'r frawddeg olaf.

"Ble chi'n mynd i'r tŷ bach?" Newidiodd drywydd y sgwrs.

"Sam!" Dwrdiodd Jen, ond chwarddodd Rob dros bob man.

"Ble bynnag, a phryd bynnag, ni'n gallu!"

*

Ar ôl i'r bois glirio'r bwrdd a golchi'r llestri, mynnodd Jen eu bod nhw'n mynd mas i gicio pêl. Doedd dim byd ganddi i'w wneud mewn gwirionedd, ond byddai hynny'n gyfle i Rob a Sam ddod i nabod ei gilydd yn well, a hefyd yn gyfle iddi gael hoe, gan fod treulio amser yng nghwmni ei hen gariad yn gwneud i bopeth dinglo yn y mannau cywir. Roedd angen brêc bach arni, dyna'r gwir.

*

"Faint o keepie-uppies ti'n gallu neud?" gofynnodd Sam, gan obeithio'n arw y byddai Rob yn gofyn yr un peth yn ôl iddo fe.

"Sa i'n gwbod. Sa i 'di cico pêl ers blynydde. Deg falle."

"*De-eg*?!" Diferodd y dirmyg o lais y crwt.

"Pam, faint wyt ti'n gallu neud?"

"Mwy na deg... easy."

"Go on, 'te. Dangosa i fi."

Pasiodd Rob y bêl ledr dreuliedig ar draws y concrid at Sam, ac aeth y crwt amdani.

"Un, dau, tri, pedwar..." cyfrodd, wrth dap-tap-tapio'r bêl, heb adael iddi gyffwrdd â'r llawr unwaith. Collodd reolaeth wrth gyrraedd yr ugeiniau, ond roedd hynny'n llawer gwell na deg rhagweledig Rob.

"Gwych!" gwaeddodd Rob yn llawn balchder anghyfarwydd. "Pwy ddysgodd ti i neud 'ny?"

"Dad-cu," atebodd Sam, gan dynnu'r gwynt o'i hwyliau ar unwaith, er na sylwodd y bychan ar hynny. Nesaf ar agenda'r crwt oedd ymarfer ciciau o'r smotyn, gan ddefnyddio polion giât y dreif fel pyst. Safodd Rob yn y gôl, ei gefn at y stryd, a gwelodd Jen yn eu gwylio o ffenest y lolfa, gyda gwên lydan ar ei hwyneb. Cododd law arni, a gwnaeth hithe'r un peth. Wrth i Sam bwyso a mesur ei opsiynau, ystyriodd Rob a ddylai adael iddo sgorio, neu wneud pob ymdrech i'w atal. Yn y diwedd, doedd dim penderfyniad i'w wneud, gan fod Sam yn giamstar ar giciau smotyn, gan guro Rob ar bob achlysur, bron.

Roedd y nos wedi cau'n gyfan gwbl bellach, a'r unig olau stryd oedd yn gweithio yn yr ardal yn ei gwneud hi'n anodd i'r bois barhau gyda'u gêm. Roedd hi'n gythreulig o oer hefyd, yn enwedig yn achos Rob, oedd yn sefyll yn y gôl, heb symud rhyw lawer, yn wahanol i Sam, oedd yn cwrso'r bêl, gwneud triciau a saethu o bob man. Edrychodd Rob ar y gymdogaeth y tu hwnt i'r ardd ffrynt, oedd yn dywyllach nag y dylai fod oherwydd y diffyg bylbiau. Roedd Gerddi Hwyan heddiw yn lle trist ac anghofiedig, heb os, ond nid oedd Sam yn ymwybodol o hynny, ac roedd ei hapusrwydd dilwgr yn heintus. Yr unig beth oedd angen ar y bychan oedd bwyd, cariad a'i bêl. Syml. Un peth da am y diffyg golau stryd oedd bod y ffurfafen i'w gweld yn ei holl ogoniant heno, ac eisteddodd Rob a Sam ar fainc simsan yn yr ardd ffrynt, foel, yn syllu'n syth i fyny, gan blygu'u gyddfau am yn ôl, fel dau Pez dispenser dynol. Pwyntiodd Rob at rai o'r cyfseriadau mwyaf sylfaenol – y sosban, gwregys Orion, y llwybr llaethog – gan ddisgwyl i Sam ddechrau gofyn cwestiynau lletchwith unrhyw eiliad. Roedd y crwt yn siarp ac yn chwilfrydig, ond ar wahân i ambell edrychiad rhyfedd, ni heriodd ei dad am ei absenoldeb, er y gwyddai Rob y byddai'n rhaid trafod hynny rhywbryd yn y dyfodol.

Ar ôl rhedeg mas o gytserau, torrodd Sam ar y tawelwch trwy ddatgan bod ei ddad-cu lan f'yna rhywle.

"Beth?" gofynnodd Rob, heb glywed yn iawn.

Pwyntiodd Sam at y sêr. "Ma Dad-cu lan f'yna rhywle."

Nid oedd Rob yn gwybod sut i ymateb i hynny. "Yn y nefoedd, ti'n meddwl?" gofynnodd, wedi drysu braidd. Nid oedd awgrym o grefydd yn agos at Jen na'i chartref, ond pwy a ŵyr, efallai ei bod hi wedi'i haileni tra bod e bant.

Ysgydwodd Sam ei ben, gan barhau i syllu i fyny. "Na. Ma Mam yn dweud bo chi'n troi'n seren pan chi'n marw. So ma Dad-cu lan f'yna rhywle, yn edrych lawr arnon ni fan hyn."

Gwenodd Rob ar hynny. Am ffordd wych o osgoi'r esboniad crefyddol. Cododd ei law a chwifio ar y nen.

"Be ti'n neud?" gofynnodd Sam.

"Dweud 'nos da' wrth Dad-cu. Dere, mae'n rhy oer i fi mas fan hyn."

"No way!" ebychodd Sam, gan godi a'i heglu hi ar ôl y bêl unwaith eto.

Cododd Rob a mynd ar ei ôl, gan ei gornelu a gadael iddo ddianc cwpwl o weithiau, cyn gafael ynddo o'r diwedd a'i godi dros ei ysgwydd, fel dyn tân. Wrth gamu'n ôl i gyfeiriad y tŷ, defnyddiodd Rob ei fysedd main i oglais Sam tan fod y crwt yn udo.

"Paid! Stop! Plis!" ymbiliodd, gyda dagrau yn llifo lawr ei fochau.

Agorodd Jen y drws er mwyn gloddesta ar yr olygfa. Gwenodd.

*

Chwarter awr yn ddiweddarach, roedd Sam wedi cael cawod ac yn ei wely, ei wallt yn dal yn wlyb, a'i byjamas Manchester United yn matsio'r dŵfe pyledig, y lamplen a'r posteri di-rif oedd wedi'u blw-tacio i'r wal.

"Ti moyn stori?" gofynnodd Rob.

"Na," atebodd Sam, gan estyn albwm sticers o'r bwrdd bach wrth ochr y gwely. "Fi bron wedi gorffen hwn," meddai'n llawn balchder, cyn i'r wên ddiflannu oddi ar ei wyneb.

"Be sy'n bod?" gofynnodd Rob, wrth eistedd ar y gwely.

"Sa i byth yn mynd i orffen e nawr."

"Pam ti'n dweud 'ny?"

"Achos Dad-cu oedd yn prynu'r sticers i fi."

Bu bron i galon Rob dorri'n deilchion ar glywed hynny, felly addawodd helpu Sam i orffen y job.

Gyda'i gynllun wedi dwyn ffrwyth, cilwenodd y crwt wrth ofyn ei gwestiwn nesaf. "Pwy yw hoff chwaraewr ti?"

Castiodd Rob i ddyfnderoedd ei feddwl, gan nad oedd e'n dilyn y bêl gron. Roedd ganddo bethau ychydig yn fwy difrifol i ddelio gyda nhw yn ei fywyd bob dydd. Syllodd Sam arno'n gegrwth, heb ddeall pam roedd e'n oedi. Yn ei banig, trodd Rob at y posteri ar y wal. "Ryan Giggs, wrth gwrs," atebodd, gyda pheth rhyddhad. O leiaf, roedd e wedi clywed am Giggsy!

"Snap!" ebychodd Sam gan wenu, ac agor yr albwm at dudalen Man U. "Fi hefyd yn hoffi Paul Ince ac Eric Cantona."

Ymlaciodd Rob, gan ledorwedd ar y gwely a gwrando ar Sam yn parablu am ei hoff chwaraewyr, gan chwydu ystadegau diystyr bob yn ail air.

"Amser cysgu nawr," daeth llais Jen o ben y landin.

Nid oedd Rob yn gwybod yn iawn sut i nosdawio â'r crwt, felly cododd o'r gwely a sefyll yno'n lletchwith yn y lleddywyllwch. Camodd Jen i'r ystafell a phlannu sws ar ben Sam cyn arwain Rob lawr y grisiau, i'r gegin fach.

*

Gyda'r amser yn tic-tocian heibio i hanner awr wedi naw, roedd Jen a Rob bellach yn eistedd ar y soffa; can o seidr bob un yn eu gafael a sigarét yn hongian yn barhaol o wefusau Jen.

"Diolch," medd Rob.

"Am be?"

"Am fagu Sam i fod fel ma fe. Ti 'di neud job da."

"Wel, diolch yn fawr," meddai Jen yn goeglyd.

"Fi o ddifri, Jen. Ti'n amazing. Ac ma Sam yn amazing. Fi mor prowd. Mor ddiolchgar."

"Ffycin hel, Rob, stopa nawr, nei di? Jyst gwneud 'y ngorau ydw i. Dim mwy na' 'ny. Dim mwy na ma miloedd o famau rownd y byd yn gwneud bob dydd." Cododd ei chan at ei cheg, ond oedodd cyn llyncu. "*Miliynau*, more like," ychwanegodd.

Nodiodd Rob ar hynny. "Falle wir, ond fi dal yn ddiolchgar. Fi'n gwbod bod hi 'di bod yn tyff arnot ti. Arnoch chi."

Nodiodd Jen ar hynny. "So ti'n rong f'yna."

"Shwt?"

Yn y golau isel, gwelodd Rob donnau bach o dristwch yn torri ar fochau Jen. "Ma Sam 'di cael amser caled yn yr ysgol, 'na gyd."

"Bwlio?"

Nodiodd ar hynny, a siarad â'r llawr wrth ateb. "Dim byd rhy gas, cofia. Ond ma plant yn gallu bod yn brwtal. Ac ma Sam yn gallu bod yn sensitif, t'mod."

Roedd hi'n anodd clywed braidd, ond gwnaeth y sibrydiad o ddatguddiad i waed Rob fudferwi. "Beth, 'te, Jen?"

Anadlodd Rob yn ddwfn mewn ymdrech i guddio ei ddirmyg, ond ni sylwodd Jen ar ddim.

"Galw fe'n 'jipo'," aeth yn ei blaen. "Achos bod e'n gwisgo dillad ail law."

Ysgydwodd Rob ei ben, tra ystyriodd Jen a ddylai ddatgelu mwy wrth Rob. Aeth amdani.

"Nath un o'r plant yn ei ddosbarth e ddysgu beth yw gwir ystyr y gair 'bastard' gwpwl o fisoedd yn ôl, ac ma'n nhw 'di bod yn galw fe'n hwnna'n ddiweddar."

Torrodd calon Rob eto. "Ma hwnna *yn* brwtal. O's rhywbeth alla i neud i helpu?"

Heb oedi, atebodd Jen. "Gei di gasglu fe o'r ysgol os ti moyn. Galle hynny roi stop ar bethe."

Cytunodd Rob i hynny, ond roedd y cyfan yn ormod iddo a dweud y gwir. Ddeuddydd yn ôl nid oedd syniad ganddo am Sam, a nawr dyma fe, wedi rhoi ei fab i'r gwely am y tro cyntaf ac yn rhannu soffa gyda Jennifer Brown, ceidwad ei galon. Pinsiodd ei hun, yn llythrennol.

"Be ti'n neud?" gofynnodd Jen, wrth ei weld yn crafangu croen ei fraich.

"Jyst tshecio nad ydw i'n breuddwydio."

Chwarddodd Jen yn groch ar hynny, y seidr yn tasgu o ffroenau ei thrwyn. "Iesu, Rob! Ti moyn fi hôl y cheese grater i ti?"

Gwridodd Rob, ei falŵn wedi bostio gan ei geiriau miniog. Gwelodd Jen ei bod wedi ei frifo, ond adferodd Rob ar unwaith. Cododd ei ben a syllu i fyw llygaid Jen. "Sori. Fi mas o bractis."

"Dim ti yw'r unig un!" Chwarddodd Jen dros bob man eto, cyn pwyso i gyfeiriad Rob a gafael yn ei law. Er gwaethaf y chwithdod cawslyd, teimlai Jen yn gwbl gyfforddus yn ei gwmni. Trodd i edrych arno, ond ni chafodd gyfle i yngan gair.

Synnwyd Rob i gychwyn, pan snyglodd Jen wrth ei ochr. Trodd i edrych arni. Roedd hi'n syllu ar ei wefusau, mewn perlewyg llwyr. O leia, dyna beth welodd Rob, a ystyriodd hynny fel golau gwyrdd, felly pwysodd mewn am gusan, ond neidiodd Jen am yn ôl, fel Jac yn y bocs, gan lanio ar ei thraed o flaen y tân. "Slofa lawr! Slofa lawr! Un funud nawr. Be'n y byd ti'n meddwl ti'n neud?"

Tynnodd Rob yn ôl ar unwaith, gan ddal ei ddwylo i fyny o'i flaen. Roedd y blys a deimlai at Jen bron yn orchfygol, a chafodd ei ddallu ganddo'n llwyr. Y gwir oedd, er gwaethaf ambell noson nad oedd yn werth eu cofio yng nghwmni cwpwl o gyd-filwyr, nid oedd Rob wedi blasu cariad go iawn dros y ddegawd ddiwethaf. O ganlyniad, roedd e mor galed â chraig Gibraltar, ac wedi camddeall y sefyllfa yn llwyr. "Fuck, Jen! Fi'n sori!" ebychodd.

"Fi'n falch clywed 'ny, 'fyd!" medd Jen, gan sugno'i ffag yn galed ac esgus bod yn grac. Yn ei ddryswch a'i chwithdod, a hefyd diolch i'r golau isel, ni sylwodd Rob ar y chwinciad bach direidus yn ei llygaid gwyrdd. "Ti'n meddwl bo fi'n easy, Mr Milwr?" Prociodd Jen, gan wneud i Rob wingo. "Ti'n meddwl bod ti'n gallu strytan nôl i' my wyd i ar ôl deg mlynedd a llithro mewn i fy nicers jyst fel 'na?"

Ni wyddai Rob beth arall i'w ddweud. Claddodd ei wyneb yn ei ddwylo, y lolfa'n diflannu i ddüwch ei gledrau.

Syllodd Jen ar y milwr, gan wybod bod y Rob Evans oedd yn eistedd o'i blaen wedi newid tu hwnt i unrhyw ddisgwyliad, neu adnabyddiaeth hyd yn oed, dros y blynyddoedd. Diolchodd am hynny, gan y byddai'r Rob roedd hi'n arfer ei nabod wedi poeri a diawlo a chwalu dodrefn o dan y fath amgylchiadau. Yna, pwysodd Jen yn agos ato, gan sibrwd un gair yn ei glust.

"Amynedd."

11: Cynllun

Dychwelodd Rob i'r Colomendy wap wedi deg o'r gloch, a chael ei synnu wrth weld bod y lle dan ei sang eto heno. Er mai ychydig dros ddiwrnod roedd e wedi bod yn ôl yng Ngerddi Hwyan, roedd e 'di clywed Ceri'n cwyno'n sawl tro am ba mor araf oedd busnes ar hyn o bryd. Camodd trwy'r drws ac, mewn amrantiad, tynnodd y mwg sigaréts ddŵr i'w lygaid, a llithrodd yn syth tu ôl i'r bar er mwyn helpu ei frawd, a wnaeth i'r awr nesaf hedfan. Dioddefodd y ddau frawd lot fawr o dynnu coes oherwydd eu llygaid duon cyfatebol, gyda'r meddwon ar ochr arall y bar yn magu hyder gyda phob sip, a'u lleisiau'n codi i lefelau diasbedain. Chwydai caneuon poblogaidd y cyfnod o'r jiwcbocs, pob un wedi'i dewis gan yr yfwyr. Gallai Rob oddef rhai ohonynt heb broblem, fel *'Live Forever'* gan Oasis, neu *'Regulate'* gan Warren G; tra gwnâi eraill i'w glustiau waedu, fel *'Love is All Around'* gan Wet Wet Wet, neu *'Mmm Mmm Mmm Mmm'* gan y Crash Test Dummies, oedd yn gorfod bod un o'r caneuon gwaethaf yn hanes y byd. Diolch i'r cyfeiliant cerddorol a'r cacoffoni dynol, arnofiodd Rob uwchben y cyfan; yr atgofion o'i noson yng nghwmni Jen a Sam wedi'u hysgythru ar ei gof am byth. Bob tro y byddai'n tynnu peint neu'n gwthio gwydr tal i'r bwced iâ, byddai'n meddwl amdanynt. Gwallt Jen yn tonni dros ei hysgwyddau, a'r wên gam oedd yn gwneud i'w llygaid gwyrdd befrio; a'r ffordd y gwelodd Sam yn edrych arno o gornel ei lygad, gyda chymysgedd o chwilfrydedd a gobaith yn brwydro am oruchafiaeth. Yna, gwingodd wrth gofio ei gamgymeriad, cyn dod ato'i hun unwaith eto wrth i addewid un gair Jen atseinio yn ei gof. Gwyddai fod llawer o waith ganddo i'w wneud eto gyda'r ddau ohonynt, ond roedd heno'n ddechrau da, heb os.

Ar ôl i Rob ddod o hyd i Ceri ar lawr y Pij mewn pwll o waed y prynhawn hwnnw, honnodd ei frawd fod ganddo gynllun i sorto'r sefyllfa gyda Pete Gibson. Gwrthododd ymhelaethu, gan ddweud y byddai popeth yn cael ei ddatgelu heno. Ni wyddai Rob beth oedd ystyr hynny, ond pan welodd Sean Gillard yn camu i'r dafarn a wincio ar Ceri, wrth i'r gloch last orders ganu, suddodd ei galon, gan foddi ei obeithion o gael datrysiad call i'r cyfan. O leiaf nid oedd Paul yn rhan o beth bynnag oedd ar y gweill. Byddai hynny wedi dod â'r cyfan i ben cyn cychwyn.

Archebodd Sean beint o Carling gan Rob a'i gario at fwrdd yng nghornel y dafarn, i ffwrdd wrth y sgrym ger y bar. Diolchodd yn gwrtais am ei gwrw. Yn wahanol i'r diwrnod cynt, pan groesodd llwybrau'r ddau yn nhoiled y dafarn, nid oedd trwyn Sean yn rhedeg, ac nid oedd yn rhochian fel baedd nac yn dawnsio fel pyped ychwaith. Roedd hynny'n welliant, heb os, ond ni allai Rob ymddiried ynddo am hanner eiliad. 'Shifty' oedd y gair, ac nid oedd gan Rob obeithion rhy uchel wrth fynd mewn i'r cyfarfod hwn.

Roedd y dafarn yn wag erbyn chwarter wedi un ar ddeg. Clodd Ceri'r drws ar ôl yr ymlusgwr olaf.

"Gad nhw, Rob," cyfeiriodd at y gwydrau gwag. "'Na i sorto nhw yn bore."

"Ti moyn un arall, Sean?" gofynnodd Rob o du ôl i'r bar.

"Go on, 'te," atebodd o'r cornel, cyn rhoi clec i'r dregs yn ei lâs.

Tynnodd beint o Carling i Sean a bobo Caffrey's iddo fe a'i frawd, cyn cydio yn y gwydrau ac ymuno â'r ddau yng nghornel y dafarn. Erbyn iddo eistedd, roedd Ceri a Sean yn smocio sigarét bob un; y mwg yn chwyrlïo tua'r nenfwd a'i gorchudd o artecs trwchus.

Rhoddodd y gwydrau ar y bwrdd ac edrych ar y ddau oedd yn eistedd o'i flaen. Ar ôl treulio degawd yn cydweithio â milwyr a swyddogion hynod hyfforddedig, hynod effeithlon a hynod broffesiynol, nid oedd Ceri a Sean yn ei lenwi â hyder heno.

"Ma Ceri'n dweud bod 'da ti blan," aeth Rob yn syth at wraidd y sefyllfa, heb fân siarad, heb wilibowan.

Nodiodd Sean a sugno mwg. "Ac ma Ceri'n dweud bod chi mewn bach o dwll."

"Ma gan Ceri geg fawr, yn amlwg," medd Rob gan wenu am y tro cyntaf ers i Sean gyrraedd.

"Ffycin hel, bois, fi'n eistedd fan hyn!" Cododd Ceri ei lais, er mwyn amddiffyn ei hun. "Ond ma'r ddau ohonoch chi'n iawn. *Ydyn*, ni mewn twll; ac *oes*, mae gan Sean gynllun."

"Beth yw e, te?" gofynnodd Rob, gan droi ei olygon at Sean, ei lygaid yn culhau wrth graffu ar y cyffurgi.

Gwingodd Sean ryw fymryn wrth i drem y milwr ei dreiddio. "Piece of piss, fi'n dweud 'tho ti. Low risk. A bydd y pay-out yn massive. So. OK. Reit, ma gen i ffrind sy'n gweithio mewn siop. Jewellers. Top end. High end. Beth bynnag. Yn y Docs lawr yn Caerdydd. Ac yn cefn y siop mae 'na sêff sy'n llawn bullions aur, jiwlri o bob math, aur, arian, diamonds, y cwbwl lot..."

"Dwed wrtho fe am y cash," awgrymodd Ceri wrth gladdu ei ffag yn y blwch llwch llawn.

"Rho jans i fi! Ffycin hel. Fi 'di colli trac nawr. OK. So. Ie.

Loads o stwff ffansi, sydd werth miloedd. Ond y peth gorau yw bod y sêff hefyd yn llawn cash. *Pentwr* o cash hefyd…"

"Faint?" gofynnodd Rob, ei ddiddordeb wedi'i ennyn mwya sydyn. Doedd dim ots ganddo am emwaith a barrau aur; arian parod oedd ei angen ar y brodyr, a hynny ar frys.

"Unrhyw beth rhwng chwarter a hanner miliwn, yn dibynnu ar gwpwl o bethau. Falle mwy, os ni'n lwcus."

Eisteddodd Rob yn ôl yn ei gadair, prin yn gallu credu ei glustiau. Llyncodd hanner peint o Caffrey's ar ei ben, gan lyfu'r ewyn oddi ar y blew ar ei wefus uchaf ar ôl gorffen.

"Ma 'na wahaniaeth mawr rhwng chwarter a hanner miliwn, Sean, so shwt allwn ni neud yn siŵr bod ni'n bwrw'r jacpot?"

"Yn ôl fy contact ar y tu fewn, ma'r sêff yn cael ei wagio ar y twentieth o bob mis, felly'r nineteenth bydde'r diwrnod gorau i…"

"Pam yr ugeinfed?"

"O's ots?" Ymunodd Ceri yn y sgwrs.

Cododd Rob ei sgwyddau. "Ma'r dyddiad bach yn random, 'na gyd. Bydde dechrau neu ddiwedd y mis yn neud mwy o sens."

"Sa i'n gwbod yr ateb i hwnna, Rob," esboniodd Sean. "Ond yn ôl fy contact, sydd wedi gweithio 'na ers cwpwl o flynyddoedd, dyna beth sy'n digwydd. Bob mis. Fel watsh."

Nodiodd Rob wrth amsugno'r holl wybodaeth. "Pwy yw dy gontact a pam ma fe eisiau bod yn rhan o hyn?"

"Hi!" ebychodd Ceri, heb fod angen o gwbl.

"Beth?" gofynnodd Rob.

"Ca dy ben," medd Sean.

Edrychodd Ceri ar y ddau ohonyn nhw'n syn. "Cariad Sean yw'r inside man, 'na gyd. No biggie."

Cododd Rob ei sgwyddau tra edrychodd Sean yn filain ar ei ffrind.

"Pam bod *hi* eisiau bod yn rhan o hyn, 'te?"

"Yr un rheswm bod ni'n eistedd fan hyn heno. Cash."

"Four way split am bopeth sydd yn y sêff, ie?"

Nodiodd Sean ar hynny, heb grybwyll y ffaith y byddai ei frawd yn rhan o'r tîm hefyd. Roedd wedi darbwyllo Paul i beidio â dod yn gwmni iddo heno, oherwydd byddai ei bresenoldeb siŵr o fod wedi gwneud i Rob a Ceri wrthod y syniad heb roi chwarae teg iddo.

"Beth am y gemwaith? A'r barrau aur?"

"Fi'n nabod boi yn Bryste sy'n gallu helpu fi i shifto unrhyw beth. Fi 'di rhoi heads up iddo fe'n barod. Ma popeth yn sorted."

"So pam ti angen ni? Mae'n swnio fel gallet ti a dy frawd neud y job 'ma heb unrhyw help."

Gwenodd Sean yn ddi-hid cyn ateb. "Sa i *angen* chi o gwbl, Rob. Ceri gysylltodd â fi yn gofyn am help, so dyma fi, yn helpu."

Glaniodd yr ergyd gan dynnu'r gwynt o hwyliau Rob. "Digon teg, digon teg. Cer â fi trwy'r cynllun, 'te."

"Fel wedes i, piece of piss. Tri person sy'n gweithio 'na. Kelly, fy contact. Boi o'r enw Harvey Burns. Fe yw bòs y lle. Fe sydd in charge o'r wheelings and a dealings. Ac un seciwriti gard."

"O's arf 'da fe? Pastwn? Gwn?"

Siglodd Sean ei ben a gwenu. "Na. Fuck all."

"Ti'n siŵr o hynny?"

"'Na beth wedodd Kel wrtha i."

Ystyriodd Rob y geiriau, gan wybod bod rhaid iddo eu credu. Am nawr, o leiaf.

"Ydy'r lle 'di cloi, te? Neu all unrhyw un gerdded mewn?"

"Ma'r drws ffrynt wedi cloi a'r drws tu fewn i'r bac, lle ma'r sêff, hefyd ar glo."

"So, shwt ni'n mynd mewn, 'te?"

"Ar y dydd, bydd Ceri'n gyrru, a ti a fi'n mynd mewn i'r siop. Neith Ceri barcio bach lawr y stryd o'r lle ac fe a' i draw i gnocio ar y drws, gyda ti'n hongian nôl ychydig. Bydda i 'di gwisgo'n smart, siwt a tei t'mod, ac yn cario briefcase. Fi 'di bod yn gwylio'r lle ers misoedd ac ma nhw'n hollol lax. O beth fi 'di gweld, ac o beth ma Kelly 'di dweud 'tho fi, ma'r seciwriti gards yn agor y drws i unrhyw un, cyn belled bod nhw'n edrych y rhan. So sa i'n meddwl ga i unrhyw broblem yn mynd mewn i'r siop. Ond hyd yn oed os ni *yn* cael trafferth, mae gen i gopi o'r allwedd, so mewn â ni, either way."

Nodiodd Rob ar hynny. "Beth wedyn?"

"Bydd gen i arf o ryw fath yn y briefcase... cosh neu ffon neu bastwn... digon i sorto'r seciwriti gard."

"Ond ni angen cyrraedd y sêff yn y bac, a no way bydd y perchennog yn gadael ni mewn os welith e ti'n hanner lladd y gard."

Gwenodd Sean, gan fod yr ateb ganddo'n barod. "Ma Kelly'n gweithio mas y bac gyda Mr Burns, tu ôl i'r gwydr trwchus, t'mod. Bydd hi'n aros amdanon ni, a pan fydda i'n cnocio ar y drws ffrynt, bydd hi'n tynnu sylw'r bòs, er mwyn i ni allu delio â'r gard."

"Piece of piss!" ebychodd Ceri, gan ddenu edrychiad dirmygus gan ei frawd.

"Beth wedyn?" gofynnodd Rob.

Palodd Sean ym mhoced ei jîns cyn codi allwedd arian sgleiniog i'r awyr yn fuddugoliaethus, fel Arthur Pen-ddraig yn tynnu Caledfwlch o garreg yn Lloegyr. "Mewn â ni."

"Ti 'di neud copi o'r ddwy allwedd, 'te?"

"Ydw."

"Gwych. Ond beth am y sêff?"

"Mr Burns sydd â'r unig allwedd, so bydd rhaid i ni fod bach yn heavy gyda fe, ond dim byd sili, paid poeni. A Kelly hefyd, er mwyn peidio incriminetio hi yn y cyfan."

Cododd Ceri a mynd i estyn potel o chwisgi o du ôl i'r bar, gan ddychwelyd gyda thri gwydr a'r bocs rhew. Wrth iddo arllwys dram bob un i'r gwydrau, tawelodd y sgwrs wrth i Rob ystyried popeth. Roedd yr holl beth yn wallgof, heb os, ac roedd e'n ei chael hi'n anodd iawn ymddiried yn Sean. Ond, gyda rhywun ar y tu fewn, roedd siawns, o leiaf, o lwyddo.

"Wyt ti'n trysto'r Kelly 'ma?"

Lledodd gwên wybodus ar wyneb Sean. "Ma hi in love gyda fi, ac mae hi'n desperate i adael Caerdydd. Ma hi'n hollol cool, man. Hundred percent."

"Shwt ti gallu bod mor siŵr?"

Gwenodd Sean unwaith eto. "Achos fi 'di addo mynd gyda hi."

Gwelodd Rob y celwydd yn llygaid Sean Gillard, a wnaeth iddo ymddiried llai fyth ynddo. "OK. So beth ni'n neud ar ôl y job?"

"Ditsho'r car. Splito lan. Cadw'n penne lawr am sbel. Wythnos falle. Dwy. Tan bod popeth wedi tawelu. Bydd Kelly'n ffonio'r cops ac yn actio'n hollol ddiniwed. Mae'n actores dda. Newn ni rannu'r arian rhyngddon ni ASAP, ond bydd angen bach o amser arna i i gael gwared ar bopeth arall."

"A pwy yw'r Harvey Burns 'ma? Unrhyw gysylltiadau amheus? Unrhyw bartneriaid tawel dylen ni wybod ambwyti?"

Doedd Sean ddim wedi meddwl am hynny, ond nid dyna beth ddaeth allan o'i geg. "Dim byd, yn ôl Kelly. Busnes annibynnol. Llwyddiannus. So Kelly 'di sôn dim am unrhyw beth dodgy."

Ystyriodd Rob y geiriau, heb eu credu a dweud y gwir. Roedd busnes o'r fath, oedd yn delio â chymaint o arian, yn bownd o fod bach yn amheus. Ond, a oedd dewis arall ganddynt?

"Fi moyn gweld y lle cyn cytuno i unrhyw beth, OK?"

"Wrth gwrs, wrth gwrs," llyncodd Sean y chwisgi. "Beth yw hi heddiw, y nawfed, ie? Sy'n rhoi deg diwrnod i ni. 'Na i ddod 'da ti os ti moyn."

Ar ôl i Sean adael, clodd Ceri'r drws ac ailymuno â'i frawd wrth y bwrdd. Roedd e wedi cyffroi ar ôl ymweliad ei ffrind; rhyw obaith newydd yn llifo trwy ei waed. "Be ti'n meddwl, 'te? Piece of piss, neu be?"

Edrychodd Rob ar ei frawd mawr ac anadlu'n drwm. Ysgydwodd ei ben yn araf. Caeodd y waliau. Tywyllodd y byd. Ni allai gredu ei fod yn rhan o hyn. Er nad oedd wedi cytuno i unrhyw beth, eto. Roedd ei amser yn y fyddin wedi dysgu llawer iddo a gwyddai'n iawn nad oedd y fath beth â job hawdd, yn enwedig pan oedd rhywun fel Sean Gillard yn ei gyflwyno, ei gynllunio. Ond ar y llaw arall, byddai'r arian yn rhoi bywyd gwell i Jen a Sam hefyd. Dillad newydd. Sicrwydd. Cyfleoedd.

"Too good to be true, weden i. Nag oes ffordd arall? Benthyciad banc neu rywbeth?"

Trodd llygaid Ceri a syllu ar y llawr. Ei dro ef oedd hi i ysgwyd ei ben nawr. "Ma credit sgôr fi'n shit, ac roedd un Dad yn waeth fyth."

"Ond nag oes modd defnyddio'r dafarn fel colateral?"

"Dries i neud hynny llynedd. Gofynnes i am loan i sbriwsio'r lle 'ma lan, t'mod. Ond nath y banc wrthod rhoi clincen i fi. Ac ma'r dafarn dal yn enw Dad ar y foment, so sa i'n meddwl bod unrhyw obaith a dweud y gwir."

"Shit!" ebychodd Rob, gan ddyrnu'r bwrdd a gwneud i'r gwydrau grynu.

"Sa i'n disgwyl i ti fod yn rhan o hyn, Rob. Dim dy broblem di yw hi. Dim ers degawd. Cer nôl i'r armi ac anghofia bopeth amdanon ni. Ma 'da ti ffordd mas, felly cer amdani. Ond fi'n *gorfod* neud y job. Fi'n *gorfod* talu'r ddyled. No way bo fi'n colli'r lle 'ma."

Syllodd Rob ar ei frawd, yr awgrym i adael, i ffoi, yn brathu. "No way. Ti 'di mopio lan ar ôl fy mes i unwaith yn barod, Cer, a sa i'n mynd i dy adael di i ddelio â hwn ar dy ben dy hun."

Cododd Ceri ei wydr ar hynny, a gwnaeth Rob yr un peth. Mewn am geiniog, mewn am chwarter miliwn, mwn.

12: Drws

Wap wedi un ar ddeg y bore, parciodd Sean ei RS Cosworth fflamgoch rhyw ganllath o weithle Kelly ar waelod Stryd Bute yn nociau Caerdydd, ar ôl cymryd ychydig o dan awr i deithio yno o Erddi Hwyan. Yn ystod y daith, parablodd y gyrrwr fel bod ganddo ddolur rhydd geiriol, neu fel petai wedi taenu spîd yn lle siwgr ar ei greision ŷd, meddyliodd Rob, oedd yn eistedd yn sedd y teithiwr yn gorfod goddef yr holl gach oedd yn llifo o geg Sean. Roedd heddiw'n mynd i fod yn ddiwrnod hir, heb os.

Hyd yn oed ar yr amser yma o'r dydd, ar ddiwrnod gwlyb ac oer ym mis Tachwedd, roeddent wedi gyrru heibio i ymdaith o buteiniaid ar hyd Stryd Bute, un ai'n cysgodi o dan ymbaréls neu'n wfftio'r elfennau ac yn sefyll yn falch ar erchwyn y palmant; dafnau'r glaw mân yn gwneud i'w gwallt sgleinio, a rhyw anobaith cyffredinol a thorcalonnus yn glynu at bob un. Roedd cysgod llofruddiaeth Lynette Snow yn dal i gael ei deimlo ar strydoedd dociau Caerdydd, yn enwedig ers i'r Cardiff Three gael eu rhyddhau o'r carchar yn '92, ac yn benodol oherwydd nad oedd unrhyw un arall wedi cael ei gyhuddo o'r drosedd ers hynny. Roedd pob un o'r merched hyn yn peryglu eu bywydau wrth weithio ar y stryd, a'r diffyg gwarchodaeth gan yr awdurdodau yn gwneud y sefyllfa'n waeth o lawer, tra bod methiant yr heddlu i ddod o hyd i'r tramgwyddwr yn ychwanegu elfen o enbydrwydd i'w bywydau bob dydd.

Nid oedd Rob wedi ymweld â'r ardal ers blynyddoedd, ers dod ar drip ysgol i'r Amgueddfa Forol yn yr ysgol gynradd; tra'r oedd Sean yn gyfarwydd iawn â'r lle. "Ma nhw 'di dechrau'r gwaith yn barod," esboniodd y gyrrwr, wrth rolio sbliff ar gaead hen dun tybaco ar ei gôl. "Apparently, ma nhw'n mynd i damo'r fuckin Taf a'r Ely a creu llyn neu rywbeth. Fuck knows pam. Ma'r lle'n shithole."

Yn union! meddyliodd Rob, er na ddwedodd ddim byd, gan nad oedd eisiau annog Sean mewn unrhyw ffordd. Gyda'i ffenest ar agor rhyw fymryn, gallai Rob arogli llifwaddod llethrau'r afonydd cyfagos, oedd yn cwrdd â'r môr dafliad carreg o'r fan hyn. Dyfalai fod y llanw'n isel ar hyn o bryd, gan fod yr oglau clai yn drwchus yn yr aer. Yn ôl Sean, byddai'r morglawdd arfaethedig yn cael gwared o'r drewdod unwaith ac am byth.

Llyfodd Sean y Rizlas a gorffen rholio'i smôc ond, cyn iddo gael cyfle i'w thanio, gafaelodd Rob yn ei leitar a rhythu arno fel petai wedi mynd o'i gof.

"Be fuck ti'n neud, man!" ebychodd Sean a throi yn ei sedd i wynebu ei deithiwr.

"Wyt ti'n thick neu rywbeth?" gofynnodd Rob, gan syllu i fyw ei lygaid gwaetgoch.

"Uh?"

"Ma'r fuckin' car 'ma'n ddigon gwael fel ma hi, ond no way bod ti'n smocio hon fan hyn a denu sylw aton ni. Ma hyn yn serious, Sean, dim jolly bach, dim day out gyda'r bois."

"Denu sylw pwy?" gofynnodd Sean, gan wneud sioe o edrych o gwmpas y lle.

"Y cops. Y targed. Trisha trwyn hir. Unrhyw un!"

"Cops!" wfftiodd Sean. "Wyt ti'n gweld cops yn unman?"

"Dim dyna'r pwynt..."

"Ma'r lle 'ma'n no-go area i'r moch, man. Welest di'r holl hŵrs 'na ar Bute Street? Mae'n free for all lawr 'ma, man, a so'r cops yn dod yn agos."

Gwridodd Rob. Roedd e'n gandryll. "Sa i'n becso am 'ny, ond so ti'n smocio sbliff ar stakeout. No way!"

"Chill out, man, ti mor uptight."

Trodd Rob unwaith eto ac edrych yn syth i lygaid Sean. Er gwaethaf y dicter oedd yn corddi ynddo, siaradodd yn dawel ac yn bendant gyda'r ffŵl oedd tu ôl i'r olwyn. "Ydw, Sean, fi *yn* uptight. Oes rhaid i fi dy atgoffa di bod ni'n planio i ddwyn llwyth o arian a beth bynnag arall o'r siop draw f'yna?" Pwyntiodd at y targed wrth ddweud hynny. "A ti'n meddwl bod hi'n syniad da smocio hon yn ganol dydd fan hyn?"

"Ond sdim cops..."

Torrodd Rob ar ei draws. "Cau hi, Sean, jyst ffycin cau hi. Cops neu dim cops, so ti'n smocio honna yn agos at y car 'ma. Dim heddiw, dim tra bo' fi fan hyn, ta beth."

Ar y gair, canodd y pager ar wregys Sean, gan ddod â'r anghydfod i ben. Am nawr, o leiaf. Edrychodd Sean ar y rhif. "Alla i gael lighter fi nôl nawr? Fi'n goro neud phonecall."

Yn anfoddog, rhoddodd Rob y leitar iddo, a'i wylio'n gadael y car, tanio'i blaen hi, a gwneud ei ffordd trwy'r glaw mân at giosg cyfagos, rhyw hanner-can-llath rhwng y Cosworth a'r targed. Ni allai Rob gredu pa mor chwit-chwat oedd Sean. Nid oedd fel petai'n cymryd y peth o ddifrif o gwbl. Ond, wedi meddwl, nid oedd rhywun fel Sean erioed wedi cymryd unrhyw beth o ddifri. Gêm oedd bywyd i bobl fel Sean. Ac un yr oedd e'n sicr o'i cholli. Anadlodd yn ddwfn a sadio'i hun. Er gwaethaf ffwlbri'r gyrrwr, roedd Rob yma i baratoi, achos roedd y cynllunio mor bwysig â'r cyrch ei hun. Gwyddai hynny o brofiad.

Gyda Sean yn siarad ar y ffôn, y mwg drwg yn ei ddilyn fel ôl malwen i lawr y stryd, trodd Rob ei sylw at y siop. Yn ôl cuddwybodaeth Kelly, roedd rhan flaen yr eiddo yn ymdebygu i siop gemwaith arferol, gyda modrwyon, breichledi a neclisau ar ddangos i ddarpar gwsmeriaid mewn blychau gwydrog ac, er mai cynnwys y sêff yn y cefn oedd targed go iawn y gang, awgrymodd Sean y dylent ddwyn amryw bethau o'r blaen hefyd, er mwyn peidio denu sylw at y ffaith eu bod nhw'n gwybod am gynnwys y sêff cyn cyrraedd y siop. Efallai nad oedd e'n ynfytyn llwyr, wedi'r cyfan, meddyliodd Rob, oherwydd petaent yn mynd yn syth am y sêff gan anwybyddu gweddill y trysorau, byddai hynny'n sicr o wneud i'r bòs ddrwgdybio'i gyd-weithwyr, gan ddenu sylw'r awdurdodau at Kelly i gychwyn, ac wedyn Sean, Rob a Ceri trwy gysylltiad. Ar hyn o bryd, yn ôl Sean, ni wyddai unrhyw un o bwys am ei berthynas gyda Kelly, ac roedd cynnal y cyfrinachedd hwnnw yn gydran hollbwysig o'r job. Neu, o ran cael get-awê â'r job, a bod yn hollol gywir.

Gyda Sean yn ôl ac ymlaen rhwng y car a'r blwch ffôn bob deg munud, craffodd Rob ar yr ardal gyfagos yn ei chyfanrwydd, fel petai ar recon gyda'i gatrawd. Y siop oedd ei brif darged, wrth gwrs, ond roedd ei lygaid yn crwydro'r ardal gyfan, ar drywydd unrhyw beth allai amharu ar eu cyrch. Gwyliodd y siopau a'r busnesau cyfagos; nododd brysurdeb y ffordd, nifer y cerddwyr, ac unrhyw breswylwyr amheus, oedd yn brin, diolch i'r drefn. Roedd ali gefn i'w gweld, yn hollti rhwng siop bapurau Docks News ac adeilad gwag gyda phren yn lle gwydr yn y ffenestri. Aeth Rob am bip sydyn ar hyd y llwybr dianc posib, gan ddilyn yr ali tan ddod at lan ddrewllyd yr Afon Taf. Gwyliodd y dŵr brown trwchus yn llifo tua'r Hafren, cyn troi ei ben i gyfeiriad Parc yr Arfau. Crensiodd y gwydr o dan ei draed. Sgrechiodd gwylan uwch ei ben; y gwano o'i thin yn tasgu oddi ar y concrid rhyw fetr o'r fan lle safai. Diawlodd. Dychwelodd i'r car, lle'r oedd Sean yn pendwmpian yn sedd y gyrrwr, oedd ddim yn syndod o ystyried yr holl smocio. Adnabu Rob y gân oedd yn dod o'r stereo. Llinell fas *'Walk on the Wild Side'*, ond gyda rapiwr yn sôn am gicio dros y cyfan, yn hytrach na bariton dwfn Lou Reed. Wrth gamu i'r car, cododd Rob focs o dapiau oddi ar sedd y teithiwr, a daliodd rhai o'r teitlau ei sylw, i gyd wedi'u sgwennu â llaw. 'Liquid DnB', 'Logical Progression', 'Gangsta-Gangsta', 'Sex Music Volume 6', 'Rajah's Dub', 'Native Tongues 1994' a 'Ganja Kru' ymhlith eraill. Nid oedd Rob erioed wedi obsesu dros fiwsig, ac nid oedd yn gyfarwydd â'r un o'r teitlau, ond ystyriodd roi 'Sex Music Volume 6' yn ei boced, er i Sean agor ei lygaid cyn iddo wneud.

"Lle ti 'di bod, man?" gofynnodd Sean yn gysglyd, er i Rob ddweud wrtho fe'n *union* lle'r oedd yn mynd funud yn ôl.

"Lawr yr ali 'na," pwyntiodd at y llwybr cefn.

"Pam?"

"Rhag ofn bod rhaid i ni ddianc ar droed."

Nodiodd Sean a chau ei lygaid eto, a throdd Rob ei sylw at y siop unwaith yn rhagor. Roedd e'n synnu braidd i weld nad oedd unrhyw gamerâu cylch cyfyng ar gyfyl y lle, ond o gofio bod swyddog diogelwch ar y safle bob awr o'r dydd, efallai nad oedd angen rhai arnynt. Roedd y sefyllfa'n siŵr o fod yn wahanol iawn yng nghanol y ddinas, ond roedd hi fel y gorllewin gwyllt filltir fach i'r de o'r CBD. Dim cops, fel ddwedodd Sean, a dim arf gan y gard chwaith. Fodd bynnag, byddai'n rhaid iddynt fod yn wyliadwrus iawn ar y diwrnod.

"Agor y glovebox," medd Sean, ei lais yn gysglyd i gyd.

"Pam?" gofynnodd Rob yn ddrwgdybus.

"Jyst agor e!"

Plygodd Rob ymlaen yn ei sedd, yn disgwyl dod o hyd i wn yn y blwch menig. Diolch i'r mŵfis, dyna beth oedd *pawb* yn ei ddisgwyl erbyn hyn. Ond nid gwn oedd yn gorwedd yno, ond hen dsiaen beic ar ben llawlyfr y car. "Sa i 'di gweld un o'r rheina ers ages," medd Rob, gan gydio yn y tsiaen a'i thynnu'n ofalus o'i chuddfan. Yn araf, lapiodd y tsiaen o amgylch ei ddwrn; y weithred yn tanio llu o atgofion claddedig yn ei ben.

"Ti probly ddim yn gwybod hyn, ond 'nest di inspiro loads o rude boys yn Gerddi Hwyan pan 'nest di ffwcio'r boi 'na lan nôl yn... beth oedd hi? Eighty three... eighty four... yn defnyddio un o'r rhain. So fi a Paul yn mynd i unman heb un dyddie hyn." Trodd Rob ac edrych yn amheus ar Sean. Roedd e'n siarad cymaint o gachu fel bod rhaid gwirio ddwywaith o bryd i'w gilydd. "Fi'n serious, man. Fi'n cofio'r ffeit as if oedd e ddoe. Beth oedd enw'r boi 'to?"

"Ian Jenkins," atebodd Rob ar ôl oedi. Ni theimlai unrhyw beth ond cywilydd am y digwyddiad erbyn heddiw, ond roedd Sean ar goll yn ei atgofion.

"Fuckin hel, ie. Jenko! 'Nest di fès ohono fe, Rob. Fuck me!"

Yn ogystal â'i berthynas ffrwydrol gyda'i dad, a'r holl drafferth a achosodd Rob rownd y dref ar ôl i'w fam farw, roedd yr hyn a wnaeth i Jenko hefyd wedi chwarae rhan allweddol yn ei benderfyniad i adael Gerddi Hwyan ac ymuno â'r fyddin. Fel Rob, roedd Ian Jenkins yn fachgen drwg. Fel Rob, roedd Ian Jenkins wedi colli rhiant yn ystod ei blentyndod. Fel Rob, roedd Ian Jenkins yn brwydro yn erbyn y byd. Ond, yn wahanol i Rob, nid oedd Ian Jenkins wedi ystyried defnyddio tsiaen beic fel arf. Cafodd Rob y syniad wrth wylio ffilms Bruce Lee. Yn aml, byddai'r meistr yn defnyddio gwrthrychau oedd yn gorwedd ger safle'r frwydr – drychau, ffyn bambŵ, platiau, planhigion hyd yn oed – a dyna lle gwreiddiwyd yr hedyn. Ar ôl misoedd o fygwth ei gilydd o bell, ac o dorsythu rownd y dref fel dau baun yn ystod y tymor cnychu, trefnwyd ffeit ger twneli Porth Hwyan, ac i fyny â'r ddau ohonynt un noson hwyr o haf, gyda'u sebonwyr a'u cefnogwyr wrth eu cefnau, pob un yn sychedu am waed. Daeth Jenko â bat pêl-fas i'r frwydr, tra cariodd Rob ei dsiaen. Gyda'r cylch dynol o'u cwmpas aeth y ddau amdani, er nad oedd gobaith gan Jenko o'r cychwyn. Roedd hi ar ben o'r eiliad y cipiodd Rob y bat o'i afael, gan ddefnyddio'r tsiaen fel rhaff. Fel lasŵ. Taflodd y bat o'r neilltu, cyn chwipio Jenko'n rhacs, gan rwygo ei groen tan fod pob ceudwll yn gwaedu. Pengliniodd, gan rwymo breichiau Jenko, cyn chwalu nodweddion ei wyneb yn yfflon. Yn y diwedd, bu rhaid i Ceri ei dynnu oddi ar y gragen ddiymadferth, cyn i Rob ei ladd. Treuliodd Jenko fisoedd yn yr ysbyty yn dilyn y digwyddiad, yn adfer yn araf, er na wnaeth wella'n gyfan gwbl erioed, ac er bod pawb yn gwybod pwy oedd yn gyfrifol, ni phwyntiodd fys i gyfeiriad ei ymosodwr erioed. Er hynny, roedd Rob yn hollol paranoid ac yn disgwyl cnoc gan y glas unrhyw eiliad. Dihangodd i'r fyddin, lle dysgodd i reoli a ffocysu ei ddicter, ond roedd yr hyn a wnaeth i Ian Jenkins yn dal i'w blagio hyd heddiw.

"Fi 'di newid lot ers hynny, Sean," meddai'n llawn cywilydd.

"Ond dim gormod, gobeithio," gwenodd Sean, gan wthio'r tsiaen yn ôl i'r blwch menig. "Edrych!" ebychodd, gan bwyntio at y siop. "Kelly," esboniodd, er nad oedd angen, a gwyliodd Rob wrth i ferch ifanc – rhyw ddau ddeg dau, dau ddeg pedwar ar y mwyaf – gamu i'r diwrnod llwyd-wlyb. Gyda'i chroen brown golau a'i dillad lliwgar, roedd hi'n edrych fel model o un o ymgyrchoedd Benetton, a bu rhaid i Rob atal ei hun rhag dweud "Wow!" dros bob man.

"Not bad, eh!" Gwenodd Sean yn hollwybodus ar ei gydddeithiwr, fel petai'n gallu darllen ei feddyliau.

Gwyliodd y ddau ohonynt Kelly'n cerdded i'w cyfeiriad, ei chluniau'n siglo o ochr i ochr, cyn pasio'r Cosworth a wincio ar ei chariad. Gwyliodd Rob hi'n diflannu yn y drych-ôl, gan frwydro i ddeall sut yn y byd bod Sean wedi cael ei grafangau ar rywun mor hyfryd â Kelly. Wedyn, cofiodd beth oedd prif alwedigaeth Sean, a chwympodd popeth i'w le.

"Ti moyn cinio?" gofynnodd Rob, ei stumog yn cwyno mwya sydyn.

"Na," atebodd Sean, gan nad oedd angen bwyta dim pan roedd amffetaminau yn llifo trwy eich gwythiennau. "Ond ma nhw'n gwerthu samosas a pakoras lysh yn y newsagents."

Aeth Rob i Docks News, lle'r oedd yr holl bapurau newydd yn colli eu pennau golygyddol yn llwyr dros Bea Letts, a dychwelyd i'r car gyda llond bag papur o bastai Indiaidd cynnes, a phot bach o gatwad mango. Bwytaodd y cyfan, gan sawru pob hansh. Roedd y profiad cyfan yn wefreiddiol, a'i flasbwyntiau'n tanio ar ôl blynyddoedd o fwyta arlwy difflach yr armi.

Am bum munud i bedwar y prynhawn, gyda'u penolau wedi fferru o ganlyniad i eistedd arnynt mor hir, gwyliodd Rob a Sean yn llawn diddordeb wrth i gards diogelwch y siop newid shifft. Roedd hi eisoes yn tywyllu tu fas, a sanctwm mewnol y siop wedi goleuo fel begwn yn y gwyll, gan gynnig golygfa ddirwystr o'r cyfan. Doedd dim llawer iddi a dweud y gwir; cyrhaeddodd y gard newydd ychydig cyn pedwar, cyfnewid ambell air gyda'r gard oedd ar fin gadael ar y tu fewn, cyn iddo ffarwelio â phawb a mynd adref ar ddiwedd dydd. Gwelodd

Rob y perchennog, Harvey Burns, yn stelcian yn y cefndir, tu ôl i'r gwydr diogelwch trwchus, a Kelly wrth ei gwaith, yn bodio a ffeilio ambell ddogfen. Roedd y lle'n edrych mor ddiflas; y cuddliw perffaith i fusnes o'r fath a'i holl gyfrinachau. Taniodd y gard sigarét cyn gynted ag y gadawodd y siop, a cherdded yn syth heibio i'r Cosworth, heb edrych ddwywaith i gyfeiriad y darpar ddrwgweithredwyr.

"Ti 'di gweld digon, neu beth?" gofynnodd Sean, gan edrych ar ei oriawr bob yn ail eiliad.

"Ydw."

"Rhaid i fi neud un stop bach ar y ffordd adre, OK?"

Cododd Rob ei sgwyddau ar hynny. Doedd dim dewis ganddo, dyna'r gwir, ac roedd angen lifft yn ôl i Erddi Hwyan arno, felly roedd e'n styc.

Gyrrodd Sean y Cosworth i ardal Trelái y ddinas yn ddigon call, gan barcio ar linellau melyn dwbl ar Snowden Road, tu fas i floc o fflatiau tri llawr. Roedd ei dwpdra yn rhyfeddol, meddyliodd Rob, yn enwedig gan ei fod yn dyfalu bod Sean ar fin casglu pecyn o rywbeth neu'i gilydd ar y ffordd adref. A rhywbeth anghyfreithlon at hynny. Trodd ac estyn bag Head o'r sedd gefn. "Rho bum munud i fi. Deg, tops."

Gwyliodd Rob e'n mynd, ar hyd y llwybr bach at brif fynedfa'r fflatiau. Roedd y glaw mân wedi troi'n law trwm nawr, a'r ardal yn dawel ac yn wag o bobl o ganlyniad. Trwy'r diferion ar y ffenest, gwelodd Rob ddau ffigwr cycyllog yn cysgodi rownd cornel yr adeilad; mwg eu sigaréts yn cadarnhau eu presenoldeb. Dilynodd eu llygaid yr ymwelydd at y drws ffrynt, cyn i Sean ddiflannu i'r adeilad.

Ar ôl diwrnod hir yn gwneud bron dim, roedd Rob wedi blino'n shwps. Caeodd ei lygaid a gadael i'w feddyliau grwydro. Tonnodd hapusrwydd y dyddiau diwethaf drosto i gychwyn, a diolchodd am y cyfle i ailgysylltu gyda'i frawd a Jen, heb hyd yn oed sôn am Sam. Roedd e'n dal yn gorfod pinsio ei hun am y peth. Ni theimlai ddim byd ond balchder tuag at y crwt, heblaw am awgrym o gywilydd dros ei absenoldeb. Wrth gwrs, roedd cwmwl tywyll yn hongian dros y cyfan; cwmwl a fyddai'n tywyllu fwy fyth cyn i'r haul ymddangos unwaith eto.

O fro ei febyd i'w fedydd tân, llusgodd ei isymwybod ef – gan gicio a sgrechian – at ddigwyddiad na fyddai byth yn peidio ei arteithio. Gogledd Iwerddon, y nawfed o Orffennaf mil naw wyth pump. Roedd Rob wedi ymuno â'r fyddin ers rhyw ddeg mis, ac wedi cael ei anfon i Ogledd Iwerddon bythefnos cyn y digwyddiad. Crossmaglen yn Swydd Armagh oedd y lleoliad, ac ymateb i adroddiad o storfa fomiau ac arfau oedd catrawd Rob ar y pryd. Cyrhaeddon nhw'r ffermdy ar doriad gwawr, er mwyn dal y preswylwyr yn eu pyjamas ben bore, a chafodd Rob a'i ffrind newydd, Leon Francis o Fagwyr, eu gorchymyn i fynd at gefn yr eiddo, heb ddenu unrhyw sylw atynt eu hunain. Yn anffodus, roedd tenantiaid yr arfdy wedi eu gweld nhw'n dod o bell, ac yn aros amdanynt yn y cysgodion. Rownd y bac, tu hwnt i lygaid eu carfan, daeth y milwyr ifanc wyneb yn wyneb â dyn barfog yn pwyntio reiffl yn syth atynt. Gwnaeth Rob a Leon yr un peth, gan godi eu harfau a'u pwyntio at ben y dyn, a dyna pan rewodd Rob, wedi'i hoelio i'r fan a'r lle gan ofn pur. Gallai gofio cael ei feddiannu gan yr arswyd. Rhuthrodd trwy ei gorff fel corwynt a chollodd bob rheolaeth ar ei sgiliau echddygol. Ac er mai dyma'r unig dro iddo erioed oedi ar faes y gad, roedd hynny'n ddigon i ddod â bywyd Leon Francis i ben, bythefnos yn unig ers ei ben-blwydd yn ddeunaw oed. Yn wyrthiol, gweld pen ei ffrind yn ffrwydro oedd y catalydd oedd ei angen ar Rob a, chyn i'r gŵr barfog gael cyfle i droi ei olygon ato, tynnodd Rob y taniwr a lledaenu ei benglog dros wal gefn y beudy. Fel yr ymosodiad ar Ian Jenkins, roedd mwgwd angau Leon Francis yn dal i'w aflonyddu hyd heddiw, ond, ar ôl wynebu cymaint o sefyllfaoedd heriol, byw neu farw, yn ystod ei yrfa fel milwr – lle roedd marwolaeth yn ffaith a'r Medelwr Mawr yn gydymaith cyfarwydd iawn – roedd Rob yn ffyddiog y byddai'n gallu cyflawni'r lladrad hwn, achub ei frawd a rhoi dyfodol gwell i Jen a Sam. Y gwir oedd nad oes llawer yn rhoi ofn iddo bellach. Bron dim a dweud y gwir.

Cafodd Rob ei dynnu'n ôl i'r presennol ar glywed sgyffl gerllaw. Lleisiau'n codi, bach o weiddi. Trwy'r winsgrin o'i flaen, gwelodd ddau ffigwr cycyllog yn ymosod ar Sean ac yn dwyn y bag o'i afael. Tra bod un yn rhoi cwpwl o gics i Sean ar lawr, rhedodd y llall am ei fywyd, a'i heglu hi'n syth i gyfeiriad y Cosworth. Arhosodd Rob tan yr eiliad olaf, cyn agor y drws, a gwneud i'r ysbeiliwr hedfan am nôl a dod i orffwys ar y palmant, gan godi ei law at ei ben mewn ymdrech i gael gwared ar y sêr a'r adar bach oedd yn siŵr o fod yn troelli.

Camodd Rob o'r car a chodi'r bag o'r llawr, cyn troi a gweld Sean yn rhoi stid a hanner i'r lleidr arall. Cicio, dyrnu, poeri, sgyrnygu, tan ei fod yn ddisymud. Yna, cerddodd Sean i gyfeiriad yr ail leidr, wedi'i feddiannu gan gasineb pur. Ond, yn lle camu ato'n syth a'i golbio i ebargofiant, estynnodd Sean y tsiaen o flwch menig y car. Gyda wyneb Ian Jenkins yn fflachio yn llygad ei feddwl, camodd Rob ato ac erfyn arno i beidio â chosbi'r cyffurgi ar lawr, bellach yn begian am dosturi.

"So fe werth e," medd Rob, gan basio'r bag iddo.

Edrychodd Sean o'r bag at y llawr, ac yna at y tsiaen ar ei ddwrn; ei ben yn sathru trwy'r gêrs wrth iddo ystyried yr opsiynau. Ar ôl oedi am sbel, yn tynhau a rhyddhau ei ddyrnau, ciciodd Sean y lleidr yn ei wddf, cyn dychwelyd i'r car.

"Blydi junkies!" medd Sean ar ôl tanio'r injan, gan ysgwyd ei ben yn anghrediniol, a gwneud i Rob droi i edrych arno yng ngolau isel y cerbyd, prin yn gallu credu'r rhagrith.

13: Digon yw Digon

Ar ôl treulio'r diwrnod cyfan yng nghwmni ac yng nghar Sean Gillard, roedd angen chwistrelliad o ddaioni ym mywyd Rob. A rhadlondeb o burdeb absoliwt ar hynny. Yn enwedig ar ôl y diweddglo treisgar ar strydoedd cefn Trelái. Fflachiodd mwgwd penwan Sean yn ei ben, wrth iddo gicio'r lleidr diamddiffyn ar lawr, y poer a'r casineb yn diferu o'i geg a'r cochni yn ei lygaid yn gwneud iddo ymdebygu i anifail gwyllt, rheibus. Neu gythraul. Siglodd Rob ei ben ac, fel llun ar Etch a Sketch, diflannodd y ddelwedd o'i gof. Teithiodd y ddau yn ôl i Erddi Hwyan gyda Sean yn rhefru ac yn rhegi'r holl ffordd. Ni chyfrannodd Rob ryw lawer at y sgwrs, ac roedd yn falch iawn o gael ei ollwng ar y palmant tu fas i'r Pij, gyda'r amser yn tynnu am hanner awr wedi saith. Roedd ei stwmog yn grwnian eisiau bwyd, a byddai peint bach o Caffrey's yn gwneud byd o les iddo 'fyd. Roedd e'n gwbl luddedig ar ôl eistedd gyhyd, ond roedd yn falch iawn ei fod wedi treulio'r diwrnod yn gwylio'r siop. Atseiniodd dyfyniad braidd yn gawslyd yn ei ben. *If you fail to prepare, you're preparing to fail*. Rhywbeth fel 'na, ta beth. Ni allai gofio pwy ynganodd y geiriau, ond roedd rhyw wirionedd iddynt, heb os. Yn bennaf achos nad oedd methu yn opsiwn iddynt. Gyda'r glaw mân yn dal i gwympo, gweryrodd y Cosworth i ffwrdd i gyfeiriad Y Wern a daeth Rob yn ymwybodol ar unwaith o'r diffyg sŵn a golau oedd yn dod o'r dafarn.

Roedd busnes yn araf, yn ôl ei frawd, ond dylai'r goleuadau fod 'mlaen o leiaf, i ddynodi bod y lle ar agor. Trodd fwlyn y drws ffrynt ond ni agorodd y porth, a gwyddai Rob yn syth bod rhywbeth o'i le. Cododd ei goesau a rhedeg rownd y bac, gan hanner-dringo-hanner-neidio dros y wal er mwyn cael mynediad at y drws cefn. Arafodd a gadael i'w anadlu ymlonyddu. Trwy'r ffenest, gallai weld Ceri'n eistedd wrth fwrdd y gegin gyda'i ben yn ei blu a, hyd yn oed o'r fan hyn, gallai Rob weld sgwyddau ei frawd mawr yn crynu. Ceisiodd wthio'r drws ar agor, ond fel yr un blaen, roedd hwn ar glo hefyd. Cnociodd yn ysgafn ar y gwydr tenau a throdd Ceri ei ben i'w gyfeiriad; ei lygaid yn bwfflyd a gwaetgoch, a'r boen ar ei wyneb yn blaen i bawb ei weld. Gwyliodd Rob wrth i Ceri godi o'r gadair gan wingo, a gafael yn ochr uchaf ei gorff yn betrusgar. Yn amlwg, roedd ei frawd wedi cael cweir arall ac, o brofiad, gwyddai mor boenus oedd cleisio'ch asennau. Gyda'r job yn agosáu, gweddïodd nad oedd Ceri wedi torri asgwrn.

"Beth ddigwyddodd?" gofynnodd Rob cyn gynted ag yr agorodd Ceri'r drws.

Ni atebodd ar unwaith, gan fod y boen yn ormod iddo. Trodd a dychwelyd i'w sedd, gan anadlu'n drwm wrth eistedd. Aeth Rob i'r rhewgell ac estyn pecyn o bys wedi rhewi. Lapiodd y pys mewn clwtyn llestri.

"Fi'n gwbod bod ti 'di cael dolur, ond rho hwn dan dy grys. Bydd e'n helpu."

Cymrodd Ceri'r pecyn iâ a'i osod yn ofalus yn erbyn ei asennau, gan ddatgelu ei floneg a'i fŵbs i'w frawd wrth wneud. Ochneidiodd yn ddramatig mewn ymateb i'r oerfel, cyn setlo a thynnu ei grys brwnt yn ôl dros ei fol cwrw gwelw. Taniodd sigarét, er na chafodd unrhyw bleser wrth wneud hynny.

Aeth Rob at y bar ym mlaen yr adeilad. Agorodd y til a gweld ei fod yn wag. Estynnodd botel o Bell's a dau wydr, cyn dychwelyd i'r gegin ac arllwys joch go dda iddo fe a'i frawd. Eisteddodd gyferbyn â Ceri a syllu ar y llanast dynol. Cododd eto ac estyn kitchen rôl, gan wahodd ei frawd i sychu ei ddagrau.

"Little and Large?" gofynnodd Rob.

Nodiodd Ceri. "Y blydi Binsy 'na." Gwingodd, gan wthio contract y ddyled ar draws y bwrdd. O gornel ei lygad, cipdremiodd Rob ar y ddogfen, gan weld bod y cyfanswm wedi cael ei ddiwygio unwaith yn rhagor. Yfodd y chwisgi ar ei ben ac arllwys llond dram arall. Roedd ei frawd mawr wedi ei ddryllio gan ddyrnau'r cawr, ac roedd tymestl yn corddi ym mherfeddion Rob. Gyda'i drwyn cam, ei lygaid lliwiau'r enfys a nawr cwpwl o asennau cleisiog, os nad gwaeth, roedd Ceri'n symud fel dyn ddwywaith ei oed, a'r tasgau lleiaf yn achosi poen aruthrol iddo. Berwodd yr atgasedd ym mola'r milwr. Roedd yr ymosodiadau yn gwbl anghyfiawn ac afraid. Llyncodd y chwisgi; y gwirod yn arllwys petrol ar y gwreichion o gynddaredd.

"Byddi di'n iawn fan hyn ar ben dy hun am sbel fach?"

Nodiodd Ceri ei ateb, gan dynnu'n ddwfn ar ei smôc a chodi ei las mewn llwncdestun coeglyd. Bu bron iddo ddweud ei fod wedi bod yn iawn ar ben ei hun dros y ddeg mlynedd ddiwethaf, ond ffrwynodd ei eiriau, gan ei fod mor falch bod ei frawd bach wedi dychwelyd i Erddi Hwyan. Er bod Rob, neu'r fyddin, wedi dofi'r gwallgofddyn ifanc a gofiai Ceri, roedd ychydig bach o'r anifail gwyllt yn dal i lechu ynddo, heb os. Edrychodd ar Rob ar draws y ford, gan weld bod rhyw loerigrwydd wedi meddiannu ei lygaid, tra bod ei gyhyrau yn dynn a bron yn dirdynnu o dan ei ddillad. Nid oedd Ceri wedi gweld y fath beth ers blynyddoedd, dim ers iddo hanner lladd Jenko ym Mhorth Hwyan. Newidiodd rhywbeth yn Rob y noson honno. Er gwell, hynny yw. Diflannodd y düwch ar ôl gweithred mor gas. Calliodd. Edifarhaodd. Ond roedd y tywyllwch yn ôl heno a phob lwc i bwy bynnag fyddai'n croesi ei lwybr.

Gadawodd Rob ei frawd yn nwylo medrus y botel Scotch. Gwisgodd gôt law ysgafn, a chyn mynd ar drywydd y cachgwn, aeth i'r garej ar waelod yr ardd gefn, lle daeth o hyd i hen feic yn llechu dan haenen o lwch a llwyth o drugareddau dieisiau. Roedd teiars y Grifter yn fflat ond heb forsto, a gyda help hen bwmp llaw, roeddent yn llawn aer unwaith eto mewn dim amser. Arllwysodd Rob hanner tun o WD40 dros y tsiaen a'r gêrs, gan obeithio y byddai hynny'n gwneud y tro. Gwasgodd y brêcs a gweld bod yr un cefn yn gweithio. Digon da. Cododd yr hwd dros ei ben ac i ffwrdd â fe, gan woblan ychydig i gychwyn tan fod ei gorff yn cydbwyso ac ymgyfarwyddo â bywyd ar ddwy olwyn unwaith eto. Nid oedd wedi reidio beic ers dros ddeg mlynedd, ond roedd yn hapus iawn i ganfod bod yr hen ystrydeb yn hollol gywir.

Yn ffodus i Rob, roedd enw drwg Pete Gibson a'i gang yn hysbys i bawb yn y dref, a lleoliad eu pencadlys hefyd, felly i ffwrdd â fe i gyfeiriad Gibson's Garden Village ar gyrion Gerddi Hwyan. Nid oedd cynllun ganddo o gwbl, ond roedd rhaid i'r nonsens yma stopio, a'r unig ffordd o sicrhau hynny fyddai cael gair gyda'r pen-bandit ei hun. Yn debyg i'r fyddin, y cadfridog oedd yn gwneud y penderfyniadau mawr, felly doedd dim pwynt siarad gyda'r troedfilwyr. Seiclodd Rob ar hyd strydoedd tywyll y dref, ei ben ôl yn wlyb bron ar unwaith, diolch i aneffeithiolrwydd y gard olwyn annigonol ar gefn y beic, a'r dicter a'r chwisgi'n ei wthio tuag at wrthdrawiad anochel. Grwgnachodd ei fola, gan ei atgoffa nad oedd wedi bwyta unrhyw beth ers amser cinio, ond roedd Rob wedi hen arfer â'r teimlad o wagedd, gan nad oedd hi wastad yn gyfleus llenwi'ch bol ar gyrch milwrol. O ganlyniad, gallai ddefnyddio'r atgno fel catalydd i'w gasineb. Sgyrnygodd wrth seiclo, a chadw at y lonydd cefn a'r palmentydd, gan nad oedd golau ar y beic i'w gadw'n saff rhag y ceir. Rhynnai ei ddwylo a difarodd beidio â gwisgo menig.

Wrth agosáu at ei gyrchfan, oedd ar gau ar yr adeg yma o'r dydd, cafodd Rob ei synnu faint roedd y lle wedi newid ers iddo fod yma ddiwethaf. Cofiai'r lle fel siop ardd go gyntefig, ond erbyn heddiw roedd yn ymdebygu i bentref bach hunangynhaliol, gydag unedau ar wahân yn cynnig pob math o wasanaethau, a maes parcio eang, ond cwbl wag ar yr eiliad hon. Gwyddai fod pencadlys Pete Gibson mas y bac, wedi'i guddliwio fel warysau a storfeydd i'r nwyddau garddio, felly seiclodd ar draws y maes parcio i gyfeiriad yr unig glwyd yn y ffens dal oedd yn gwahanu'r safle cyhoeddus rhag y byd cudd y tu hwnt. Roedd arwyddion yn rhybuddio'r cyhoedd i gadw draw i'w gweld ymhobman, ond nododd Rob nad oedd weiren bigog na thrydan yn llifo dwy'r ffens. Camodd oddi ar y Grifter a phwyso'r beic yn erbyn wal gyfagos. Yn wahanol i'r siop yr oedd wedi bod yn ei gwylio heddiw yn nociau Caerdydd, roedd camera cylch cyfyng yn pwyntio at y glwyd, felly gwyddai na fyddai'n rhaid iddo aros yn hir cyn denu sylw. Safodd yno'n ddiffuant, gan gofleidio'r adrenalin oedd yn rhuo trwy ei gorff. Roedd pethau ar fin poethi, ac roedd Rob yn barod am unrhyw beth. Tynnodd ei gôt a llacio ei gyhyrau.

"Ti'n trespaso, butt," daeth llais o'r cysgodion, cyn i'w berchennog ymddangos ar ochr arall y ffens; dyn ifanc cyhyrog, ei wddf yn bolio'n annaturiol uwch ben coler ei grys.

"Fi moyn siarad 'da Pete," medd Rob, gan gamu i'r golau a chodi ei ddwylo i'r awyr i ddangos nad oedd ganddo arf o unrhyw fath.

Gwenodd y cyfarchwr steroidaidd gan ysgwyd ei ben, fel petai Rob newydd ddweud y peth mwyaf chwerthinllyd yn hanes y byd. Camodd yn agos at y ffens, er mwyn cael pip dda ar yr ymwelydd, a chyn iddo gael cyfle i ddweud dim mwy, tarodd Rob e gyda sawdl ei law dde trwy'r netin hecsagonaidd, reit yn y man-melys ar ganol ei dalcen. Mewn super-slo-mo, cwympodd Mr Cyhyrau am yn ôl, ei lygaid yn rholio i dop ei ben, felly dringodd Rob dros y ffens heb unrhyw drafferth, estyn troli gwely-gwastad oedd yn loetran gerllaw, a llwytho'r corff anymwybodol arno. Clywodd y cafalri'n dod cyn eu gweld, gan gael ei synnu mai dim ond un boi a ymddangosodd o'r adeilad, er bod hwnnw'n globyn o gawr. Roedd Binsy mor fawr fel ei bod hi'n swnio i glustiau Rob fel bod o leiaf pedwar o ddynion ar eu ffordd i'w herio, ond roedd e'n falch i weld mai dim ond un oedd yno, a'r *union* foi roedd e eisiau ei weld ar hynny. Er ei faint, nid oedd Rob yn ofni'r cawr. Ar ôl syllu i lygaid gelynion arfog, ar ôl lladd dynion ar faes y gad, ac ar ôl gweld y ddynol ryw ar ei gwaethaf, doedd lwmp araf fel Binsy'n peri dim gofid iddo. Trodd Rob i'w wynebu, gan baffio'r aer o'i flaen, fel petai'n paratoi am frwydr deg, er mai swyno'r cawr oedd ei fwriad. Gwelodd lygaid Binsy'n dilyn ei ddwylo wrth iddynt droelli a hollti'r nos a, phan ddaeth y cawr yn ddigon agos ato, ciciodd Rob e ar ochr ei ben-glin, gan wneud iddo golli ei falans a chwympo i'r llawr. Oherwydd ei faint, ni allai Binsy sboncio'n ôl ar ei draed yn hawdd, ac ni oedodd Rob cyn targedu ei asennau, er mwyn dial ar ran ei frawd. Ciciodd y cawr yn ddidrugaredd; yr aer yn cael ei echdynnu o'i ysgyfaint, a'i holl egni'n diflannu ar yr un pryd. Ei fwriad wedyn oedd troi ei sylw at drwyn Binsy – llygad am lygad, math o beth – ond ni chafodd gyfle, diolch i'r pedwar llabwst a ymddangosodd o nunlle, gan daclo Rob i'r llawr a gorffen y job na allai Mr Cyhyrau na Binsy ei wneud yn iawn.

*

Agorodd Rob ei lygaid yn araf, y byd i gyd mas o ffocws i gychwyn. Curai rhythmau estron tu fewn i'w ben, a gallai deimlo'r cleisiau tynn oedd yn britho ei gragen. Ar ôl i'r niwl bylu, daeth wyneb yn wyneb â dyn canol oed gyda dannedd mor fawr fe allai fod yn gefnder i Bugs Bunny. Cafodd ôl-fflach i Gapel Horeb ac angladd ei dad. Er nad oedd wedi byw yn yr dref ers blynyddoedd, gwyddai'n iawn pwy oedd e ac, o ganlyniad, canodd y clychau rhwng ei glustiau. Mwya sydyn, nid oedd pethau'n edrych yn addawol, a difarodd ddod ar gyfyl y lle. Beth yn y byd oedd e wedi ei feddwl? Roedd corff Rob yn gwegian ac yn gleisiog, diolch i'r grasfa gynharach, ond o leiaf nid oedd ei ddwylo a'i goesau wedi'u rhwymo. Daeth yr ystafell i ffocws. Swyddfa reit sylfaenol gyda desg bren a chadair droelli ledr, lle eisteddai Yr Afanc; dwy gadair ar yr ochr arall, lle'r oedd Rob wedi'i angori; silff lyfrau, stereo, rac o CDs, cwpwl o luniau ar y wal, a dim lot arall. Dim ffenest hyd yn oed.

"Ti'n gwbod pwy ydw i?"

Nodiodd Rob.

"Pwy?"

"Jac Dannedd. AKA Yr Afanc," medd Rob.

Gwenodd Jac ar hynny. Er bod y ddau bach yn basic, roedd

e wrth ei fodd â'i lysenwau. Roedden nhw'n ei wneud yn gofiadwy, ac roedd hynny'n beth da iawn pan mai codi braw ar bobl yw un o'ch prif nodau proffesiynol.

"Ti'n iawn, wrth gwrs, ond fi'n *lot* mwy na hynny i ti heno."

Trwy lygaid cul, edrychodd Rob ar draws y ddesg. "Shwt?"

"I fod yn blwmp ac yn blaen 'da ti, Rob, fi yw'r *unig* reswm nad wyt ti 'di cael dy ladd. Beth ffwc o't ti'n neud yn dod mewn 'ma fel blydi Batman? Ti'n blydi lwcus bod ti dal yn fyw." Pwyntiodd Yr Afanc at y drws. "Mas m'yna, ma dau arth sydd eisiau dy sbaddu, a chwech boi arall sy'n barod i'w helpu. Nawr, ma 'da fi rhyw syniad pam dest di 'ma heno, ond fi moyn clywed dy ochr di o'r stori, i weld y'n ni ar yr un dudalen."

Rholiodd Rob ei dafod o amgylch ei geg, gan flasu'r gwaed. "Beth wedyn?" gofynnodd.

Cododd Jac ei sgwyddau. "Bydd hynny'n dibynnu ar beth sy' 'da ti i ddweud."

"Ydy Pete Gibson o gwmpas?"

Ysgydwodd Jac ei ben. "Dim heno. Fi sy' in charge, so dere, dwed wrtha i pam ti 'di dod 'ma heno."

"I ofyn i Little and Large stopio ymosod ar fy mrawd i."

Nodiodd Jac Dannedd ei ben ar hynny, fel petai'n disgwyl yr union ateb. "Ma 'da ti ffordd od iawn o ofyn, ond o leia ni'n reit agos ati."

"Shwt?"

"Wel, ma'r bois wedi dweud wrtha i beth ma nhw wedi bod yn gwneud..."

"Beth, bod nhw wedi torri ribs *a* trwyn fy mrawd i yn yr wythnos ddiwethaf?"

Cociodd Jac Dannedd ei ben ar glywed hynny, a gwyddai Rob yn syth nad oedd Little and Large wedi dweud y cyfan wrtho. "Dim cweit," cyfaddefodd y dirprwy, gan fynd ati i danio sigâr fach. Sigarelo. Trwy'r mwg melys, parhaodd: "Rhaid i ti ddeall bod gan ein casglwyr ni dactegau gwahanol i sicrhau bod ein dyledion yn cael eu talu, ond dyw torri esgyrn ddim fel arfer yn rhan o hynny."

"Wel, 'na beth sy 'di digwydd a 'na pam des i 'ma heno. Diwedd y mis yw'r dedlein, ond so ni'n gallu mynd mlân gyda'r ddau dwat 'na'n galw draw bob yn ail ddydd ac yn ymosod arnon ni."

Nodiodd Yr Afanc ei ben ar hynny. "Fi'n cytuno, Rob, ac fe wna i'n siŵr na neith e ddigwydd eto."

"Diolch."

Smociodd Jac Dannedd yn dawel am sbel, ac edrych ar Rob fel petai'n ystyried datgelu rhywbeth wrtho. Yn y diwedd, dywedodd: "Ti'r un sbit â fe, ti'n gwbod."

Nodiodd Rob. "'Na be ma nhw'n dweud," atebodd, gan fod nifer o yfwyr y Pij wedi dweud yr un peth yn union wrtho ers iddo ddod adre.

"O'n ni'n hen fêts. Yn chwarae cardie'n reit aml. Wel, o'n ni'n *arfer* gwneud. Tan iddo fynd i ddyled."

"Do'n i ddim yn agos, fi a'r hen ddyn."

"Glywes i," medd Jac. "Roedd e'n casáu ei hun am dy wthio i ffwrdd fel gwnaeth e."

Ni wyddai Rob beth i'w ddweud am hynny, felly ddwedodd e ddim byd, dim ond syllu ar y ddesg.

"Gei di fy ngair i na fydd y bois yn rhoi unrhyw drafferth i ti a Ceri tan ddiwedd y mis, iawn?"

"Diolch," mwmiodd Rob, cyn i Jac Dannedd ei arwain yn ôl at ei feic, trwy'r ffau llewod tu hwnt i ddrws y swyddfa. Syllodd pob llygad arno wrth iddo gerdded heibio, a gwelodd Binsy'n eistedd gerllaw, yn gwingo fel roedd Ceri'n gwneud yn gynharach. Wrth ei ochr, eisteddai Mr Cyhyrau, yn golchi ei friwiau â Dettol.

"Welwn ni ti ar ddiwedd y mis, 'te," medd Jac Dannedd ar ôl agor y glwyd. "Ond dim munud yn hwyr, cofia, neu fydd pethe ddim mor bleserus tro nesaf."

Seiclodd Rob o 'na wedi drysu'n llwyr; ei fola'n conan, ei gorff yn gwynegu a'i ben yn troi fel chwyrligwgan. Mewn llesmair, anelodd am gartref Jen a Sam. Cnociodd ar y drws, ond ni chafodd ateb.

14: Gwirioneddau

"Fi'n synnu shwt ma fe 'di derbyn popeth," medd Ceri, gan lyfu Mr Whippy wrth bwyso ar y reilins ar bromenâd Porthcawl. O'i flaen, rhwng y prom a'r tonnau llwyd-frown, roedd Rob a Sam yn hedfan ceit ar y traeth concrid, ar ôl i Rob brynu un siâp diemwnt o siop gyfagos. Wel, ro'n nhw'n *ceisio* hedfan y barcut, ta beth. Roedd sŵn chwerthin y crwt i'w glywed ar y gwynt, a'r diléit pur yn heintus, hyd yn oed i hen gybydd fel Ceri. Roedd ei asennau yn gwneud iddo wingo bob tro y byddai'n symud neu hyd yn oed yn anadlu, ond gallai ymdopi ag unrhyw beth gyda bach o chwisgi a digon o ffags.

"Ma fe'n foi hollol wahanol i'r un adawodd Gerddi Hwyan," arsylwodd Jen, oedd yn sefyll wrth ei ochr yn smocio L&B, fel arfer. Gyda'r gwynt yn chwipio ac yn hyrddio i bob cyfeiriad, a'r cymylau tywyll yn bygwth arllwys glaw dros yr ardal ar unrhyw eiliad, doedd hi ddim yn agos at fod yn dywydd hufen iâ, ond doedd dim ots am hynny, roedd *rhaid* cael un pan oeddech chi'n ymweld â glan y môr, dyna'r rheol.

"Llongyfarchiadau," medd Ceri'n gwbl ddifynegiant.

"Am be?" Brathodd Jen yr abwyd.

"Ti newydd ennill Gwobr State the Obvious mil naw naw pedwar," gwenodd Ceri, wrth i'w dafod fynd ar drywydd diferyn o hufen iâ oedd yn hwylio lawr ei ên.

Bwrodd Jen e ar ei fraich gyda chefn ei llaw, cyn chwifio ar ei mab, oedd bellach yn hedfan y ceit gyda help Rob; y wên ar ei wyneb mor llydan â'r Hafren, bron.

"Ti'n hollol iawn, cofia," ychwanegodd Ceri. "Ma'r newid yn hollol nyts. A'r ffordd ma fe gyda Sam yn wych i weld."

Tonnodd rhyw falchder trwy gorff Jen, neu efallai ryddhad. Cymysgedd o'r ddau mwya tebyg. "Ro'dd e off 'i ben pan ddechreuon ni..." Tawelodd ei geiriau wrth gofio. Ar ddechrau eu carwriaeth fyrhoedlog, un funud bydde Rob yn dyner ac yn gariadus gyda hi, yn addo'r byd ac yn breuddwydio am yfory; a'r nesaf bydde fe'n rhefru, diawlo a bant i rywle i whilo am drwbwl; i ymladd, i yfed neu i ddwyn a rasio ceir ar lonydd diffaith topiau'r cwm. "Roedd e lan a lawr fel blydi yo-yo."

Cytunodd Ceri â'r datganiad, gan gofio giamocs beunyddiol ei frawd. Roedd e'n hala eu tad nhw'n benwan a'r unig ffordd y gallai Tom Evans ddelio â'r sefyllfa oedd herio Rob bob tro byddai'n ei weld, gweiddi a sgrechen, er ei fod wedi colli pob rheolaeth mewn gwirionedd. Roedd Rob mas bob awr o'r dydd a'r nos, yn dwyn ac yn cwffio, yn sniffio ac yn smocio. "Ro'dd e mor grac ar ôl i Mam farw, sa i 'di gweld unrhyw beth tebyg ers 'ny. Ond nath e newid ar ôl Jenko, fi'n meddwl. Neu o leiaf 'na pryd ddechreuodd e newid."

Ar glywed yr enw, culhaodd llygaid Jen wrth iddi droi i edrych ar Ceri. "Jenko? Ian Jenkins? Paid dweud mai Rob nath..."

Tawelodd ei geiriau a throdd Ceri i edrych arni, ei lygaid ar agor led y pen. "O'n i'n meddwl bod ti'n gwbod."

Ysgydwodd Jen ei phen. "Na. Golles i'r plot ar ôl i Rob fynd 'fyd. Dim sbel ar ôl beth ddigwyddodd i Ian Jenkins..." Chwyrlïodd olwynion cocos ei hymennydd wrth i'r gwir wawrio'n araf bach. "Ife 'na pam a'th e, ti'n meddwl?"

Cododd Ceri ei 'sgwyddau yn anymrwymol. Roedd

cysylltiad rhwng y ddau ddigwyddiad, heb os, ond roedd Rob yn honco bost yn y misoedd cyn iddo adael Gerddi Hwyan, felly pwy a wŷr beth oedd yr hoelen olaf. "Sa i'n gwbod, Jen. Bydd rhaid i ti ofyn iddo fe."

Nodiodd Jen, y datguddiad wedi ei meddiannu.

"Dim ond un peth fi *yn* gwybod, a bydde Dad yn casáu clywed fi'n dweud hyn," dechreuodd Ceri, ei dafod yn dal i lyfu'r côn. "Ond ma'r armi wedi neud byd o les i Rob."

★

Y noson honno, gyda Ceri'n tynnu peints yn y dafarn a Sam yn cysgu'n braf yn ei wely ar ôl i'w dad ddarllen stori iddo a'i dycio mewn, camodd Rob i'r lolfa glyd, lle'r oedd Jen yn aros amdano ar y soffa; *Brookie* 'mlaen yn y cefndir, paned o de yn ei llaw a golwg ddwys ar ei hwyneb. Roedd y briwiau ar ei wyneb yn amrwd, er eu bod yn gwneud dim i leddfu'r blys a deimlai Jen. Heb air, eisteddodd Rob ar y gadair gyfforddus gyferbyn â hi. Patiodd Jen y soffa, gan ei wahodd i ymuno â hi, ond ysgydwodd Rob ei ben.

"Beth sy'n bod arnot ti?" gofynnodd Jen, wedi digio braidd.

Roedd corff Rob yn gleisiau i gyd, ond ceisiodd beidio dangos i Jen ei fod mewn poen. "Ti'n edrych yn serious, 'na gyd. Fel 'se rhywbeth ar dy feddwl di."

"Ma *lot* ar fy meddwl i, Rob. Blydi loads i ddweud y gwir."

Gwingodd Rob yn y gadair. Gwyddai fod *rhaid* iddyn nhw drafod pethe, ond nid oedd eisiau chwalu'r hud oedd wedi bod rhyngddynt ers iddo ddychwelyd i Erddi Hwyan. "A fi," cyfaddefodd.

"Ti moyn mynd gyntaf?"

"Ladies first," gwahoddodd Rob iddi gymryd yr awenau.

Rhoddodd ei chwpan ar y bwrdd coffi a chodi ffag at ei cheg. Taniodd y mwgyn wrth i'w meddyliau chwyrlïo. Roedd ganddi gymaint o bethau i ofyn i Rob, fel nad oedd yn siŵr ble i gychwyn. Yna, popiodd y sgwrs gyda Ceri o'r prynhawn hwnnw i'w phen.

"Ian Jenkins?" meddai, a gwyliodd wrth i Rob ddryllio'n gorfforol o flaen ei llygaid; ei ysgwyddau a'i asgwrn cefn yn malu ac yn plygu o dan bwysau'r atgof, neu efallai'r euogrwydd.

Ni ddwedodd Rob unrhyw beth, gan nad oedd yn gwybod ble i ddechrau. Nes canfod ei fod wedi troi ei gefn ar ei fab am ddegawd yr wythnos gynt, yr hyn a wnaeth i Jenko yng nghysgod twneli Porth Hwyan oedd y peth gwaethaf iddo ei wneud yng nghwrs ei fywyd; ac roedd Rob Evans wedi gwneud llawer o bethau anfaddeuol dros y blynyddoedd, cyn ac ar ôl gadael Cymru.

Rhoddodd Jen bwt i'r ynfytyn-flwch. Smociodd. Syllodd ar Rob, oedd fel petai'n ceisio torri'n rhydd o'i groen ei hun. Pan ddaeth hi'n amlwg nad oedd yn mynd i ateb, prociodd Jen e'n ofalus. "Ife 'na pam redest di ffwrdd?"

"Fe oedd y final straw," cyfaddefodd Rob gan nodio; ei lygaid yn llawn dagrau, ond yr argae'n dal yn solet. Am nawr. "O'n i'n haeddu carchar am beth 'nes i iddo fe, ond ro'dd pawb mor ofnus ohona i, ges i get-awê. Ond nath hynny bopeth yn waeth, fi'n credu. I mean, o'n i'n casáu fy hun cyn hynny, ond wedyn des i'r casgliad bo fi'n haeddu cael fy nghosbi ac os nad oedd yr heddlu neu pwy bynnag yn mynd i neud, bydde'n rhaid i fi neud e fy hunan."

"So pam na est di at yr heddlu, 'te? Gallet ti 'di cyfaddef y cwbwl a hala cwpwl o flynydde yn jail." *Cyn dod nôl ata i a Sam...* roedd hi eisiau ychwanegu, er na ynganodd y geiriau.

Unwaith eto, nodiodd Rob, er fod ei lygaid wedi'u hoelio ar y carped trwchus. "Llwfrdra, Jen. Dim mwy na 'ny. Falle bo fi'n Mr Caled rownd dre fan hyn, ond o'n i'n petrified o fynd i'r carchar. Ac o'n i'n gwbod bod *rhaid* i fi dorri'r cycle hefyd, a bydde mynd i'r jail jyst wedi 'ngwneud i'n waeth. Yn ffycin seico. O'n i ar y ffordd fel o'dd hi. Ti'n cofio shwt o'n i. Yn colli'r plot dros ddim byd. Iasu, o' ti'n siŵr yn falch i weld fi'n mynd. A ti'n clywed pobl yn disgrifio jail fel *finishing school for crooks*, math o beth, ond ar ôl Jenko, ro'n i'n goro mynd o 'ma. Er lles pawb. Yn enwedig fy hun."

"A fyddet ti 'di aros 'se ti'n gwbod bo fi'n feichiog?" gofynnodd Jen, gan danio ffag ffres oddi ar stwmp yr un ddwetha.

Pendronodd Rob am sbel cyn ateb. "Sa i'n gwbod be fydden i 'di neud, Jen. O'n i mor grac gyda'r byd ar ôl i Mam farw, ac off 'y mhen ar unrhyw beth o'n i'n gallu cael gafael arno, do'n i ddim yn meddwl am neb ar wahân i fi fy hunan. Dim Dad. Dim Ceri. Dim ti. Neb. Taset ti 'di dweud wrtha i bod ti'n dishgwl ar y pryd, fi'n dreadio meddwl shwt fydden i wedi ymateb. A tasen i wedi aros, 'sen i ddim wedi bod yn dad da i Sam, no way. Mewn a mas o'r jail, mwya tebyg. Gest di close shave, fi'n credu."

Dihangodd deigryn o lygad Jen wrth i eiriau Rob fwrw'r marc. "'Nest di feddwl amdana i o gwbl?"

"Ffycin hel, do!" atebodd y milwr. "Bob munud yn ystod y misoedd cynnar. O'n i'n teimlo mor euog am adael fel 'nes i, ond doedd dim dewis 'da fi, rhaid i ti gredu. Clean break, doedd dim opsiwn arall. Nath hi gymryd wythnosau i'r holl sylweddau adael fy system 'fyd, a hales i loads o amser jyst yn chwysu a crio yn y gwely rhwng drils. Ges i loads o shit am hynny, ond roedd rhan fwyaf o'r bois yn rhedeg i ffwrdd wrth rywbeth, ac ar ôl gwella, 'nes i ffocysu'n llwyr ar y gwaith. Roeddech chi gyd yn fy ngwthio i fod yn berson gwell. Ti, Ceri, Jenko, Dad. O'n i'n teimlo cymaint o gywilydd, fyset ti ddim yn credu."

"Pam na 'nest di ateb llythyre Ceri?"

"Ges i ddim un llythyr. Es i i Ogledd Iwerddon a fi basically wedi bod on the move byth ers 'ny."

"Gallet ti fod 'di sgwennu," medd Jen yn drist.

Cododd Rob ei sgwyddau ar hynny. "Roedd *pawb* yn well off hebddof fi, dyna beth o'n i'n credu ta beth, felly gwell i chi gyd anghofio amdana i. Symud 'mlaen. Byw."

"'Nes i grio am fisoedd ar ôl i ti fynd. Yn enwedig ar ôl ffeindio mas bo fi'n feichiog."

"Fi'n gwbod na fydd hyn yn helpu o gwbl, ond o'n i *mor* falch o dy weld di tu fas y Pij wythnos dwetha. 'Nes i bron ffeintio yn y fan a'r lle."

Gwenodd Jen ar glywed y geiriau. "Ti'n lwcus 'nes i ddim rhoi head-butt i ti, neu dy gicio di yn dy geilliau."

"Dim mwy na fydden i 'di haeddu."

"So, 'nest di redeg i ffwrdd er mwyn cosbi dy hun, am beth 'nest di i Ian Jenkins?"

Nodiodd Rob yn ddiffuant. "I gosbi fy hun, ond hefyd i *achub* fy hun. Ond do'n i ddim yn gwbod ar y pryd bo fi'n cosbi rhai o'r rheini o'n i'n gadael ar ôl."

Edrychodd Jen arno'n drist, y dagrau yn bygwth eto. "Jyst paid rhedeg i ffwrdd eto, OK."

"Fi'n goro mynd nôl i'r armi, ti'n gwbo hynny, reit?"

"Wrth gwrs bo fi! Ond ti'n mynd i gadw in touch tro 'ma, yn dwyt ti?"

"Bydda i nôl bob cyfle posib. Fi 'di bod yn meddwl gofyn am transfer 'fyd, i Aberhonddu, fel galla i weld Sam mor aml ag y galla i."

"A beth am ei fam?" Cododd Jen ei haeliau'n awgrymog.

★

Ar ôl ymaflyd codwm yn y cylch sgwâr lan stâr, ac wrth orwedd yn sudd ei gilydd yn fflyrtian â Huwcyn Cwsg, llithrodd cwestiwn o geg Rob.

"Pam ti mor barod i fy nghroesawu i'n ôl i dy fywyd, Jen Brown?"

Ar glywed y geiriau, cododd Jen ar benelin, ac edrych ar Rob yn y gwyll. Roedd e'n fwy golygus nag erioed, er gwaethaf y mwstás a'r cytiau, a'i gyhyrau cleisiog yn gwneud i'w chorff cyfan ddirgrynu â gwefrau estron. Ond nid dyna oedd y rheswm. Nid bachgen oedd e bellach, fel roedd hi'n ei gofio, ond dyn go iawn oedd wedi ceisio rhoi trefn ar ei fywyd. Er gwaethaf y gweir a gafodd yn amddiffyn ei frawd, roedd e'n role model o fath, er na fyddai Rob byth yn cytuno â hynny. Roedd e'n delio â chymaint o loes ac euogrwydd, ac yn brwydro bob dydd i wneud y pethau iawn. Ond nid dyna oedd y rheswm ychwaith. "Ni gyd wedi bod trwy'r felin mewn gwahanol ffyrdd, yn 'dyn ni, ond sdim ffordd o newid y gorffennol, oes e, so beth yw'r pwynt dal dig? Fi 'di caru ti a casáu ti in equal measures dros y blynydde, Rob, ond ar ddiwedd y dydd fi jyst eisiau i Sam adnabod ei dad. That's it."

"That's it?"

"Wel, dim cweit falle, ond dyna'r ateb swyddogol heno."

15: Crogwr

Ar ôl i Sean ffonio adref y noson gynt yn gofyn am ffafr, ac ar ôl i'w frawd mawr gytuno i wneud y gymwynas iddo'r bore wedyn, am bris, penderfynodd Paul baratoi ar gyfer y perwyl trwy aros lan trwy'r nos yn hamro'r chwim, smocio ffags a chwarae FIFA ar y Mega Drive ail law a brynodd e am ddecpunt gan un o'r bagiau chwain lleol yn gynharach yn yr wythnos. Roedd y gêm yn rhan o'r fargen, a'r arian wedi hen ddiflannu i wythiennau'r cyffurgi erbyn hyn. Wrth geisio, a methu, i feistroli'r gêm, diolchodd Paul nad oedd e erioed wedi troi at y brown. Roedd e wedi cael digon o gyfleoedd dros y blynyddoedd, ac wedi colli llond llaw o ffrindiau i'r Ddraig ddigyfaddawd, ond am ryw reswm, ni chafodd ei demtio hyd yn oed unwaith. Er ei holl ffaeleddau, gwyddai'n union ble byddai'r llwybr hwnnw'n ei arwain. At ladrata consolau cyfrifiadurol a'u gwerthu am gildwrn pitw i ddiwallu ei flys ac i dawelu ei chwantau, dyna ble. Dim diolch. Roedd Paul yn hen ddigon hapus gyda'i hoff gyffuriau. Spîd a sigaréts. Carai'r ffordd roedd y chwim yn gwneud iddo deimlo. Ar ddi-hun ac yn barod am unrhyw beth. Fel milwr yn ffosydd Ypres adeg y Rhyfel Mawr, roedd Paul yn barod i danio, unrhyw le ac unrhyw bryd, ac i'r 'ffet oedd y diolch am hynny. Roedd y cyffur yn gwneud iddo deimlo'n oruwchnaturiol. Fel cyfuniad o'r Hulk a Superman; gallai hedfan gyda'i draed ar y ddaear a thynnu coed o'r ddaear. Yn wahanol i'r brown, wrth gwrs, doedd dim rhamant yn perthyn i amffetaminau. Dim llenyddiaeth uchel-ael yn dathlu'r ffordd o fyw. Dim fel heroin, oedd yn destun degau o nofelau, a hynny ers hanner canrif a mwy. Roedd *Trainspotting* a'i hawdur Albanaidd yn bobman ar hyn o bryd hefyd, yn y wasg ac ar y teli gan fod ffilm o'r nofel i gael ei rhyddhau yn y dyfodol agos, gyda chast o bobl brydferth yn y prif rolau. Am lwyth o folocs! Nid oedd Paul erioed wedi cwrdd â jynci golygus, ac roedd e'n fwy na hapus gyda'i benderfyniad i gadw draw rhag y smac. Edrychodd i gyfeiriad y cloc ar y silff ben tân, ond ni allai weld ei ddwylo, felly cododd i gael pip agosach. Trwy'r niwl, nododd ei bod yn tynnu at amser gadael, er nad oedd hi'n olau tu allan eto. Gorffennodd ei gêm, colled arall i'w ddewis dîm, Roma, y tro yma o ddwy gôl i ddim yn erbyn Lazio, tagodd ei ffag yn y blwch llwch llawn ar y bwrdd coffi blêr, a ffroenodd lein swmpus o spîd, cyn mynd i'r sied ar waelod yr ardd llawn chwyn i estyn beic. Yn wahanol i Sean a'i Cosworth coegwych, hen Raleigh Alaska rhydlyd oedd y peth gorau oedd ar gael i'r cyn-garcharor. Gwiriodd bocedi ei gôt law cyn gadael, i wneud yn siŵr bod popeth ganddo. Ffags, leitar, spîd, tsiaen. Check! Fel cymeriad mewn cartŵn, i ffwrdd ag e trwy'r glwyd ar waelod yr ardd gyda ffrâm y beic yn ysigo o dan bwysau ei gorff cawraidd. Roedd e allan o bwff cyn cyrraedd pen draw'r ali gefn, gan iddo esgeuluso ei ymarferion cardiofasgwlaidd yn ystod ei amser o dan glo, gan ganolbwyntio ar ei gyhyrau yn lle hynny. Swopiodd un arfer am un arall yn y carchar, gan nad oedd chwim yn syniad gwych pan nad oedd eich traed yn rhydd, gan bwmpio haearn fel Arnie, oriau lu bob dydd, tan bod ei dendonau ar dân a'i feiseps yn bolio. Meddyliodd am ei gyd-gellwr, hen rafiwr o'r enw Keith, oedd yn y clinc am geisio smyglo gwerth hanner miliwn o gocên i'r wlad, ar gwch o ogledd Sbaen. Byddai Keith yn ei saithdegau cyn blasu rhyddid eto, a byddai'r un peth yn wir i Paul hefyd, y ffordd roedd e'n cario mlaen. Bellach yng nghanol ei dridegau, roedd e wedi treulio cymaint o amser mewn cell ag ar y stryd yn ystod ei oedolaeth, ond dyna fel oedd hi, ac roedd Paul yn gyfforddus gyda'r status quo. Yn wir, roedd e wedi mwynhau pob stretch, yn y bôn. Roedd y ffaith ei fod yn fastard caled yn helpu, wrth gwrs, felly nid oedd e'n destun y bwlio a'r poenydio arferol, fel nifer o'r carcharorion gwannach; ond ar ben hynny, roedd Paul yn unigolyn diog, felly roedd cael cysgu am oriau bob dydd a chael tri phryd bwyd beunyddiol yn ei siwtio i'r dim. Fel pawb, cafodd ychydig o drafferth ar y tu fewn – ffrwgwd fach gyda'r gang beicwyr, y Bandidos, ar un achlysur, ac anghydfod gyda grŵp o Yardies nad oeddent yn cytuno â'r ffordd roedd Paul a'i ffrindiau penfoel yn gweld y byd – ond dim byd rhy ddifrifol. Yn araf bach, teithiodd ar draws y dref, gan gadw at lonydd cefn Gerddi Hwyan. Seiclodd o fewn canllath i swyddfa Gary Bevan, ei swyddog parôl, ond nid oedd unrhyw un ar gyfyl y lle ar yr adeg yma o'r dydd. Toc wedi saith y bore oedd hi, ac roedd y dref yn araf ddihuno, er nad yw'r cymylau tywyll byth yn bell o gymoedd de Cymru.

Roedd coesau Paul yn gwynegu erbyn i nendyrau llwyd y Coed ymddangos ar y gorwel dinesig, felly camodd oddi ar ei farch er mwyn cerdded gweddill y daith. Taniodd ffag wrth fynd, gan feddwl ble gallai adael y beic. Nid oedd clo ganddo, felly roedd siawns dda iawn na fyddai'r beic yn aros amdano pan y dychwelai i'w hôl. Nid oedd hynny'n ddiwedd y byd, wrth gwrs, ond nid oedd cerdded adref yn apelio rhyw lawer ychwaith. Yr unig lygedyn o obaith oedd ei bod hi mor gynnar fel na fyddai'r cnafon mwyaf tebygol wedi codi o'u gwlâu eto. Cwatodd y beic o dan risiau'r bloc fflatiau, ar y llawr gwaelod, lle'r oedd rhyw greadur afiach wedi cachu dros bob man. Torch led-solet ar y llawr, ac ewyn melynfrown ar y wal. Bu bron i Paul gyfogi ac ychwanegu at y llanast, ond llwyddodd i reoli'r reddf. Fel arfer, nid oedd y lifft yn gweithio, felly dringodd y grisiau concrid lled-agored, gan grychu ei drwyn mewn ymateb i'r oglau afiach oedd yn ei amgylchynu. Amonia. Chwd. Anobaith. Ni phasiodd unrhyw un ar hyd y ffordd. Ar gyrraedd y chweched llawr, smociodd sigarét wrth edrych allan dros doeon cyfagos y dref. Roedd y glaw mân yn dal i gwympo, gan wneud i lechi'r tai teras di-ben-draw ddisgleirio, er gwaethaf y diffyg goleuni.

Taenodd ddab o chwim ar ei ddeintgig a phwyso'i glust ar ddrws lled-agored Finn Cox. Nid oedd y ffŵl wedi trwsio'r bwlyn, ar ôl i Paul ei chwalu'r diwrnod o'r blaen, felly pan na chlywodd unrhyw sŵn, gwthiodd y porth ac i mewn â fe. Caeodd y drws drachefn a daeth o hyd i'r dyledwr yn chwyrnu ar y soffa, y bong dwy droedfedd ar y bwrdd coffi wedi cael yr effaith ddisgwyliedig ar y defnyddiwr. Gwelodd nodwydd a llwy wedi'i staenio'n frown ar y bwrdd wrth ochr y bibell ddŵr. Coctel. Roedd Finn Cox mas ohoni'n llwyr, felly eisteddodd Paul ar gadair gyfagos. Smociodd sigarét wrth syllu ar y cyffurgi. Roedd ei farf bratiog a'i ddredlocs-dyn-gwyn yn ffieiddio Paul. Gwyliodd am sbel, ar goll yng ngwagedd ei ben, cyn cofio am y cuddfan yn y wardrob yn yr ystafell wely. Cododd ar ei draed yn drwsgl, ei goesau'n gwegian ar ôl yr holl droelli a dringo, ond ni ddihunodd Finn. Ni allai Paul gredu'r peth, ond o edrych ar y fferyllfa o sylweddau anghyfreithlon ar y bwrdd coffi, nid oedd yn syndod ychwaith.

Camodd Paul i wâl Finn Cox gan ddeall ar unwaith o weld cyflwr y gwely pam ei fod yn cysgu ar y soffa. Roedd y dŵfe yn llawn staeniau coch-frown, a'r clustogau'n berwi â chwain.

Gwag-gyfogodd ar weld yr olygfa, gan wneud nodyn meddyliol i olchi ei wely cyn gynted ag y cyrhaeddai adref. Cyrcydodd y cawr a thwrio i gefn y wardrob, gan ddod o hyd i gelc y cyffurgi mewn hen focs sbardiau Adidas. Tynnodd y clawr a chael ei synnu gan y pentwr o arian parod. Saith cant oedd y ddyled, ond roedd y blwch yn cynnwys dwy fil, namyn can punt. Yn araf, troellodd y posibiliadau ym mhen Paul. Gallai gymryd y cyfan, heb yn wybod i neb. Dim Sean, na Sleeping Beauty drws nesaf ychwaith. Byddai dwy fil yn prynu *lot* o spîd iddo, a chwpwl o gemau newydd i'r Mega Drive 'fyd. Street Fighter oedd ar frig y rhestr. Neu Mortal Kombat. A hyd yn oed petai'n rhoi saith cant i Sean, yn ôl y disgwyl, byddai dros fil ganddo yn ei boced. Byseddodd y punnoedd wrth feddwl am y cam nesaf, cyn synhwyro rhywun yn symud y tu ôl iddo; ar flaenau ei draed, ond heb fod yn ddigon cyfrwys ychwaith. Arhosodd Paul lle'r oedd e, fel petai heb glywed dim, gan lithro ei law i'w boced, lle'r oedd y tsiaen beic yn aros amdano. Rhoddodd y bocs ar waelod y wardrob ac aros i Finn Cox ymosod. Gwyddai wrth reddf mai dyna fyddai'n ei wneud, gan nad oedd wedi codi ei lais i rybuddio Paul o'i bresenoldeb. Teimlodd yr hyrddiad a symudodd i'r chwith. Modfedd neu ddwy yn unig, ond roedd hynny'n ddigon. Gafaelodd yng ngarddwrn Finn Cox a gorfodi iddo ollwng y gyllell fara finiog. Sgrechiodd yr ymosodwr wrth i raw o law Paul wasgu a chwalu'r cymalau, ac yna rhyddhaodd y tsiaen a'i lapio o amgylch ei wddf. Tynnodd y grograff ddur tan fod llygaid Finn Cox yn bochio mas o'i ben, ac ni stopiodd tan fod pob anadliad wedi ei wasgu ohono. Cymerodd dair munud dda i draed Finn Cox beidio cicio, ac eisteddodd Paul ar garped brwnt yr ystafell, gyda'i gefn yn pwyso ar y gwely, heb adael fynd o'r tsiaen tan ei fod yn sicr na fyddai Finn Cox yn atgyfodi. Am y tro cyntaf yn ei fywyd llawn camweddau difrifol, teimlodd Paul anadl olaf rhywun yn gadael ei gorff. Teimlodd ryw bŵer digamsyniol, duwiol bron, yn ei feddiannu, ac ymlaciodd ar ôl y weithred, gyda Finn Cox yn gelain rhwng ei goesau, a mwynhau sigarét felysaf ei fyw. Wrth smocio, gwawriodd arno ei fod wedi palu twll i'w hun fan hyn. Oedd, roedd ganddo ddwy fil o bunnoedd yn ei boced ond, ar yr un pryd, roedd e newydd lofruddio Finn Cox. Gyda job mawr Sean ar y gorwel, byddai ei frawd yn gandryll am yr hyn roedd e newydd ei wneud. Ac roedd hynny cyn hyd yn oed ystyried ymateb y cops. Ar ôl pythefnos mas o'r carchar, ac er gwaethaf ei hoffter am y lle, nid oedd Paul yn barod i ddychwelyd i'r clinc eto. Cododd a rhoi'r holl arian yn ei boced, cyn sylwi ar focs arall yn gorwedd ar waelod y wardrob. Agorodd e, gan ysgwyd ei ben ar y cynnwys. Ni allai gredu ei lygaid na'i lwc. Pocedodd ddwy owns o soapbar a thri bag o bowdwr gwyn. Gadawodd yr ystafell wely a gwirio bod drws ffrynt y fflat ar gau. Aeth allan ar y balconi er mwyn smocio a meddwl. Yn araf bach, eginodd cynllun yn ei ben.

Taflodd y stwmp dros ochr y balconi a chwilota trwy'r fflat am raff, gan ddod o hyd i'r un ddefnyddiodd ef a Sean yn ystod eu hymweliad diwethaf i hongian Finn Cox dros ochr yr adeilad. Mwy o lwc. Tynnodd y rhaff o'i chuddfan o dan y soffa cyn mynd trwy'r fflat unwaith yn rhagor, y tro hwn yn chwilio am rywle i hongian y corff, gan ddod o hyd i'r union fan, ar y balconi. Uwchben y drws oedd yn gwahanu'r lolfa rhag yr awyr agored, roedd bachyn trwm wedi'i sodro i'r wal. Ni allai Paul ddeall pam yr oedd yno, ond efallai mai at yr union ddiben hwn oedd yr ateb, o ystyried pa mor depressing oedd y Coed. Haliodd y rhaff dros y bachyn, cyn tynnu arni gyda'i holl nerth. Ni ildiodd, felly aeth ati i glymu dolen redeg glasurol, mewn paratoad ar gyfer y corff. Cyn estyn Finn Cox o'r ystafell wely, meddyliodd Paul am yr olygfa, gan geisio dychmygu'r ymatebwyr cyntaf yn cyrraedd. Roedd y llety truenus yn berffaith o ran adlewyrchu cyflwr meddwl bregus y tenant, felly nid oedd angen gwneud unrhyw beth am hynny. Estynnodd stôl a'i rhoi i orwedd ar lawr y balconi, fel tasai'r crogwr wedi ei chicio o'r neilltu cyn crogi. Yna, gyda pheth trafferth, cododd Finn Cox yn ei freichiau a'i gario at y rhaff. Tynnodd hi dros ei ben, a gwneud yn siŵr bod y gorden yn cydweddu â'r marciau lle tagodd y tsiaen y gwynt o 'sgyfaint y dioddefwr. Gadawodd y gelain i grogi, cyn defnyddio clwtyn llestri i waredu unrhyw olion bysedd posib. Caeodd y drws ffrynt ar ei ffordd allan, cyn tynnu hwd dros ei ben, rhag ofn, estyn y beic o'i guddfan cachlyd, a reidio adref yn teimlo'n eithaf balch ohono'i hun.

Yn ôl yn y Wern, yn gyfforddus ar y soffa gyda FIFA'n llwytho ar y sgrin, cyfrodd ei arian ac archwilio ei ysbail. Am fore! A doedd hi ddim yn ddeg o'r gloch eto. Rholiodd sbliff cryf o soapbar a rhochio lein anferth o chwim, cyn cuddio'r arian a'r cyffuriau yn ei ystafell wely a setlo am y dydd.

Dychwelodd Sean ganol prynhawn yn cario gwarfag trwm ar ei gefn.

"Gest di fe?" oedd ei gwestiwn cyntaf, heb hyd yn oed cyfarch ei frawd.

Rhannodd Paul yr hanes. Ei fersiwn e o'r stori, hynny yw. "Ro'dd y twat wedi topo'i hun ar y blydi balconi," esboniodd. "'Nes i edrych bob man am yr arian, ond dim lwc," rhaffodd.

Eisteddodd Sean ar y soffa, gan adael i eiriau Paul ymdreiddio. Nid oedd yn credu pob sill, ond nid oedd yn mynd i neud ffys ychwaith. Wedi'r cyfan, aeth ei frawd mawr yno ar ei ran heddiw, felly ni allai Sean gwyno. Ac ar ben hynny, byddai'r ddau ohonynt yn ddynion cyfoethog iawn mewn cwpwl o ddyddiau, felly beth oedd y pwynt ei herio? Treuliodd y brodyr weddill y dydd yn diogi, tra cyhwfai Finn Cox ar ei falconi; ei wardrob mor wag â'i gragen.

16: Noswyl

Gyda phedair awr ar hugain i fynd cyn y job, safai Rob a Ceri ar lan bedd eu rhieni yn syllu ar y garreg farmor, oedd newydd gael ei gosod yn ei lle unwaith eto ar ôl i'r masiwn ei diweddaru a'i dychwelyd y diwrnod cynt. Gyda'r glaw mân yn dal i gwympo, a'r dref wedi deffro unwaith yn rhagor i gymylau llwyd-ddu hyd at y gorwel a gwynt main o'r gogledd-ddwyrain, twriodd Rob ei ddwylo ym mhocedi ei gôt, tra smociai Ceri fel simne wrth ei ochr. Gyda'u llygaid du a'u cleisiau amryliw, edrychai'r ddau fel arbrofion allan o reolaeth mewn dosbarth taenu colur. Ychwanegwyd enw Tom Evans at un ei wraig, ynghyd â blwyddyn ei enedigaeth a'i farwolaeth, a dyna ni. Dim byd ffansi, jyst y ffeithiau moel. Oedd yn ffodus o beth, gan fod rhaid talu am bob llythyren, ac o gofio bod yr hen ddyn wedi gadael ffwc o etifeddiaeth i'w feibion ar ei ôl.

"Fi'n gwbod nad o't ti'n meddwl lot ohono fe," dechreuodd Ceri siarad, wrth bwffian ar ei sigarét. "Ond bydde fe wrth ei fodd yn gweld shwt ti 'di newid, ac yn enwedig shwt ti 'di cymryd at Sam. Fi'n meddwl bydde fe'n prowd."

"Fi heb newid cymaint â 'ny," medd Rob.

Trodd Ceri ac edrych ar ei frawd bach. Y cyhyrau. Y mwstás. Y gwallt byr. Y ddisgyblaeth. Y difrifoldeb. "Ti'n siŵr o hynny?" gwenodd.

"Fi 'di bod yn destun dau disciplinary action ac wedi bod yn Âr Ow Pî lond llaw o weithiau."

"Arrow beth?"

"Âr Ow Pî. Restrictions of privileges. Confined to barracks."

"Reit. Pam? Be 'nest di?"

"Dim byd digon difrifol i gael fy nhaflu mas, ond dim byd i neud unrhyw un yn prowd ohona i chwaith. Yn enwedig Dad."

"Wel, o leia so ti 'di gadael dyled anferth i dy fab."

"Falle bod hynny'n wir, ond fi *wedi* colli deg mlynedd o'i fywyd."

Roedd hynny wedi plagio Rob bob dydd ers iddo ddychwelyd i Erddi Hwyan; ers cwrdd â Sam hynny yw. Y ffaith iddo fyw, bodoli, heb wybod am fodolaeth ei fab am ddegawd. Tra'r oedd e'n teithio'r byd yn achub, amddiffyn neu ymosod, yn dibynnu ar y briff, yn dibynnu ar orchmynion ei uwch-swyddogion, roedd Sam yn tyfu fyny heb ei dad. Ac er i Ceri geisio llenwi'r bwlch, ni fyddai Rob byth yn maddau iddo'i hun am amddifadu ei fab fel y gwnaeth.

"Paid meddwl gormod am hynny. Ni methu newid y gorffennol, y'n ni? Ti 'ma nawr a ni gyd yn falch o hynny." Rhoddodd Ceri ei fraich am ysgwydd ei frawd a'i gofleidio'n dynn; y ddau ohonynt yn meddwl am berwyl y diwrnod canlynol. "Yn enwedig Jen," ychwanegodd Ceri gyda winc, gan dorri ychydig ar y tensiwn.

*

Parciodd Sean y Cosworth rhwng Amgueddfa Forol Caerdydd a Techniquest ar waelod Stryd Bute. Syllodd ar draws y dŵr brown, brwnt, i gyfeiriad Penarth. Fel ploryn, ymwthiai Eglwys Sant Awstin allan o'r treflun serth; tra safai slymiau'r Billybanks ar y llethrau, gan atgoffa pawb nad oedd y dref glan môr hon mor posh ag y credai preswylwyr y lle. Taniodd sbliff ddrewllyd o squidgy black a gadael i'r glaw mân drochi'r windsgrin a difetha'r olygfa. Craciodd y ffenest rhyw fymryn, er mwyn gadael i'r mwg ddianc, a chlywodd grawcio main y gwylanod yn cecran ar y gwynt. Rhoddodd bwt i stereo'r car, gan adael i'r adar ddisodli llais MC Conrad.

Roedd y diwrnod mawr bron â chyrraedd, a Sean yn teimlo'n reit dda am yr holl beth. Byddai'n hapusach o lawer yr amser hwn yfory, wrth reswm, ond roedd e'n hapus gyda'i dîm ac yn hyderus o'u llwyddiant. Roedd popeth yn ei le, a'i frawd wedi 'ffeindio' car iddynt ei ddefnyddio ym Maesteg, tra roedd ei gyswllt ym Mryste yn aros am y cynnyrch ac yn barod i fynd. Nid oedd Sean yn hoff iawn o Rob, ond roedd yn rhaid iddo gyfaddef bod y milwr yn dod ag ychydig o broffesiynoldeb i'r cyrch, heb sôn am brofiad gydag arfau. Dyna rywbeth nad oedd ganddo fe na Ceri, er bod Paul yn hen law gyda gynnau llifiedig. Neu 'na beth oedd e'n honni, ta beth. Meddyliodd a ddylai fod wedi sôn wrth y brodyr am yr arfau, ac am Paul, ond roedd hi'n rhy hwyr i wneud nawr. Byddai popeth yn cael ei ddatgelu yfory.

Am bum munud wedi un, agorodd drws y teithiwr, ac i mewn daeth Kelly i'r car; ei phersawr – cyfuniad o flodau oren, rhosod a fanila – yn ei rhagflaenu. Pwysodd ar draws y brêc llaw a rhoi cusan i Sean. Y Clyde Barrow i'w Bonnie Parker hi. Gwthiodd ei thafod i'w geg, gan fynnu ei fod e'n gwneud yr un peth. Pa angen am eiriau, pan allwch ddweud y cyfan gyda snog?

Ar ôl y cyfarchiad nwydus, mynnodd Kelly fod Sean yn

diffodd y mwg drwg, cyn troi ei sylw at ei chinio. Brechdan ham ar fara Mighty White. Dim menyn. Dim mayo. Dim ffrils. Wrth iddi fwyta, trodd y sgwrs at yfory.

"Sneb yn amau dim, reit." Datganiad, nid cwestiwn, gan Sean.

Cnodd Kelly a llyncu cyn ateb. "Dim o gwbl. Business as usual. Ac ma'r sêff yn orlawn."

"Faint?"

"Sa i'n gwbod yn union, ond cymaint, os nad mwy, na fi byth 'di gweld o'r blaen."

Gwenodd Sean ar hynny, wrth i'w ben droi â'r holl bosibiliadau. "Ti'n cofio beth sydd angen i ti neud nawr?"

"Jesus, Sean, sawl gwaith sydd angen i ti ofyn?"

"Jyst neud yn siŵr," gwenodd Sean ar ei hymateb. Fel fe a'i griw, roedd Kelly'n barod.

Pan orffennodd Kelly ei brechdan, trodd yn ei chadair a gofyn: "Ti dal moyn rhedeg i ffwrdd gyda fi?"

Diolch i'w fywyd hedonistaidd, bu rhaid i Sean balu'n ddwfn i gofio'r sgwrs flaenorol, ond syrffiodd y saib letchwith, cyn ateb, yn gwbl ddiffuant, yn gwbl bendant, fel actor ar lwyfan y Theatr Newydd. "Fuckin reit. I ble?"

"Rhywle twym," atebodd Kelly. "Fi'n ffed yp o'r glaw 'ma."

"A fi," cytunodd Sean. "Gallwn ni fynd i unrhyw le ti moyn os yw'r sêff 'na mor llawn â ti'n dweud."

Tro Kelly oedd hi i wenu nawr. "Fi'n caru ti, Sean," datganodd, gan synnu ei chariad yn llwyr. Dyma'r tro cyntaf iddi ddweud y fath beth, ac nid oedd syniad gan Sean sut i ymateb. Wrth gwrs, gwyddai beth roedd Kelly'n gobeithio ei glywed, ond nid dyna'r ffordd roedd e'n teimlo amdani. Petai hi *ddim* yn gweithio lle'r oedd hi, ni fyddai'n eistedd yn ei gar, roedd hynny'n sicr. Fodd bynnag, gwyddai hefyd na allai wneud unrhyw beth i fwrw'r cynllun oddi ar y cledrau, felly dim ond un peth oedd amdani.

"Caru ti hefyd," atebodd.

*

Lai na hanner clic o ble'r oedd y Cosworth wedi'i barcio, eisteddai Ceri a Rob mewn Ford Fiesta llwyd yn gwylio'r targed. Daeth y brodyr yma'n syth o'r fynwent yng nghar Ceri, er mwyn iddo gael ymgyfarwyddo â'r ardal mewn paratoad ar gyfer y diwrnod mawr. Cyn parcio, gyrrodd y brodyr o gwmpas y dociau, gan wirio pob llwybr dianc posib. Roedd pob un yn glir heddiw, ac roedd rhaid byw mewn gobaith na fyddai unrhyw oleuadau traffig dros dro yn ymddangos dros nos i'w hatal rhag ei heglu hi.

"Lle ti moyn fi barcio fory, 'te?" gofynnodd Ceri.

"Mor agos at y drws â ti'n gallu, ond dim reit tu fas chwaith, rhag ofn bod rhywun yn cofio dy wyneb."

"A beth am dy wyneb di a Sean? Chi fydd yn mynd mewn i'r siop. Bydd y seciwriti gard yn siŵr o'ch cofio."

"Bydd ein hwynebau wedi'u cyfro, a fi'n mynd i shafo hwn off yn syth ar ôl y job." Mwythodd Rob ei fwstás wrth siarad.

"Dylen i wisgo rhywbeth hefyd, ti'n meddwl? Teits neu, sa i'n gwbod, balaclafa."

"Lan i ti."

"A pa ffordd dylen ni adael?"

"Eto, lan i ti. Ma tri dewis. Lan Bute Street a trwy ganol y dref. Dim y syniad gorau, falle. Neu trwy Riverside, Grangetown, Canton ac Ely. Eto, galle hi fod yn brysur. Ond mae'n opsiwn gwell na'r cyntaf. Ac yn olaf, draw i Benarth a mas am Barri a'r Fro. Llai o draffic, ond mwy exposed…"

"Sa i'n hoffi'r syniad o yrru'r holl ffordd adre chwaith."

"Na fi."

"Fuck!" ebychodd Ceri, fel petai difrifoldeb y cynllwyn yn ei daro am y tro cyntaf.

"Beth?"

"Fi'n shitto hi fan hyn. Nag wyt ti?"

"Piece of piss," gwenodd Rob ar ei frawd mawr, ond ni ddychwelodd Ceri'r wên, ac ar y gair gwyliodd y brodyr wrth i Ford Cosworth cyfarwydd iawn hwylio heibio iddynt; y mwg porffor fel seiren wrth iddo ddianc o'r crac bach yn ffenest y gyrrwr.

*

Yn ei hoferôls gwyn, ei mwgwd melyn a'i rhwyd wallt las, nid oedd Jen yn edrych ar ei gorau wrth ei gwaith. Ond, o ystyried yr oglau cig gorlethol oedd yn drwch yn yr aer, nid oedd ei phryd a'i gwedd yn pwyso rhyw lawer ar ei meddwl. Nid pacio selsig oedd ei huchelgais yn tyfu fyny, wrth gwrs, ond roedd yn talu'r bils ac yn cadw to dros ei phen. Ar ôl i'r pyllau glo gau, roedd cyfleoedd gwaith yn brin yn y cwm, a'r rhan fwyaf o bobl un ai'n gorfod teithio'n bell i ennill eu bara menyn, neu ar y dôl ac yn byw o'r llaw i'r genau. Ar un adeg, roedd pen Jen yn llawn breuddwydion a dyheadau, ond ar ôl i Sam gyrraedd, gwyddai mai darparu ar ei gyfer ef oedd ei phrif bwrpas bellach, a diolchai bob dydd am ei swydd yn y ffatri gig. Ac, o gymharu â rhai o dasgau ei chyd-weithwyr, roedd jobyn Jen yn gymharol gyfareddol! Safai yn ei gorsaf arferol, rhwng Dilys Bowden ar y dde iddi, a Kath Fitzpatrik ar y chwith, yn stwffio selsig i focsys. Dyna ni. Dyna'r job. Byddai'r selsig yn cael eu cynhyrchu un cam yn gynharach ar hyd y llinell brosesu, a Jen a'i chyd-bacwyr oedd terfyn y daith. Felly, yn ogystal â'u pacio at ddiben eu cyflenwi i gwsmeriaid, roedd rhaid iddynt gadw llygad am unrhyw ddiffygion, gan daflu'r rheini i fin cyfagos. Ar ôl sbel ar ddechrau shifft, rhyw ddeg munud, chwarter awr efallai, byddai Jen yn llesmeirio; ei llygaid a'i dwylo'n gweithio mewn cytgord perffaith, ond ei hymennydd yn rhydd i grwydro. Ac yn ddiweddar, dim ond un peth oedd ar ei meddwl. Rob. Ar ôl blynyddoedd o fyw, o oroesi, ar ei phen ei hun, gan ddarparu ar gyfer Sam hyd eithaf ei gallu, roedd cael Rob wrth ei hochr eto yn ei gwneud hi mor hapus. Gwyddai, wrth gwrs, fod yn rhaid iddo ddychwelyd at ei gatrawd mewn cwpwl o wythnosau, ond gwyddai hefyd na fyddai'n eu hamddifadu nhw eto, dim nawr ei fod yn gwybod am fodolaeth ei fab. Gyda'r selsig yn llithro fel barrau sebon seimllyd rhwng ei bysedd manegog, gorfod i Jen atal ei hun rhag ymgolli mewn ffantasïau. Ond eto, roedd rhywbeth yn braf am wneud. Ond dim ffantasïau rhamantus, merchetaidd oedd ei rhai hi ychwaith; ond mympwyon wedi'u gwreiddio mewn realiti. Roedd hi'n agosáu at ei thri deg, wedi'r cyfan ac roedd yr amser am freuddwydion tylwyth teg wedi hen fynd. Roedd hi *eisiau* Rob yn y ffordd arferol, wrth gwrs, ond roedd hi ei eisiau e mewn ffyrdd ymarferol hefyd. Help i fynd â Sam i chwarae pêl-droed ar foreau Sadwrn, i nofio neu i Cubs. Help gyda'r siopa a'r penderfyniadau mawr. Rhywun i rannu syniadau gyda nhw ac, yn fwy na dim, rhywun i gwyno ac i chwerthin yn ei gwmni. Roedd y nosweithiau'n gallu bod yn unig iawn i famau sengl, ble bynnag roedden nhw'n byw. Canodd y larwm am dri y prynhawn. Amser egwyl. Paned a ffag. Ac amser i Rob gasglu Sam o'r ysgol am y tro cyntaf erioed.

*

Denodd Rob sawl cipolwg ar iard yr ysgol gynradd, yn bennaf wrth famau ifanc ac ambell athrawes chwilgar, a gwenodd trwy'r cyfan, gan nodio'i ben yn gwrtais tan gweld wyneb ei fab yn ffenest y drws coch. Cododd y crwt ei law, a dychwelodd Rob y cyfarchiad. Yna, gwibiodd Sam i'w gyfeiriad, ei draed braidd yn cyffwrdd â'r cwrt hopsgots ar y concrid llaith. Llenwodd calon y milwr â balchder wrth godi Sam yn ei freichiau a'i gofleidio tan iddo ddechrau gwingo yn ei grafangau.

"Be ti moyn neud, 'te?" gofynnodd Rob, gan fod pedair awr ganddynt i'w llenwi tan bod Jen yn disgwyl ei gael yn ôl.

"Milkshake!" Oedd ei ateb pendant, a ffwrdd â nhw i Gaffi Parentis yn ardal Pwll Coch y dref.

Archebodd Sam 'sgytlaeth banana, tra aeth Rob am goffi du, gan eistedd yn y ffenest i fwynhau eu diodydd. Ar ôl ychydig o fân siarad a digon o slochian, tonnodd golwg ddifrifol dros wyneb y crwt.

"Be sy'n bod?" holodd Rob gan fynd i banig braidd, oherwydd nad oedd ganddo unrhyw brofiad o ddelio â chwestiynau lletchwith gan fachgen ifanc.

Oedodd Sam cyn siarad, fel tasai'n ystyried a ddylai ddweud unrhyw beth. "Ma Mam yn dweud bo ti'n gadael ni eto."

Llenwodd llygaid Sam â dagrau, a thorrodd calon Rob yn deilchion o dan ei grys. "Fi'n gorfod, Sam," dechreuodd esbonio, ond gwnaeth hynny bethau'n waeth. "Ond dim am hir y tro 'ma. Fi'n mynd i ofyn os ca i symud nôl i Gymru, er mwyn bod yn agos atot ti."

Gwnaeth hynny'r tric, a gwenodd Sam ar ei dad. "A Mam!" ychwanegodd.

Tro Rob oedd hi i wenu nawr. "A dy fam," cytunodd, wrth i'w feddyliau droi at y diwrnod canlynol. Cododd ei fŷg at ei geg, a gweddïo na fyddai'n torri ei addewid i Sam a'i adael am ddeg mlynedd arall, y tro hwn ar bleser ei Mawrhydi.

*

Cyrhaeddodd Sean adref wap wedi saith yr hwyr a dod o hyd i'w frawd yn yr union fan y gadawodd e'r bore hwnnw; ar y soffa'n chwarae Street Fighter. Roedd y tŷ'n drewi o soapbar rhad, brwnt, tra bod llutrod powdraidd yn britho'r bwrdd coffi. Gorffennodd Paul gwffio a throdd i edrych ar Sean. Roedd ei lygaid fel dwy soser fagddu, a'i fysedd yn felynfrown.

"Ti moyn lein?" oedd ei gwestiwn agoriadol.

"Fi'n olréit," atebodd Sean. "Diwrnod mawr fory."

Anwybyddodd Paul ei frawd bach, neu efallai na chlywodd e'n siarad, a thollti pentwr o spîd ar y bwrdd. Dechreuodd dorri'r domen yn gyfres o linellau tew.

Nawr, y peth olaf oedd Sean eisiau heno oedd noson arall yn hamro mynd, ond roedd e'n ddyn gwan ac yn ofni ei frawd, felly pan gynigiodd Paul bapur hanner canpunt iddo wedi'i rolio'n diwb tynn, cymerodd e'r offrwm a phlymio mewn, heb feddwl am eiliad o ble cafodd ei frawd afael ar arian o'r fath.

*

"Ti'n dod mewn neu be?" gofynnodd Jen ar stepen y drws; ei gwallt yn wlyb ar ôl iddi sgwrio'r selsig oddi ar ei chroen yn y gawod. Hudwyd Rob gan ei glendid. Roedd e newydd ollwng Sam adre ar ôl treulio pedair awr hyfryd yn ei gwmni, ac roedd y temtasiwn bron yn ormod iddo.

"Fi methu heno, sori, fi'n goro helpu Ceri 'da rhywbeth."

Ciledrychodd Jen arno, gan wybod wrth reddf nad oedd Rob yn dweud y gwir wrthi. "Your loss!" ebychodd, gan droi a chau'r drws yn ei wyneb.

Ar ôl tycio Sam yn ei wely a gwrando ar hanes ei brynhawn yng nghwmni Rob, dechreuodd yr amheuon gorddi; y drwgdybiaethau'n ehangu yn ei phen tan nad oedd lle i unrhyw beth arall. Wrth orwedd yn ei gwely gwag, anadliadau isel ei mab i'w clywed ar draws y landin, meddyliodd cymaint roedd Rob wedi newid ers iddo adael y dref ym mil naw wyth pump. Roedd y trawsnewidiad yn rhyfeddol, heb os, ond roedd yr hen Rob yn dal i lechu ynddo'n rhywle hefyd. Bachgen drwg am byth, a dim camgymeriad.

*

Gyda chwsmeriaid y Pij wedi gadael am y nos, helpodd Rob ei frawd i glirio ar eu holau. Ar ôl i'r gwydr olaf gael ei olchi, a'r llechen olaf gael ei mopio, pwysodd y brodyr ar y bar mewn tawelwch, er bod y ddau ohonynt yn meddwl am yr un peth. Yfory.

"Wisgi?" gofynnodd Ceri, gan droi at yr optics.

"Dim heno," atebodd Rob. "Bydd angen pen clir arna i fory. Ond paid gadael i fi stopo ti."

"'Nei di ddim, paid poeni," gwenodd Ceri, cyn llyncu dyblar ar ei ben. "Ond 'na fi am heno 'fyd. Pen clir, fel wedest di."

"Fi'n mynd lan," medd Rob a throi ei gefn.

"Diolch," lled-waeddodd Ceri ar ei ôl, gan wneud i Rob droi.

"Am be?"

"Am ffycin helpu! Am gytuno i fod yn rhan o'r ffycin peth 'ma."

Gwenodd Rob ar ei frawd mawr blonegog. "Gei di ddiolch nos fory, os eith popeth yn iawn."

Aeth y brodyr i'r gwely, ond fel dau aelod arall y gang, ni chysgodd yr un ohonynt rhyw lawer y noson honno.

17: Clec

Dihunodd Rob jyst wedi pump y bore, ei gorff cleisiog wedi'i orchuddio gan chwys oer a'r adrenalin eisoes yn gwibio'n wyllt trwy ei wythiennau. Ar ôl noson aflonydd o gwsg, yn troi a throsi yn ei wely bach, gwnaeth gant o sit-ups a chan press-up ar lawr moel yr atig, cyn penderfynu mynd am lonc bum clic o amgylch y dref, mewn ymdrech i ffocysu ar y diwrnod o'i flaen. Cyn y wawr, roedd strydoedd Gerddi Hwyan yn anghyfannedd, ac ni welodd neb ar hyd ei daith, dim hyd yn oed dyn lla'th mewn fflôt yn dosbarthu poteli i drigolion y dref. Ar ôl paratoadau'r wythnos, teimlai'n reit ddigynnwrf wrth feddwl am yr hyn oedd i ddod. Ar ôl arwain ei gatrawd mewn degau o gyrchoedd, a hynny yn rhai o fannau mwyaf peryglus y byd, byddai heddiw yn gymharol hawdd. Gobeithio. Wrth agosáu at ddiwedd ei gylchdaith, clywodd frain yn crawcian yn y coed tu ôl i'r tai teras, ond geiriau Sean Gillard oedd yn atseinio yn ei ben. *Piece of piss. Piece of piss.* Cawn weld am hynny, meddyliodd.

Dychwelodd i'r Pij a gadael i ddŵr y gawod dylino ei gyhyrau tynn, ac erbyn iddo sychu a gwisgo, roedd hi'n tynnu am saith a gallai arogli'r coffi ar y gwynt. A'r ffags 'fyd. Roedd Ceri ar ei draed felly. Daeth o hyd i'w frawd yn y gegin fach; ei groen llwydaidd fel petai'n hongian oddi ar ei esgyrn yng ngolau gwantan y bore. Pesychodd. Pwffiodd. Nodiodd gyfarch ond ni ddwedodd air.

"Iawn," medd Rob, gan estyn y ceirch o'r cwpwrdd er mwyn gwneud uwd. Tanwydd i lenwi ei fola. I'w fodloni tan ar ôl gorffen y job. Byddai swper heno'n blasu fel neithdar y nefoedd o gymharu ond, am nawr, golosg yn unig oedd angen arno. Ychwanegodd lwyaid o siwgr at y sosban cyn tollti'r cyfan i fowlen, ar ôl sicrhau'r cysondeb cywir. Dim rhy drwchus, dim rhy ddyfrllyd. Jyst fel Elen Benfelen. Eisteddodd gyferbyn â'i frawd a gadael i'w frecwast ymoeri.

"Shwt yn y byd ti mor cŵl?" gofynnodd Ceri trwy lond ceg o fwg. "Sa i'n gwbod os galla i neud hyn heddi. Ffycin 'drych ar 'y nwylo i. Fi'n ffycin crynu!"

Wfftiodd Rob ei awgrym. "Paid bod mor soft. 'Na gyd ti'n goro neud yw gyrru."

"Fi'n gwbod 'ny, ond blydi hel, sa i 'rioed 'di neud unrhyw beth fel hyn o'r blaen. Unchartered territory, myn uffach i."

"Na fi, ond mae'n rhy hwyr i dynnu'n ôl nawr."

Disgynnodd ysgwyddau Ceri'n is fyth.

Edrychodd Rob ar ei frawd mawr. Roedd e eisiau ei ysgwyd. Roedd e eisiau ei gofleidio. "Bydd Sean 'ma mewn munud so sorta dy hunan mas."

"Sa i'n gwbod os..."

"Ceri!" Collodd Rob ei limpyn. "O's rhaid i fi atgoffa ti *pam* ni'n neud hyn? Neu wyt ti'n ffansïo ffeindio mas beth ma Little and Large a gweddill gang Pete Gibson yn mynd i neud i ni?"

"Na," mwmiodd Ceri fel bachgen bach wedi cael stŵr.

"Yn union. Nawr, rho'r ffag 'na mas, byt' rywbeth, a cer i wisgo."

Hanner awr yn ddiweddarach, roedd y brodyr yn sefyll yn y bar; Rob yn gwisgo du o'i gorun i'w sawdl, a Ceri mewn jîns glas a siwmper lwyd.

"Ti'n meddwl bod angen rhain arna i?" gofynnodd Ceri,

gan gyfeirio at y teits neilon roedd e newydd dynnu dros ei wyneb.

Gwenodd Rob ar ei frawd. Roedd e'n edrych yn gwbl ridic. "Sa i'n convinced," atebodd. "Beth bynnag ti'n neud, paid tynnu nhw dros dy lygaid."

"Pwynt da," medd Ceri, gan rwygo'r teits er mwyn gallu gorchuddio hanner isaf ei wyneb yn unig. "Un Dad oedd hwnna," arsylwodd, wrth wylio'i frawd yn gwisgo hen gap fflat du am ei ben.

"Ffindes i fe yn yr atic. A hon 'fyd." Tynnodd sgarff dros ei drwyn, a'r cap dros ei dalcen, gan adael dim byd ar ôl yn y bwlch ar wahân i'w lygaid glas. "Be ti'n meddwl?"

Edrychodd Ceri arno, fel petai'n dyfarnu gwobr mewn sioe amaethyddol. Nodiodd ei ben. "Ma'n siwto ti."

"Bydd rhaid i fi daflu nhw ar ôl y job."

Cododd Ceri ei sgwyddau. "Sdim angen nhw ar Dad nawr, o's e?"

Am chwe munud wedi naw, daeth cnoc ar ddrws y dafarn, gan wneud i'r cyffro godi gêr a rhuo trwy gyrff y brodyr. Agorodd Rob y porth ac i mewn i'r Pij camodd Sean, yn gwisgo siwt smart a het Homburg ddu am ei ben. O dan y brim, llosgai pâr o lygaid cochion.

"Barod?" gofynnodd, heb dindroi.

Nodiodd y brodyr yn brudd.

"Gwisgwch rhain cyn dod i'r car," gorchmynnodd, gan daflu bobo bâr o fenig latecs atynt. "Co ti, Cer," ychwanegodd Sean, gan basio allwedd y car i'r tafarnwr.

Gafaelodd Ceri ynddi, ei ddwylo manegog yn crynu a'i gledrau'n llaith, ac allan â'r ysbeilwyr i'r bore gwlyb, lle'r oedd Sierra Sapphire glas tywyll gyda phlatiau wedi'u dwyn yn aros amdanynt.

"Ti'n iawn yn y bac?" gofynnodd Sean, er mai rhethregol oedd y cwestiwn.

"Aye," atebodd Rob, cyn agor y drws cefn a chael sioc ofnadwy wrth weld Paul yn eistedd yno, yn gwisgo het wlân dywyll a dillad du, ac yn syllu'n syth o'i flaen ar gefn sedd y teithiwr. Cododd ei ben rhyw fymryn, ond ni ddwedodd air. Oedodd Rob wrth weld y seico. Nid oedd Sean wedi sôn dim amdano wrth baratoi ar gyfer y job. Dim un gair! Ond roedd hynny'n gall iawn o ystyried, gan na fyddai Rob wedi cytuno i fod yn rhan o'r cynllwyn petai'n gwybod bod Paul yn mynd i fod 'ma. Yn ffodus, diolch i'w hyfforddiant a'i brofiad helaeth dros y ddegawd ddiwethaf, gallai Rob ddelio ag unrhyw beth, gan gynnwys tro trwstan annisgwyl fel hwn.

Taniodd Ceri'r injan, gan ysgogi Rob i eistedd yn y sedd gefn. "Iawn, Paul?" gofynnodd y gyrrwr dros ei ysgwydd.

Nodiodd y cawr, ei wddf tarw fel gwêr yng ngolau gwan y car. "Ffycin reit," atebodd, gan droi at Rob, ei lygaid gwaetgoch yn pefrio yn y golau pŵl. Dyfalodd Rob fod y brodyr Gillard wedi cael bwmp bach o bowdwr cyn cychwyn, ond ni ddwedodd unrhyw beth am hynny, wrth i Ceri eu gyrru i gyfeiriad Caerdydd, heb fynd tu hwnt i'r terfyn cyflymder hyd yn oed unwaith.

Dim ond Sean siaradodd yn ystod y daith, a hynny i gadarnhau rôl pawb yn yr heist. Canolbwyntiodd Rob ar yr hyn oedd i ddod, gan geisio dychmygu pob senario posib. Mewn llesmair, syllodd allan o'r ffenest. Ceisiodd *beidio* â meddwl am Sam a Jen. Nid oedd am iddynt fod yn rhan o hyn mewn unrhyw ffordd, dim hyd yn oed yn ei ddychymyg. Pwy a ŵyr beth oedd yn mynd trwy bennau'r tri arall, ond yr unig beth allai Rob ei wneud oedd sicrhau ei fod e'n barod am unrhyw beth. Llenwyd y car â mwg sigaréts, ac agorodd Rob y ffenest er mwyn gallu anadlu. Rhywbryd yn ystod y daith, wrth yrru o Groes Cwrlwys trwy Trelái i gyfeiriad Treganna, sylwodd ar y tri bag lledr oedd yn gorwedd ar y sedd rhyngddo fe a Paul. Roedd dau ohonynt yn wag, yn barod am yr ysbail, tra'r oedd y llall yn dalpiog ac eisoes yn hanner llawn.

Am ugain munud wedi deg y bore, cyrhaeddon nhw ben deheuol Stryd Bute, a daeth Ceri â'r car i stop rhyw ganllath cyn cyrraedd y targed. Gyda'r glaw yn disgyn ar gragen y cerbyd, eisteddodd y pedwarawd mewn tawelwch am funud, pawb yn syllu ar flaen y siop. Roedd y stryd yn wag o bobl, ond roedd rhyw bwysau anweledig yn hongian dros y dociau heddiw.

Yn unol â'r hyn a drafodwyd, tynnodd Rob dsiaen beic o'i boced, a'i lapio o amgylch ei ddwrn. Nid oedd wedi gwneud hyn ers iddo roi cweir i Jenko, a theimlodd y cywilydd yn corddi. Gwelodd Paul yn troi i edrych arno; rhyw wên fach wybodus yn dawnsio ar ei wep. Disgwyliodd Rob i'r brodyr Gillard estyn arfau tebyg iddo, ond roedd ganddynt gynllun gwahanol.

"Chi'n barod?" gofynnodd Rob.

"Dim cweit," atebodd Sean o sedd y teithiwr, yn dal i syllu ar y siop. "Paul," prociodd ei frawd.

Gafaelodd Paul yn y bag hanner llawn a'i osod ar ei lin. Dad-sipiodd yr ysgrepan. Twriodd. Tynnodd wn a'i gyflwyno i'w frawd yn y sedd o'i flaen, gan wneud i lygaid Rob agor led y pen.

"Be ffwc?!" ebychodd.

"Change of plan," medd Paul, gan basio pistol i Rob.

"Lle gest di rhain?" gofynnodd Rob, gan archwilio'r Glock 17, sef gwn llaw dewisol y lluoedd milwrol Prydeinig o'r wythdegau, ac o ganlyniad, arf yr oedd Rob yn hen gyfarwydd ag ef.

Er mai at Paul y cyfeiriodd Rob y cwestiwn, Sean atebodd. "Bryste."

"Chi'n gwbod gewn ni fwy o garchar os gewn ni'n dal yn defnyddio'r rhain," medd Rob.

"*Os*," gwenodd Paul.

"Fuck!" ebychodd Rob.

"Dyna'r ciw," medd Sean, wrth weld Kelly'n ymddangos yn ffenest y siop, cyn troi a diflannu i'r cefn, er mwyn mynd â sylw Harvey Burns. "Dilynwch fi mewn hanner munud."

Trodd Sean at y sedd gefn, gafael mewn bag a chamu allan o'r car. Yn ei siwt drwsiadus a'i het hen ffash, brasgamodd trwy'r glaw at y drws. Cnociodd. Arhosodd. Ei galon ar ras a'i geg yn gwbl sych mwya sydyn.

"Let's go," gorchmynnodd Paul wrth Ceri pan ddiflannodd Sean trwy'r drws, gydag ymyl yr het wedi'i thynnu'n isel dros ei nodweddion. Gyrrodd Ceri'r car a dod i stop rhyw ddeg metr o'r targed. Gyda'u gynnau o'r golwg, aeth Rob a Paul allan o'r cerbyd ac at y drws, yn tynnu'u cuddwisgoedd dros eu hwynebau'n frysiog. Gwyliodd Ceri nhw'n mynd; yr adrenalin yn rhuo a chledrau ei ddwylo'n stegetsh o dan y menig latecs. Edrychodd Rob i fyny ac i lawr y stryd cyn diflannu i'r siop. Roedd Sean yn aros amdanynt tu fewn i'r drws, yn dal ei bistol at ben y gard. Doedd dim sôn am y ddau mas y bac, diolch i ymyrraeth Kelly. Heb oedi ac heb air, trawodd Paul y gard ar ochr ei ben gyda bôn ei bistol. Cwympodd fel sach. Plygodd Sean a chipio'r goriadau oedd yn hongian o'i wregys, cyn troi ei sylw at y drws oedd yn rhannu blaen a chefn y siop. Ar ochr arall y gwydr trwchus, ymddangosodd Kelly a Harvey Burns. Sgrechiodd Kelly'n or-ddramatig wrth weld y dynion arfog, a llenwodd llygaid y perchennog ag ofn pur. Rhewodd yn yr unfan, wrth i Sean ddatgloi'r drws a chamu ato. Clodd Rob y drws ffrynt a sefyll yno'n gwylio'r cyfan, yr olygfa'n symud mewn super-slo-mo, gan gadw llygad er mwyn gwneud yn siŵr bod popeth yn mynd rhagddo'n rhwydd, cyn cofio bod angen gwneud i'r holl beth edrych fel lladrad 'arferol', felly aeth ati i dorri'r casys arddangos ym mlaen y siop a llenwi ei fag â phob math o emwaith, tra aeth y brodyr Gillard i wagio'r sêff. Cyn gwneud, gwnaeth Sean sioe go iawn o fygwth Kelly a'r perchennog, tra aeth Paul yn syth amdani a tharo Harvey Burns yn anymwybodol. Peth hawdd ar ôl hynny oedd agor y sêff, gan fod y goriad ym meddiant y masnachwr. Aeth Rob i'r cefn mewn pryd i weld Sean yn agor drws dur y gist maint wardrob.

"Fuck. In. Hel." Ynganodd Sean y geiriau'n araf, mewn ymateb i'r hyn oedd yn aros amdanynt.

"Wow!" ebychodd Rob dros ysgwyddau'r brodyr. Nid oedd erioed wedi gweld y fath arian. Pentyrrau ar ben pentyrrau ar ben pentyrrau. Briciau taclus yn meddu ar y pŵer i newid bywydau. Er gwell, er gwaeth. Gwyrodd ei lygaid at waelod y gist, gan ddod i stop ar y barrau aur. Pedwar ohonynt i gyd. Dim bod hyd yn oed eu hangen a dweud y gwir, o ystyried y swmp o arian papur.

Gwagiwyd y sêff mewn llai na munud ond, cyn i'r lladron ffoi, roedd un peth ar ôl gan Sean i'w wneud. "Sori am hyn, babes," gwenodd ar Kelly, cyn ei tharo ar ei thalcen gyda charn ei wn, yn unol â'r cynllun. Wedi'r cyfan, petaent yn gadael Kelly yn ddianaf, byddai hi o dan amheuaeth cyn diwedd y dydd, a'r helgwn ar drywydd y llwynogod yn syth.

Rob oedd y cyntaf mas o'r siop, ac yna Sean, ond doedd dim

sôn am Paul, er nad oedd modd i'r tri yn y car weld beth oedd e'n ei wneud.

"C'mon, c'mon!" chwysodd Ceri; yr injan yn mwmial a'i droed ar y sbardun yn barod i fynd.

"Be'n y ffycin byd ma fe'n neud!" sgyrnygodd Rob o'r sedd gefn.

Ond cyn i Sean ddweud dim, daeth yr ateb ar ffurf *Clec!* amhersain o gyfeiriad y siop, gan droi'r cyrch perffaith yn hunllef llwyr.

18: Adladd

Roedd y Sierra Sapphire hanner ffordd i Benarth cyn i ddrws Paul Gillard gau ar ei ôl; yr injan yn gweryru'n wyllt wrth i Ceri hamro mynd trwy'r gêrs. Dros y refs, clustfeiniodd Rob gan ddisgwyl clywed seirens ar eu trywydd, yn cau'r bwlch gyda phob troad teiar; â'u bryd ar roi'r gang i gyd o dan glo. A thra byddai hynny'n gwbl haeddiannol os oedd Paul wedi lladd un o staff y siop, nid oedd y glas ar y gwynt. Dim eto, ta beth.

"Ffyc nest di?" bloeddiodd Ceri dros ei ysgwydd; ei lygaid yn llawn panig diolch i fyrbwylltra'r horwth.

Rhoddodd Rob law ar war ei frawd. "Arafa, Cer, paid denu sylw. So ni moyn ca'l stop. Dim nawr." Edrychodd ar y tri bag boliog ar y sedd gefn, rhyngddo fe a'r saethwr. Roedd Rob yn gandryll gyda Paul, ond nid dyma oedd yr amser i'w fynegi ei hun. Byddai'r cyfle'n codi maes o law, pan fyddai'n bryd i'r dihirod wahanu. Edrychodd ar Paul gan ysgwyd ei ben. Trodd y cawr a thynnu'r balaclafa. Gwenodd yn slei, heb fecso'r dam.

"Pric," sibrydodd Rob, yn ddigon uchel i Paul ei glywed.

Gwnaeth y gyrrwr fel y gofynnwyd iddo, wrth anelu'r car am heolydd tawelach cefn gwlad y Fro. Trwy Benarth a'r Barri, a heibio i faes awyr Rhws, pipiodd tyrau Castell Ffwl-y-mwn dros dopiau'r coed, cyn i'r car basio Aberddawan a'i simneiau diwydiannol tal. Ar y chwith, wrth i Ceri anelu tua'r gorllewin, roedd Môr Hafren yn dymhestlog heddiw, a cheffylau gwyn i'w gweld hyd at y gorwel. Ni ddwedwyd llawer yn ystod y daith, er bod y tensiwn yn ddirnadadwy. Ar gyrion Llanilltud Fawr, mynnodd Rob fod y brodyr yn rhoi eu cynnau iddo ac, yn llawn anfodlonrwydd, gwnaethant. Gwagiodd Rob yr arfau, a thollti'r bwledi a'r pistolau i un o'r bagiau, ar ben yr arian parod. Cyn hir, ar ôl cefnu ar yr arfordir a blerdwf dinesig-ddiwydiannol Pen-y-bont ar Ogwr, croesodd Ceri'r M4 ac anelu am Faesteg ar hyd yr A4063. Cyn cyrraedd Gerddi Hwyan, ac yn unol â'r cynllun gwreiddiol, trodd Ceri'r car oddi ar y ffordd a dilyn trac caregog oedd yn diflannu i drwch o goed bythwyrdd. Diffoddodd yr injan wrth gyrraedd llannerch agored, diffaith, a thynnodd Rob ei bistol allan o'r bag a'i ddal at ben moel Paul.

"Fuck, man!" ebychodd Sean gan droi yn y sedd flaen.

"Rob!" sgrechiodd Ceri.

Gwenodd Paul ac edrych ar Rob, gan droi ei ben i'w gyfeiriad. "Sda ti ddim y bôls," poerodd. "Ac anyway, ma'r gwn 'na'n wag, weles i ti'n..."

Ond cyn iddo orffen y frawddeg, symudodd Rob y baril rhyw dair modfedd i'r chwith o ganol ei dalcen a thanio. Heb rybudd, heb seremoni, sgathrodd clust Paul gan dynnu gwaed, wrth i'r fwled adael y car gan chwalu'r ffenest yn deilchion. Sgrechiodd y cyn-garcharor a chodi ei bawen at ei ben. Tasgodd y gwaed o'r crafiad, gan gronni rhwng ei fysedd yn ddramatig, er nad oedd yn anaf difrifol.

Byddarwyd y pedwar gan sŵn yr ergyd, ond ni adawodd Rob i hynny amharu ar ei gynllun. Yn wahanol i'r lleill, roedd e wedi hen arfer gyda synau o'r fath. Gyda chlustiau pawb yn atseinio'n aflafar ac yn diasbedain, rhuthrodd o'r car ac agor drws Paul, cyn ei lusgo allan â'i wthio i'r llaid. Roedd pob cyhyr yng nghorff y milwr yn dynn ac yn barod i danio ac, er bod Paul yn llawer mwy o faint nag ef, doedd e ddim yn beiriant lladd hyfforddedig, fel Rob.

Dilynodd Sean a Ceri nhw allan i'r glaw, lle'r oedd Rob yn ymgodi dros Paul, yn dal y gwn at ei ben.

"Pwy saethest di?" poerodd.

Daliodd Paul ei ddwylo o flaen ei wyneb. Y cawr cas fel babi bellach, yn begian yn y baw.

"Y g-g-ard. Y gard!"

"Pam?"

"S-s-s-sa i'n gwbod!"

Diolch i'r glaw oedd yn dal i drasio, cuddliwiwyd y dagrau ar fochau Paul, yn ogystal â'i gywilydd.

"Ble?" bloeddiodd Rob yn ei wyneb.

"Be?"

"*Ble* saethest di fe? Laddest di fe?"

"Naddo! Na! Na! No way! Yn ei goes. Yn ei goes!"

Trodd Rob y gwn a'i anelu at Sean, a chododd hwnnw ei ddwylo o'i flaen mewn ystum gostyngedig. "'Nest di ffwcio *popeth* yn dod â hwn gyda ti heddiw. Ni yn y cach nawr, a dy fai di yw hynny."

Agorodd Sean ei geg i amddiffyn ei hun, ond torrodd Rob ar ei draws, cyn iddo cael gyfle i gychwyn.

"Paid dweud *dim*! Gad fi feddwl."

Tindrôdd Rob yn y dilyw ac, mewn tawelwch galarus, gwyliodd y gweddill. Cododd Paul ar ei draed yn araf, yn dal i ddal ei glust waedlyd. Syllodd ar Rob trwy'r pistyll, y casineb yn corddi ynddo. Nid oedd *neb* wedi ei drin yn y fath ffordd erioed o'r blaen. Dim ar y stryd. Dim yn y clinc. Am gywilyddus. Crwydrodd ei feddwl yn ôl at y siop. Gwelodd y gard ar lawr yn dod ato'i hun. Eu llygaid yn cwrdd. Ei reddfau'n tanio. Ei fraich yn codi. Ei fys yn tynnu. Y gwn yn clecian. Pen-glin yn ffrwydro. Gwaed yn tasgu. Finn Cox yn crogi. Fuck! O ble daeth e? Ysgydwodd ei ben i waredu'r ddelwedd, ond nid oedd modd dileu'r atgof. Byddai hi'n aros gydag e am weddill ei oes.

Roedd y pedwar bellach yn wlyb at eu crwyn ond roedd gweithred ddiangen Paul wedi rhoi arlliw gwahanol ar y getawê. Aeth y job cystal ag y gallai, ond newidiodd popeth ar yr eiliad olaf.

Stopiodd Rob fân-gerdded ac estyn dau o'r bagiau o gefn y car. Rhoddodd un i'w frawd cyn troi at y Gillards, oedd bellach yn sefyll ysgwydd-wrth-ysgwydd yn y curlaw; cyrtens Sean yn seimllyd i gyd, a phen Paul fel un Duncan Goodhew ar ddiwedd ras.

"Beth ti'n neud gyda'r bags 'na?" gofynnodd Sean, nes i Rob gilwgu arno.

"Ar wahân i un peth bach, so'r plan 'di newid, reit. Cyn belled bod Paul yn dweud y gwir, a bod y pric heb ladd neb bore 'ma, ni'n dweud ta-ta fan hyn a sa i moyn gweld chi tan bod ti 'di cael gwared ar y barrau aur na, iawn, Sean?"

"Ond beth am y cash? Dylen ni gadw un o'r bags 'na."

Chwarddodd Rob ar yr awgrym. "Ti'n meddwl bo fi'n trysto chi ar ôl bore 'ma?"

Ni ymatebodd y brodyr i hynny, jyst syllu ar yr ysbail.

"Gewch chi'ch siâr ar ôl i ti sorto'r gweddill. Tan hynny, cadwch eich pennau lawr a pheidiwch neud unrhyw beth twp. Yn enwedig *ti*," poerodd Rob i gyfeiriad Paul, cyn troi at Sean. "Ffonia'r pyb pan ti'n barod. Ond dim eiliad cynt, achos sa i moyn ffycin gwbod."

Edrychodd y Gillards fel disgyblion drwg o flaen prifathro.

"A 'newch yn siŵr bod chi'n cael gwared ar y car 'na'n iawn. Dim byd half-arsed. Llosgwch e tan bod dim byd ar ôl."

Ar hynny, cododd Rob y bag dros ei ysgwydd ac arwain Ceri i'r coed, gan droedio'r dair milltir yn ôl i'r dafarn mewn tawelwch, ei ben yn troelli i bob cyfeiriad, a glanio yn yr union fan bob tro. Paul. Y ffycin pric!

*

"*Plis* ffonwch ambiwlans," plediodd Ari Philips ar ei fòs, mewn pwll o waed ar lawr y siop, ond ei anwybyddu wnaeth Harvey Burns, wrth ddod ato'i hun yn dilyn y lladrad.

Pen-gliniodd Kelly wrth ochr y gard, yn clymu llindag lledr yn dynn uwch ben ei glwyf, er mwyn atal llif y gwaed.

Roedd gemwaith a gwydr teilchion dros bob man a'r sêff mas y bac wedi'i wagio. Cododd Mr Burns law at ei ben cleisiog. Ni fyddai ei fòs yn hapus am hyn. O, am danddatganiad! Mewn ugain mlynedd o fasnachu, ar yr union safle hwn, nid oedd unrhyw un wedi meiddio dwyn yr un ddime o'r siop, a'r prif reswm am hynny oedd y perchennog, sef un o droseddwyr cyfundrefnol amlycaf a mwyaf milain de Cymru.

"Ambiwlans!" gwaeddodd y gard, gan gael ei anwybyddu eto.

"By' 'n dawel, Ari, myn uffach i, ma gen i ben tost fel bastard fan hyn."

"Ond fi mewn agony!" Roedd ei lais yn wannach gyda phob ple.

Edrychodd Harvey Burns ar ei weithwyr, ill dau, fel fe, wedi cael ergyd i'w pennau. Roedd y gwaed o glwyf Ari yn cronni ar lawr; y cochni bron yn ddu yng ngolau isel y siop. Roedd Harvey wedi cloi'r drws ffrynt a gollwng y bleinds cyn gynted ag y dihunodd ar ôl y glec. Y peth diwethaf oedd ei angen arno oedd yr awdurdodau, boed yn yrwyr ambiwlans neu'n waeth na hynny, y polis, yn galw mewn i archwilio'r glec. A chwarae teg i Ari, meddyliodd Mr Burns, roedd ei goes â'i dwll bwled yn trympio'i ben tost e, heb os.

"Fi'n mynd i neud galwad ffôn, Ari, so hang on, bydd help ar y ffordd mewn munud. Rho rywbeth iddo fe, 'nei di, Kelly."

Aeth Kelly i chwilio am dabledi, neu botel chwisgi i'r claf. Daeth o hyd i hen baced o Anadin mewn drôr ac, ar ôl i Ari eu llyncu, gyda chryn drafferth, taniodd Kelly sigarét iddo a'i rhoi yn ei geg. Nodiodd Ari ei ddiolch, ond roedd ei lygaid gwydrog yn syllu tu hwnt i'r byd hwn bellach. Roedd hi wedi rhwymo ei goes, rhyw fymryn uwchben ei ben-glin rhacs, gan ddefnyddio gwregys ledr o ddrôr desg Mr Burns. Taniodd Kelly ffag ei hun, gan dynnu mwg yn ddwfn i'w hysgyfaint. Eisteddodd yno gan feddwl am Sean a chynnwys y sêff. Hen ddigon i ddianc o'r hen le 'ma.

"Ma nhw ar y ffordd," datganodd Harvey Burns wrth ddychwelyd i flaen y siop.

"Ambiwlans?" sibrydodd Ari oddi ar y llawr, er na chafodd ateb eto'r tro hwn.

*

Dychwelodd Rob a Ceri i'r Pij ar wahân, mewn ymdrech i beidio â denu sylw atynt eu hunain. Dim bod angen, gan fod Gerddi Hwyan fel y bedd heddiw, diolch i'r glaw. Aeth Ceri yn gyntaf, a gadael Rob ar gyrion y coed, yn cyfri i bymtheg munud yn ei ben. Diolch i'r arwydd 'AR GAU' oedd yn hongian yn nrws ffrynt y dafarn, nid oedd unrhyw un yn aros iddo agor heddiw, felly aeth ati yn syth i guddio'i fag, a hynny yng nghornel tywyllaf bargod yr atig, gan ei gladdu o dan focsys di-rif o drugareddau. Diosgodd ei ddillad gwlyb a chamu i'r gawod, ac erbyn iddo orffen sgwrio'i groen a chynhesu ei esgyrn, roedd Rob yn sefyll yn ei dywel ar y landin, yn aros ei dro.

"Ble roiest di'r bag?" gofynnodd.

"Yn y to," atebodd Ceri.

"Ti'n gallu rhoi hwn gyda fe, ti'n meddwl?" Estynnodd yr ail fag a'i wn i'w frawd.

Gwnaeth Ceri fel y gofynnwyd, ar ôl gwisgo, ac aeth Rob i adfer o dan y llif. Ar ôl gorffen, gwisgodd ddillad glân a dod o hyd i'w frawd mawr yn crynu dros chwisgi mawr yn y bar.

"Beth ni 'di neud, Rob?" gofynnodd Ceri, ei lais yn ysgwyd yn fwy na'i gorff.

Ni atebodd Rob yn syth. Pendronodd. Ystyriodd. "Yn *union* be o'n ni'n bwriadu gwneud."

"Ie, ond..."

"Sdim *ond* amdani, Cer. A paid meddwl bo fi'n prowd o'r peth. Dim o gwbl, ond bore 'ma o'n i mewn ffwc o ddyled i un o gangsters mwya'r wlad, a nawr ma 'da ni'r arian i'w dalu fe."

"Ond so fe'n teimlo fel win i fi. So fe'n teimlo'n *dda*."

"Falle wir, ond ni 'di neud e nawr. Ma fe drosto. Penne lawr am sbel. Talu'r ddyled. Y diwedd."

Llyncodd Ceri'r chwisgi ar ei ben, ac ail-lenwi'r gwydr, tra trodd Rob y radio mlaen er mwyn gwrando ar y newyddion. Doedd dim gair am y lladrad ar y bwletin, ond efallai bod hi'n rhy gynnar eto. Agorodd Ceri'r dafarn ar ôl llyncu digon o wirod i setlo'i nerfau, ac ni soniodd y brodyr air am yr hyn ddigwyddodd eto'r diwrnod hwnnw. Dim ond cario mlaen fel petai popeth yn normal. *Ha!*

★

Ar ôl smocio tair sigarét ac yfed paned o de melys bob un, daeth cnoc ar ddrws cefn siop anhysbys Harvey Burns, gan wneud i galonnau'r tri ar y tu fewn adlamu.

"Ambiwlans!" gwaeddodd Ari oddi ar y llawr, yn adfywio ychydig ac yna'n cau ei lygaid unwaith eto.

Camodd y perchennog at y drws a'i agor. Rhyw fymryn i gychwyn, er mwyn gwneud yn siŵr nad rhyw fusnesgi oedd yno; ac yna yn llawn wrth weld mai'r cafalri oedd wedi cyrraedd.

"Diolch am ddod, Mr Blythe," sebonodd Harvey Burns y dyn main yn y cap pig du.

"Dim problem," medd hwnnw, wrth gamu trwy'r swyddfa i'r siop, ei sgidiau'n crensian ar y gwydr teilchion dan draed. Edrychodd ar y gard diymadferth ar lawr, gan droi at y cawr a'i dilynodd i'r eiddo. Cyn ystyried y llanast a'r lladrad, gwyddai o brofiad bod angen delio â'r claf. "Cer â hwn yn syth at y doc, Binsy, a der nôl ar unwaith i helpu fi i fan hyn."

Heb air, gwnaeth Binsy fel y gorchmynnwyd iddo, gan sgubo Ari Philips i fyny yn ei freichiau, fel petai'n ddoli glwt ar lawr meithrinfa. Gadawodd y cawr trwy ddrws y bac, a'r car oedd wedi'i barcio yn yr ali gefn, a throdd Mr Blythe at Kelly.

"O's siawns am goffi bach cyn dechrau?" gofynnodd.

19: Archwiliad Mewnol

Dridiau ar ôl y lladrad, a doedd dal dim sôn am y digwyddiad ar y newyddion, boed y radio, y teledu neu'r papurau newydd. "Ma'n blydi weird, 'na gyd fi'n dweud," pesychodd Ceri dros y bwrdd brecwast yng nghefn y Pij, gan roi pwt i'r weiarles ar ôl gwrando'n ofer ar fwletin arall. Tagodd sigarét yn y blwch llwch. "Dyle fe 'di cael *rhyw* fath o sylw, nag wyt ti'n meddwl?"

Nodiodd Rob ei ben, ei ddwylo sebonllyd yn y sinc yn golchi llestri neithiwr. "Fi'n cytuno 'da ti, Cer. O wbod pa mor dros ben llestri ma'r wasg am bethe fel arfer, dyle armed heist yn docs Caerdydd fod fel catnip iddyn nhw."

"Yn union! Jyst 'drych ar y ffordd ma nhw 'di delio â stori'r Bea Letts 'na. So fe'n neud sens i fi."

Trodd Ceri dudalen arall o'r *South Wales Echo*, ar drywydd unrhyw sniff o'r stori, hyd yn oed colofn fach denau wedi'i chuddio tua chefn y cyhoeddiad, yn cynnwys y manylion mwyaf bras, ond dim oedd dim. Fel ddoe ac echdwe. Ac yfory, dyfalodd.

"Ond paid meddwl am eiliad bo' fi'n cwyno chwaith. O'n i'n disgwyl..." Oedodd. Meddyliodd. "Actiwali, sa i'n gwbod *beth* o'n i'n disgwyl. Cnoc ar y drws falle. Cops. Heavies. Hyd yn oed Sean a Paul yn galw draw eisiau eu siâr. *Rhywbeth*. Ac o leiaf adroddiad ar y newyddion neu yn yr *Echo*. Ond fel wedest di'r diwrnod o'r blân, aeth popeth yn iawn, ar wahân i beth nath Paul. Ond o leiaf ni'n gwbod na laddodd e neb, achos bydde fe deffo dros bob man wedyn."

Er gorfoledd gorchfygedig Ceri, nid oedd Rob yn rhannu ei agwedd desog, ei obaith di-sail. Roedd y tawelwch yn awgrymu'r gwrthwyneb i Rob, a'r diffyg sylw cyhoeddus i'r digwyddiad yn ensynio bod rhywbeth arall ar waith yma. A rhywbeth gwaeth o lawer na braich hir y gyfraith hefyd.

"Ti dal ar gael prynhawn 'ma?" gofynnodd Ceri, gan fod e'n disgwyl llond tafarn heddiw, yn dilyn angladd boi lleol nath grogi ei hun yn y Coed yr wythnos gynt. Roedd Brian Cox, tad yr ymadawedig, yn wyneb cyfarwydd yn y Colomendy, ac roedd ef a'i deulu estynedig yn bwriadu dod 'ma i godi llwncdestun i'w fab truenus, Finn, tua dau o'r gloch.

"Dim probs, ond fi 'di addo helpu Jen gyda rhywbeth gyntaf."

Cododd Ceri ei law yn ddramatig. "Sa i moyn gwbod dim am hynny!"

*

"Ti dal moyn fi ddod 'da ti fory?" gofynnodd Paul, ei lygaid wedi'u gludo ar sgrin y teledu a'r ffeit ddiweddaraf, lle'r oedd ei hoff gymeriad Street Fighter, Blanka, wrthi'n trydanu Cammy, cymeriad ei frawd, i ebargofiant a thu hwnt, i'r bedd. Byddai Paul yn dewis Blanka bob tro, gan fod y bwystfil croen-wyrdd yn hawdd ei reoli, tra byddai Sean yn newid rhwng cymeriadau ar fympwy. O ganlyniad, Paul oedd pencampwr diamheuol y tŷ, er nad oedd yn teimlo fel fawr o dsiamp heddiw, ar ôl cael ei waradwyddo mewn ffordd mor gyhoeddus o gywilyddus gan

Rob Evans yn y goedwig yn dilyn y job. Ac o flaen ei frawd bach a phopeth! Roedd ei glust yn dal i frifo, er mai arwynebol oedd y difrod a dweud y gwir. Ni fyddai ei gogwrn byth yn tyfu'n ôl wrth gwrs, ac roedd yr olygfa ar lŵp barhaus yn ei ben, bob tro y byddai'n cau ei lygaid, a'r casineb a deimlai tuag at y milwr yn nydd-droi a mudferwi yn ei fol, tan bod Paul yn ysu i ddial ar y diawl. Ar ôl bywyd o boenydio a brawychu eraill, roedd y profiad gwrthdroadol wedi ei ysgwyd at ei graidd, a'r ysfa i frifo a gwarthruddo Rob yn ddarnau ar y cyfle cyntaf yn orlethol, bron.

"As long bod ti ddim yn saethu unrhyw un," atebodd Sean gyda gwên, trwy dawch porffor trwchus.

"Fuck off!" poerodd Paul, gan ddowcio i hwfro lein arall o chwim oddi ar y bwrdd coffi. "A sdim gwn 'da fi ta beth," meddai ar ôl gwneud. "Nath y pric 'na gadw nhw i gyd."

Ni allai Sean feio Rob Evans am ymateb fel y gwnaeth, ac ni allai feio'i frawd am deimlo fel hyn ychwaith. Roedd Paul yn faich, yn fwrn, yn blydi hunllef ar ddwy goes, ond cafodd ei ddamnoethi'r diwrnod o'r blaen ac ni fyddai'n gallu dod dros y peth, dim tan iddo dalu'r pwyth yn ôl i Rob. Er nad oedd e'n argyhoeddedig y byddai ei frawd yn llwyddo. Roedd bôn braich yn un peth, ond roedd Rob Evans yn meddu ar frêns hefyd, yn wahanol i Paul.

"Fi'n gwbod bod ti'n grac," medd Sean, ei lais yn llawn cydymdeimlad. "Ond *rhaid* i ni gadw'n penne am nawr. Ti'n deall 'ny, reit?"

Cipiodd Paul y mwgyn o afael ei frawd. Nodiodd ei ben. "Aye. Am nawr."

"Ewn ni i Bristol fory, 'te. Cael gwared o rhain," nodiodd ar y pedwar bar aur oedd ar ddangos ar y mantl. "Ond ar ôl cael ein cyt…"

Trodd Paul ei ben tarw ac edrych ar ei frawd, y mwg drwg yn amharu ar ei allu i feddwl. "Beth?"

Gwenodd Sean a llwytho ffeit arall ar y sgrin. "Gei di fynd full Blanka arno fe wedyn."

*

Gadawodd Kelly ei fflat ar ôl deuddydd o ymadfer; o wella'n dilyn y gnoc a gafodd ar ei phen yn ystod y lladrad arfog. Deuddydd ar ei soffa'n gwylio ffilms, er nad oedd yn gallu canolbwyntio. Deuddydd o gwsg afreolaidd; o ormod o goffi a sigaréts, o fynd o'i cho' gyda phryder. Ar ôl i Mr Blythe a Binsy gymryd yr awenau yn y siop, cafodd ei hanfon gartref gyda chyfarwyddyd llym i siarad â neb ac i ddychwelyd heddiw er mwyn cael ei chwestiynu ynghylch y digwyddiad. Pwysleisiodd Mr Blythe nad oedd hi o dan amheuaeth, ond ar ôl tacluso'r eiddo ac ailosod y cesys arddangos, byddai'n cychwyn ymchwiliad i'r mater gyda'r bwriad o adfer yr hyn a ddygwyd. Roedd llais y trefnydd fel mêl, ond ei wên yn ffals ac, fel ffasâd, yn cuddio erchyllterau. O ganlyniad, nid oedd Kelly'n credu gair. Gwyddai wrth reddf y byddai'n rhaid iddi droedio'n ofalus iawn heddiw, a dyna pam roedd hi wedi bod yn ymarfer ei hatebion. Pob trywydd dichonadwy. Pob posibilrwydd. Ac ar ôl hynny i gyd, roedd hi'n dal yn rhacs ac yn llawn ofn. Darbwyllodd ei hun nad oedd *neb* yn gwybod dim am ei rhan hi yn y cynllwyn, ond nid oedd hynny'n ddigon i'w thawelu. Roedd hi'n ysu i glywed llais Sean yn ei lleddfu, ond ni feiddiodd ei ffonio, rhag ofn bod rhywun yn gwrando. Gwyddai fod hynny'n gwbl afresymol ac annhebygol, ond roedd y paranoia wedi treiddio i fêr ei hesgyrn, wedi gwreiddio yn ei phen, felly treuliodd yr wyth awr a deugain ddiwethaf yn ymgolli mewn gwallgofrwydd, heb rafft achub i'w thynnu at y lan.

Ar ôl gorchuddio'r clais ar ei hwyneb dan haenen o golur, cerddodd i'w gweithle o dan ymbarél du, ei meddyliau'n gwibio ar gan milltir yr awr, a churiad ei chalon ddim yn bell ar eu hôl. Smociodd sigarét tu allan i'r siop gan chwifio llaw ar Mr Burns trwy'r ffenest. Ar ôl gorffen, taflodd y stwmp i ddraen cyfagos, cyn sodro ei hun a chamu trwy'r drws. Yn wahanol i'r arfer, doedd dim gard ar ddyletswydd heddiw, ond gyda Binsy mas y bac yn cadw cwmni i Mr Blythe, nid oedd angen un, mwn. Yn hytrach, safai Harvey Burns o'i blaen, yn gwenu'n braf, er gwaetha'r ffaith fod ganddo glais heger ei hun ar ei dalcen, a'i fod wedi cael ei alltudio o'i swyddfa ar ben hynny.

"Bore da, Kelly, a sut wyt ti erbyn nawr?"

Cododd Kelly ei llaw at ei thalcen, a chael ôl-fflach i'r digwyddiad. Gwên Sean. Ymddiheuriad. Yna, tywyllwch. "Ma'r pen yn iawn, diolch, ond fi methu shiglo beth ddigwyddodd. Be amdanoch chi?"

"Rhywbeth tebyg," medd Mr Burns, gan gyffwrdd ei ben yn ddifeddwl. "Ma nhw'n aros amdanot ti," bodiodd i gyfeiriad y swyddfa gefn.

"Sut ma Ari?" gofynnodd Kelly cyn mynd.

"Ddim yn ffôl o ystyried popeth, ond neith e ddim rhedeg marathon am sbel," gwenodd Harvey Burns ar ei weinyddwraig, a'i gwylio'n diflannu trwy'r drws gwydr.

Camodd Kelly i'r swyddfa a chael ei chyfarch gan Mr Blythe, oedd yn eistedd tu ôl i'r ddesg, a Binsy, oedd yn sefyll y tu ôl iddo. Denwyd ei llygaid yn syth at y sêff, oedd ar agor led y pen ac yn hollol wag o hyd.

"Stedda," medd Mr Blythe, gan bwyntio at y gadair wag gyferbyn.

Gwnaeth Kelly hynny, gan geisio'i gorau i actio'n ddi-hid, er bod hynny'n amhosib bron, po fwyaf y byddai'n meddwl am y peth. Llyncodd sychder; sŵn clecian yn atseinio yn ei gwddf, ond ni sylwodd y dynion ar hynny. Wel, ni ymatebodd yr un ohonynt ta beth.

Ar ôl ychydig o fân siarad am gyflwr cyffredinol Kelly, gofynnodd Mr Blythe iddi ddisgrifio'r hyn allai gofio o'r lladrad.

"Y peth cyntaf fi'n cofio oedd gweld nhw trwy'r drws."

"Pa ddrws?"

"Hwnna," pwyntiodd Kelly at y porth oedd yn gwahanu blaen y siop wrth y cefn.

"Beth o't ti'n neud ar y pryd?"

Gwnaeth Kelly sioe fawr o feddwl yn ddwys cyn ateb. "Ro'n i a Mr Burns fan hyn yn gwneud stock-check. Rhwbeth ni'n neud bob wythos. Ond glywon ni'r drws ffrynt yn agor, felly es i weld, gan feddwl bod cwsmer newydd wedi cyrraedd."

"Oeddech chi'n disgwyl rhywun? Fi'n gwbod bod y rhan fwyaf o gwsmeriaid yn gwneud apwyntiad o flaen llaw."

Eto, meddyliodd Kelly cyn ateb, gan grychu ei thrwyn smwt wrth wneud. "Sa i'n meddwl. Sa i'n cofio a dweud y gwir," cododd ei llaw at ei phen. "Ond gallen ni tshecio'r dyddiadur," awgrymodd.

"Sdim angen," wfftiodd Mr Blythe. "Felly, welest di nhw trwy'r drws. Disgrifia nhw i fi."

"Tri dyn," dechreuodd. Doedd dim pwynt dweud celwydd, gan fod Ari a Mr Burns wedi'u gweld nhw hefyd. "Un massive, fel fe," nodiodd ar Binsy. "A dau arall. Normal."

"Normal?"

"Ie. Dim yn fawr a dim yn fach. Maint normal. Fel chi."

Gwenodd Mr Blythe ar hynny.

"Du? Gwyn?"

Ysgydwodd Kelly ei phen a thynnu gwynt trwy ei dannedd. "Anodd dweud achos o'n i methu gweld eu gwynebau."

"Pam?"

"Roedd yr un mawr yn gwisgo balaclafa, fel yr IRA, ond sa i'n gallu cofio'r lleill. Sai'n mynd i wadu'r peth, Mr Blythe, sa i byth wedi bod mor ofnus."

"OK. Beth arall ti'n cofio?" torrodd ar ei thraws.

"Dim lot," atebodd Kelly'n rhy gyflym, cyn pwyllo. "Fi'n cofio gweld Ari ar y llawr... Agoron nhw'r drws... gydag allwedd. Un Ari fi'n cymryd? A wedyn... dim byd. Aeth popeth yn ddu."

Sgriblodd Mr Blythe yn ei lyfr nodiadau clawr lledr, cyn edrych ar Kelly a gwenu. "Wyt ti wedi gweld unrhyw beth amheus yn ddiweddar? Yn y siop, neu tu fas? Rhywun yn hongian o gwmpas, falle. Neu'n galw mewn yn rhy aml. Mas y ffrynt. Ar y stryd. Neu un o'r bois diogelwch yn actio'n rhyfedd?"

Ysgydwodd Kelly ei phen yn araf ac estyn ei sigaréts o'i bag. Cododd un at ei gwefusau a sylwodd y chwilyswr ar y cryniad lleiaf yn ei llaw wrth iddi danio. "Na. Dim byd. Fi'n hala rhan fwyaf o'n amser fan hyn, mas y bac... Sa i'n cael lot o gyfle i weld beth sy'n digwydd yn y ffrynt. Nac ar y stryd."

Nodiodd Mr Blythe ei ben a throi at Binsy fel petai'n disgwyl i'r cawr gyfrannu at y sgwrs, ond ni wnaeth.

"Diolch, Kelly. 'Na gyd am nawr."

Llyncodd Kelly unwaith eto, y clicio'n ei gwddf yn fyddarol yn ei phen y tro hwn, cyn codi ar ei thraed a gadael y swyddfa, y sigarét yn hongian o'i cheg ac yn gweddïo bod Mr Blythe yn amau dim.

★

Aeth Rob i dŷ Jen yn gobeithio am sesiwn gymnasteg llorweddol, ond nid dyna beth oedd yn aros amdano. Yn hytrach, llond sied o sbwriel i'w gludo i'r dymp, a menyw fyr ei hamynedd yn barod am ffrwgwd. Roedd Jen wedi bod braidd yn oeraidd ers cau'r drws yn ei wyneb ar noswyl y job, ac er i Rob dreulio amser gyda hi a Sam ers hynny, nid oeddent wedi cael orig yng nghwmni ei gilydd tan nawr. Roedd Sam yn yr ysgol a Jen rhwng shiffts, ac roedd Rob yn troedio'n ofalus wrth glirio'r sied, ac yntau'n ceisio dod at wraidd ei hwyliau tywyll. Ceisiodd gychwyn sgwrs, ond dim ond atebion unsill a gafodd yn ôl ganddi, os hynny, felly caeodd ei geg a pharhau â'r dasg, tan fod y car yn llawn a'r sied yn wag.

Gyrrodd Jen ei Nissan Sunny llwyd trwy'r glaw mân diddiwedd; pentwr o bren pydredig yn ei gwahanu wrth Rob yn sedd y teithiwr.

"Be sy'n mynd mlân, Jen?" gofynnodd Rob, pan aeth y tawelwch yn ormod iddo.

Taniodd Jen sigarét a chwythu llond bron o fwg mas o'r ffenest. Edrychodd ar dad ei mab gan feddwl sut i gychwyn. Teimlai fel merch ysgol bathetig, drama queen go iawn, ond roedd *rhaid* iddi ddweud ei dweud, er gwaethaf y cywilydd chwithig a deimlai.

"Ble est di'r noson o'r blaen?"

"Y?"

"Pan est di i 'helpu Ceri'. 'Na beth wedest di ta beth, ond..."

"Ond *beth*?" Trodd Rob yn ei gadair a syllu'n geg agored.

Smociodd Jen yn galed, heb fod eisiau dweud mwy. Teimlai fel digon o ffŵl fel ag yr oedd hi, heb ymhelaethu.

"C'mon, Jen," plediodd Rob.

Hyffiodd Jen. Sgyrnygodd. Smociodd.

"Fi'n gallu darllen ti fel llyfr," datganodd o'r diwedd, gan wneud i Rob chwerthin dros bob man.

"Be ma hynny fod i feddwl?"

"*Helpu Ceri!*" Poerodd Jen yn goeglyd, gan fflicio'i stwmp trwy'r ffenest.

"O'n i *yn* helpu Ceri," atebodd Rob gan ysgwyd ei ben, ond ni allai ehangu ar hynny.

"Bollocks! Fi'n gwbod pan ti'n dweud celwydd, Rob, wastad wedi. Ac o ti'n siarad trwy dy din y noson 'na."

Anadlodd Rob yn drwm, gan ei fod mewn bach o bicil.

"Wyt ti'n gweld rhywun arall?"

"As if!" Piffiodd Rob ar yr awgrym.

"Beth sy'n mynd mlân, 'te? Ti'n covered mewn cleisiau a ti'n acto'n hollol dodgy. Ti a dy frawd, wedi meddwl."

Eisteddodd y ddau mewn tawelwch am sbel wrth i Rob geisio ffeindio ffordd mas. "Jen," dechreuodd, gan chwilota am y geiriau cywir. "Fi *wedi* bod yn helpu Ceri gyda rhywbeth pwysig, rhwbeth ni'n treial cadw'n dawel, ers dod nôl 'ma."

"Paid cymryd y piss, Rob."

"Sa i yn!" plediodd.

"Os ti'n mynd i gadw cyfrinachau, gei di anghofio am Sam..."

Oedodd. Meddyliodd.

"Na. Scrap that. So hynny'n mynd i ddigwydd, ond gei di anghofio amdana i. Amdanon *ni*. Ti'n deall?"

Nodiodd Rob.

"Dim cyfrinachau, OK. Ni 'di gwastraffu gormod o amser yn barod, so dim bullshit. Byth."

Tro Rob oedd hi i oedi nawr, wrth iddo ystyried ei opsiynau. Dim ond dau oedd ganddo mewn gwirionedd. Un: dweud celwydd a cholli Jen. Dau: dweud y gwir a cholli Jen.

Penderfynodd ddweud y gwir, ac ar ôl iddo orffen adrodd yr hanes – y cwbwl lot, o ddatgeliad cychwynnol ei frawd tan glec gwn Paul – trodd Jen ac edrych arno; ei llygaid yn archwilio ei nodweddion am unrhyw arwydd o gachu rwtsh.

"How come bod y stori fawr 'ma ddim ar y newyddion, 'te?" gofynnodd.

Cododd Rob ei war wrth i Jen ddod â'i char i stop yn y ciw oedd yn nadreddu trwy'r fynedfa i safle'r domen sbwriel. "Sa i'n gwbod, ond fi'n dweud y gwir, ti'n goro credu fi."

Syllod Jen ar y weipyrs yn pendilio, wrth i ddeigryn ddianc lawr ei boch. Trodd Rob a'i gweld yn codi ei llaw i'w sychu.

"Sori," ymddiheurodd.

"Pric!" Poerodd Jen.

*

Cerddodd Kelly'n syth o'r siop i'r blwch ffôn agosaf, ar y palmant tu fas i Docks News. Gyda'i chalon yn rhuthro a'r adrenalin yn rhuo trwy ei chorff, roedd hi'n ceisio'i gorau i argyhoeddi ei hun ei bod hi'n rhydd rhag unrhyw amheuaeth.

"Helô?" Gwenodd wrth glywed y llais.

"Sean."

"Kel? Be sy'n digwydd?" Nid oedd Sean wedi clywed ei llais ers y job. "Ydy'r cops yn sniffio rownd?"

"Na. So'r cops yn involved."

"Pam ddim? Sa i'n deall."

"Rhyw foi dodgy sy berchen y lle a ma fe'n neud internal investigation."

"Be? Dim Burns yw'r perchennog?"

"Na. Ma 'na foi o'r enw Blythe yno nawr..."

Canodd y clychau ym mhen gwag Sean. "Ife Binsy yw enw 'i side-kick e?"

"Ie. Shwt ti'n gwbod 'ny?"

"Shit," medd Sean. "So, beth sy 'di digwydd so far?"

"Fi jyst wedi cael fy interigetio."

"Gan y Blythe 'ma?"

"Ie."

"A shwt aeth hi?"

"OK, fi'n meddwl. Sa i'n credu bod nhw'n amau fi, anyway."

"Nice one."

"Pryd allwn ni gwrdd? Fi *moyn* ti. Fi *angen* ti."

"A fi 'fyd," rhaffodd Sean. "Cyn hir. Ond dim eto. Ni'n goro cadw'n pennau lawr am sbel."

Tawelodd Kelly wrth i'r siom donni drosti. "Caru ti, Sean," sibrydodd, ond ni chafodd ateb, gan fod Sean Gillard wedi mynd.

★

"Reit, 'te, bois," gwenodd Mr Blythe ar y ddau gard diogelwch oedd yn eistedd ar ochr arall y ddesg. "Ymddiheuriadau am eich galw chi mewn ar eich diwrnod bant, ond fi'n siŵr bod chi'n gwbod am y lladrad, felly ma 'da fi gwpwl o gwestiynau i ofyn, 'na gyd. Dim byd mawr. A so chi dan amheuaeth chwaith, ond rhaid i fi fynd trwy'r mosiwns er mwyn cadw'r bòs yn hapus."

Nododd Mark Casey a Jordan Hill eu dealltwriaeth, er na ynganodd yr un ohonynt air.

"Os alla i gychwyn trwy ofyn i chi am eich cyd-weithwyr. Ydych chi 'di gweld neu glywed unrhyw beth amheus? Yn ddiweddar neu fel arall. Galwadau ffôn cudd. Cyfarfodydd. Unrhyw beth fel 'na?"

Ysgydwodd Casey ei ben yn bendant, ond oedodd Hill am hanner eiliad, a llamodd Mr Blythe ar hynny'n syth.

"Be sy 'da ti, Jordan? Sdim ots pa mor fach. Pa mor ddibwys. Rho *rywbeth* i fi."

Oedodd Jordan Hill cyn ateb, gan nad oedd eisiau hel clecs am neb. "Sa i'n gwbod os yw e'n bwysig, Mr Blythe, ond fi 'di gweld y boi ma'n hôl Kelly o'r gwaith..."

Trodd Paul Casey yn ei sedd ac edrych arno, gan nodio ei ben mwya sydyn. Cododd ei law a phwyntio bys, y cyffro'n gafael ynddo. "Ie!" ebychodd, wrth i'r delweddau ffurfio o'i atgofion. "Y boi yn y Cosworth coch..."

20: Foltedd Uchel

Yn dilyn ei chyfweliad gyda Mr Blythe, aeth Kelly adref i'w fflat a cheisio *peidio* pendroni gormod am yr hyn oedd yn digwydd yn y gwaith. Petai'n gwneud, byddai'r paranoia'n gafael ynddi mor dynn, nes byddai'n dechrau tagu ar ei phryderon. Gwyddai, wrth gwrs, mai *hi* oedd wrth wraidd y sefyllfa. *Hi* ddatgelodd y gwir wrth Sean am gynnwys y sêff. *Hi* fradychodd Mr Burns a'i fòs wrth gymryd rhan yn yr heist. Ar ôl treulio'r prynhawn o flaen y bocs, yn syllu ar y sgrin ond yn gweld dim byd ar wahân i ben-glin rhacs a gwaedlyd Ari yn troelli yn ei phen, ac yn dilyn y sgwrs gyda'r archwilydd mewnol, roedd ei greddfau bellach yn dweud wrthi i redeg. I ffoi. I'w heglu hi. I adael y wlad ar y cwch nesaf o'r dociau cyfagos. Doedd dim sail gwirioneddol i'w phryderon, ar wahân i sgil-effeithiau'r sbliff o squidgy black roedd hi wedi ei smocio o flaen y Simpsons, ond roedd holl ellyllod ei hisymwybod yn sgrechen arni nawr, felly enciliodd i'w gwely a chuddio o dan y dŵfe; ei chorff yn bêl dynn, ond ei hymennydd ar dân, a dim sôn am y frigâd yn nunlle. Trodd a throsodd am oriau, tan i'r THC adael ei system ar ôl y bedwaredd bisiad, a chwympodd i drwmgwsg, er na allai ddianc rhag ei breuddwydion heno. Yn debyg i'w greddfau golau dydd, roedd ei hunllefau hefyd yn ymwneud â cheisio dianc. Fflachiodd wynebau cyfarwydd fel mellt yn llygad ei meddwl. Blythe. Burns. Binsy. Pen tarw Paul wedi'i guddio dan falaclafa. Sean yn ymddiheuro iddi cyn ei tharo'n anymwybodol. Llygaid glas y dorlan y trydydd lleidr, pwy bynnag oedd e. Ffrwydrodd pen-glin Ari'n gawod sgarlad galeidosgopig yn ei phen, gan ei hatal hithau rhag rhedeg. Rhag ffoi. Caeodd y rhwyd amdani. Maglwyd Kelly mewn pwll o chwys. Dechreuodd foddi wrth i'r llanw godi. Dihunodd gan wichial yn wyllt; ei llygaid yn saethu i bob cornel o'r stafell, ar drywydd ei herlynwyr rhithiol. Anadlodd yn ddwfn pan sylwodd ei bod yn ôl ar dir y byw. Yn ddiogel. Yn rhydd. Yfodd lond gwydraid o ddŵr a gorwedd unwaith eto, ei chorff yn wag o egni. Roedd hi wedi ymlâdd ond eto'n gwbl effro. Syllodd ar y nenfwd wrth i olau gwan y diwrnod newydd dreiddio i'r ystafell. Ystyriodd danio sigarét. Ystyriodd godi. Ond ni allai symud. Am saith y bore, ar ôl gorwedd am awr a mwy yn aros am ddim byd penodol, clywodd gnoc ar y drws, a difarodd beidio â gwrando ar ei greddfau. Rhedeg. Ffoi. Heglu. Dim ond newyddion drwg oedd yn galw'r adeg yma o'r dydd. Dan felltith, cododd o'i gwely. Dan felltith, gwisgodd ei gwn nos. Dan felltith, agorodd y drws.

"Bore da, Kelly," gwenodd Mr Blythe arni'n wybodus, cyn i Binsy'r cawr afael yn ei hysgwyddau, ei chodi a'i chario i'r lolfa, ei thraed fodfeddi oddi ar y llawr.

*

"Ti'n siŵr bod ni yn y lle iawn?" gofynnodd Paul o sedd y teithiwr, wrth i Sean yrru'r Cosworth trwy bentref bach Redhill, rhyw ddeg milltir i'r de o ganol dinas Bryste.

"Wrth gwrs bo fi," atebodd Sean, braidd yn amddiffynnol. "O'n i 'ma wythnos dwetha'n hôl y gwns, yn do'n i?"

"Pan wedest di 'Bristol', o'n i'n disgwyl St Pauls, dim ffycin Dibley."

Roedd Paul wedi treulio amser yn y carchar gydag ambell aelod o'r Aggi Crew, sef prif gang troseddol cod post drwg-enwocaf y ddinas, ac wedi ymweld â'r ardal nifer o weithiau dros y blynyddoedd at ddibenion amrywiol, bob tro yn amheus, ond roedd Redhill yn chwalu pob un o'i ddisgwyliadau, diolch i'r tai to gwellt niferus, y lleiniau glaswelltog taclus a'r Range Rovers di-ben-draw oedd wedi'u parcio ar gwrtiliau'r plwyf.

"Aros fan hyn," gorchmynnodd Sean, ar ôl gyrru'r car ar hyd dreif troellog, coediog a dod i stop tu fas i fwthyn yn syth o un o lyfrau Enid Blyton. Safai helygen wylofus gerllaw; ffrinj ddeiliog y goeden yn goglais arwyneb pwll dŵr prydferth, oedd yn gartref i ddwy hwyaden wen.

Rhochiodd Paul mewn ymateb, ond ni wrthwynebodd ac aeth Sean i gnocio ar y drws pren hynafol, yn cario pedwar bar aur mewn bag dros ei ysgwydd.

Taniodd Paul sigarét cyn gynted ag y diflannodd Sean o'r golwg, a dechreuodd ei feddyliau grwydro, er mai dim ond un peth, neu un person, oedd yn mynnu ei sylw ar hyn o bryd. I gychwyn, byddai'r olygfa o'r coed yn chwarae fel ffilm ar gefn ei amrannau; y glaw yn pistyllio, a'r gwaed yn tasgu o'i glust, wrth i Rob Evans gyfarth a gweiddi arno, a gwthio'r gwn i'w geg. Nid dyna ddigwyddodd, wrth gwrs, ond yn debyg i'w dymer, ni allai Paul reoli ei isymwybod ychwaith. Ar ôl i'r rholyn cyntaf o seliwloid anwadal ddod i ben, byddai'r ffantasïau'n dilyn. Yr holl bethau yr oedd Paul yn bwriadu eu gwneud i'r milwr, cyn gynted ag y byddai'r ysbail wedi ei rannu rhyngddynt. Er gwaethaf eithafiaeth y gweledigaethau, roedd ei fwriad yn syml iawn yn y bôn. Yn gyntefig hyd yn oed. Fel Finn Cox, byddai Rob Evans yn marw am yr hyn a wnaeth. Nid oedd y 'sut' na'r 'pryd' yn hysbys i Paul eto, ond roedd y 'pam' yn eglur iawn. Doedd neb yn cael ei drin fel y gwnaeth Rob. Ei gywilyddio. Ei embarasio. Neb. Ffycin neb. Yn enwedig rhyw swyddog mwstasiog o fyddin ei blydi Mawrhydi!

Tynnwyd Paul yn ôl i'r byd hwn pan glywodd ddrws y bwthyn yn cau gyda chlep. Gwyliodd Sean yn dychwelyd; y bag ar ei gefn yn ysgafnach o lawer na phan aeth mewn, ond yr olwg ar ei wyneb yn awgrymu bod yr ymweliad yn llwyddiannus. Agorodd ddrws y Cosworth a gwthio'r bag i gyfeiriad ei frawd, cyn llithro tu ôl i'r olwyn a thanio'r injan.

"Hapus?" gofynnodd Paul, gan osod y bag ar ei lin.

Trodd Sean ei ben a gwenu'n slei ar ei frawd. "Hapus *iawn*," atebodd, gan gefnu ar y bwthyn; olwynion y car yn crensian ar gerrig mân y dreif, tan cyrraedd y ffordd fawr.

Agorodd Paul y sip ac edrych mewn i'r bag. Pefriodd ei lygaid wrth weld y cynnwys. Pentyrrau o bapurau ugain punt; a hwyneb Lizzie'n gwenu fel giât arno o grombil yr ysgrepan. "Faint gest di i gyd?"

"Pum deg chwech mil, ar ei ben. Fifty am yr aur, a chwech am y jiwlri."

Ystyriodd Paul ateb ei frawd. "Hang on! Wedest di bod pob bar werth tua can mil."

"Ma nhw..."

"So, ti 'di cael dy ripo off, 'te."

"Na, na. Dim o gwbl. Ma nhw werth faint 'ny ar y farchnad agored, ond so ni'n gallu honni bod ni'n legit, ydyn ni, so ma fifty gees yn iawn. Sa i'n nabod unrhyw un arall fydde ishe prynu nhw chwaith, so it's a buyers market."

Gwgodd Paul, ond ni wedodd air.

"Ac a dweud y gwir, y cynnig cyntaf oedd tri deg," ychwanegodd Sean.

Caeodd Paul y sip wrth i'r car anelu am Bont Hafren. "Faint ti'n meddwl oedd yn y sêff?"

"Sa i'n gwbod. Ges i ddim cyfle i gyfri. Ond digon i gadw ni fynd am sbel fach, ta beth."

Estynnodd Paul fag o chwim o'i boced er mwyn cael bwmp bach i ddathlu.

"'Na i ffonio Ceri cyn gynted ni gatre i ni gael sorto'r cash 'ma."

Wrth basio'r arwydd Croeso i Gymru, gwthiodd Sean dâp newydd i'r stereo a gadael i drac sain *'Judgment Night'* eu cyfeilio'r holl ffordd adref, y roc-rap swnllyd yn diwallu chwaeth gerddorol wrthgyferbyniol y brodyr i'r dim.

*

Safai Rob yn y gôl yn ceisio safio ciciau o'r smotyn gan Sam, ond roedd ei feddwl ar Jen, oedd yn eu gwylio o fainc gyfagos, yn smocio ac yn gwgu arno trwy'r mwg. Er gwaethaf y cymylau llwyd, nid oedd hi'n bwrw heddiw, ond roedd Jen yn dal i fod yn ddig, er ei bod yn dechrau dadmer, ac roedd Rob yn benderfynol o wneud yn iawn am bopeth, er bod rhai elfennau o'i gynllun y tu hwnt i'w reolaeth. Nid oedd yr heist wedi cael unrhyw sylw yn y wasg byth, ac roedd hynny'n ei wneud yn nerfus. Fodd bynnag, roedd y diffyg sôn yn cael effaith gwbl wahanol ar ei frawd ac, o ganlyniad, roedd hwnnw'n siŵr eu bod nhw wedi dianc yn ddigerydd.

Gwyliodd Jen ei mab a'i dad yn chwarae a chwerthin yng nghwmni ei gilydd. Roedd Rob yn gwneud i'r holl beth ymddangos mor naturiol. Mor hawdd. Ac roedd hynny'n ei gwneud hi'n fwy crac byth. Trwy redeg i ffwrdd yn ddyn ifanc, roedd wedi osgoi holl hunllefau a heriau'r blynyddoedd cynnar, gan ddychwelyd nawr yn ei holl ogoniant, fel sant, fel arwr, i hawlio cariad argraffadwy Sam. Sadiodd ei hun a chael gair yn ei chlust. Er gwaethaf yr islif o chwerwder a deimlai, nid oedd modd gwadu ei bod yn falch iddo ddod adref. Ati hi, ond yn bennaf at Sam. A gyda hynny mewn cof, roedd hi'n anodd maddau iddo am fod mor blydi twp. Ni allai Jen gredu bod y brodyr Evans wedi gwneud rhywbeth mor hurt â chymryd rhan mewn lladrad arfog, beth bynnag oedd y rheswm, ond nid oedd ganddi ddatrysiad amgen ychwaith, felly roedd y cyfan yn piclo'i phen yn lân. Deallai fod Rob yn teimlo bod arno ddyled i helpu Ceri, a dyletswydd i achub y Pij, ond ni fyddai'n estyn cyfle arall iddo petai'n cael ei haeddiant ac yn mynd i'r jail. Blydi dynion! Nage! Blydi bechgyn! Na! Blydi *babis* bach am byth.

Cerddodd yr uned deuluol eginol i gyfeiriad y Wern gyda Sam yn y canol yn dal dwylo'i rieni.

"Ydy Rob yn aros am swper?" gofynnodd y crwt wrth ei fam.

Cododd Jen ei sgwyddau. "Sa i'n gwbod. Rob?"

"Mae'n dibynnu beth sydd ar y fwydlen," winciodd ar Jen, dros ben eu mab.

"Beth ti ffansi?" gofynnodd, gan gynnal y gwreichion.

"Tost a mam-ar-led," atebodd Rob, gan wneud i Jen laschwerthin.

Edrychodd Sam ar yr oedolion, wedi drysu'n llwyr. "Ond brecwast yw hwnna."

"Ti'n iawn," cytunodd Jen. "Gei di ddewis, 'te."

Meddyliodd Sam am eiliad. "Fi moyn wy 'di ferwi a soldiwrs," meddai. "Fel dad."

Bu bron i'r dagrau fostio o lygaid Rob cyn gynted ag y clywodd y gair, ond rheolodd ei emosiynau, gan lyncu'n galed a gwneud i'w afal Adda glicio. Efallai bod Sam wedi ynganu'r gair hud, ond nid oedd Rob yn teimlo fel petai'n haeddu'r teitl. Dim eto, ta beth.

*

"Rhyfeddol!" ebychodd Jac Dannedd, ar ôl i Mr Blythe orffen adrodd yr hanes, a hynny dros y ffôn o ystafell fyw y brodyr Gillard, lle'r oedd Binsy a fe'n eistedd yn y tywyllwch yn aros iddynt ddod adre. Roedd y lle fel twlc a Mr Blythe yn poeni am ei siwt Eidalaidd. Byddai'n anfon y bil at y brodyr am unrhyw ddifrod. Unrhyw staeniau. Er nad oedd Sean Gillard yn gyfarwydd i'r criw, roedd enw drwg Paul yn ei ragflaenu. Gwanhaodd gwrthsafiad Kelly'n ddigon cyflym, yn enwedig pan grybwyllwyd cyfeiriad ei rhieni, a bwriad Mr Blythe a Binsy i fynd i'w gweld petai hi'n gwrthod datgelu'r gwir am y dyn yn y Cosworth coch. Ac o'r fan honno, ar ôl iddi rannu enw Sean a'r ffaith ei fod yn dod o Erddi Hwyan, ni chymerodd hi'n hir iddynt wneud y cysylltiad â Paul, cyn gwneud cwpwl o alwadau ffôn er mwyn cadarnhau'r cyfeiriad, a gyrru yma ar unwaith, rhag ofn bod y twlsod yn meddwl ei heglu hi dramor neu rywbeth. "Dewch â nhw'n syth yma, OK. Ma Mr Gibson yn awyddus *iawn* i gael gair."

Rhoddodd Mr Blythe y ffôn yn ôl yn ei chrud wrth i olau car llachar lifo trwy'r llenni a llenwi'r lolfa am eiliad neu ddwy.

"Barod?" gofynnodd i Binsy, gan ysgogi'r cawr i godi ar ei draed ac estyn prociwr gwartheg trydan o'i boced. Dyma'i hoff arf. Hwnnw a'i ddyrnau anferth, hynny yw. Palodd Mr Blythe ym mhoced ei gôt am un tebyg, a dilyn ei warchodwr personol i gyfeiriad y drws ffrynt.

*

"Ffonia Ceri'n syth, reit, a 'na i lwytho Street Fighter," medd Paul, wrth i Sean ddiffodd injan y Cosworth ar y dreif. Diolch i'r pentwr arian yn eu meddiant, roedd y brodyr mewn hwyliau da heno.

"Iawn. Fi'n ffycin gaspo am sbliff 'fyd," datganodd Sean, wrth arwain y ffordd at eu cartref tywyll.

Datglodd Sean y drws ffrynt a chamodd y ddau frawd i'r cyntedd, a chael sioc eu bywydau, yn llythrennol, wrth i Mr Blythe a Binsy danio pum mil folt trwy eu cyrff, gan wneud iddynt syrthio i'r llawr ar unwaith, yn gwingo fel samwn gwyllt ar y carped tan iddynt golli ymwybyddiaeth.

21 : Magl

"Sdim sôn amdanyn nhw'n unman, fi'n dweud 'tho ti, ma'n weird. Ma fel bod nhw 'di cwmpo off wyneb y ddaear," esboniodd Rob mewn llais isel, ar ôl galw draw yng nghartref y brodyr Gillard ar y ffordd nôl o dŷ Jen a Sam ben bore. "Gnoces i am ages a ges i bip trwy'r ffenestri lawr stâr, ond weles i neb na dim."

"Beth am y car?" gofynnodd Ceri trwy gwmwl. Roedd e'n sefyll tu ôl y bar, y Pij ar agor ond dim cwsmeriaid yno eto, yn edrych trwy ddetholiad o bapurau newyddion lleol, ar drywydd hanes yr heist. Ond, ddeg diwrnod ers y digwyddiad, doedd dal dim smic amdani'n unman.

"Do'dd e ddim 'na chwaith." Roedd Rob a Ceri wedi gwneud yn union fel y bwriadent dros y dyddiau'n dilyn y job. Pennau lawr. Cario mlaen fel arfer. Dim denu sylw atynt eu hunain. Dim gair wrth neb. Ar wahân i Jen yn achos Rob, ond nid oedd Ceri'n gwbod am hynny. Roedd y paranoia'n dal i fflachio ym mhen Rob o bryd i'w gilydd, ac roedd y ffaith nad oedd y digwyddiad wedi cael *unrhyw* sylw yn y wasg yn codi cwestiynau di-rif, tra'r oedd Ceri'n gweld pethau ychydig yn wahanol. *Ni home and dry,* byddai'n sibrwd wrth ei frawd. Neu, *sneb yn ame dim*. Ond nid oedd Rob mor siŵr. Roedd y pryder, y paranoia, yn dal i diclo, ond nid oedd y milwr yn chwerthin.

"Wel, wedest di wrthyn nhw i gadw mas o drwbwl tan bod nhw'n ca'l gwared ar yr aur."

"Ma hynny'n wir, ond sa i'n gwbod... Ma rhywbeth yn teimlo off am y peth. A ni'n goro talu'r ddyled nôl fory man pella."

Tagodd Ceri'r ffag yn y blwch llwch Bass ar y bar; y mwg llwyd yn chwyrlïo tua'r nenfwd hufen-wyn wrth i'r cols ddiffodd o dan ei fawd. "Falle bod nhw wedi gwerthu'r aur a ffwcio o 'ma i fyw off yr elw. Faint yw gwerth bar aur, ti'n meddwl?"

"Dim clem. Ond so hwnna'n neud sens chwaith. No way bydden nhw'n gadael heb gael cyt o'r cash sy 'da ni."

"Digon gwir. So, be ni'n mynd i neud?"

Roedd Rob wedi bod yn meddwl am hyn, ac felly roedd ganddo ateb yn barod. "Fi'n mynd i gymryd digon o arian i dalu Pete Gibson yn ôl, ac wedyn tynnu hwnna o'n cyt ni, so fydd Sean a Paul ddim mas o boced. 'Na'r unig beth gallwn ni neud, reit?"

Nodiodd Ceri ar awgrym ei frawd, ond ni atebodd ar lafar, gan fod cwsmer cynta'r diwrnod wedi cyrraedd y Colomendy.

"Iawn, Spence," cyfarchodd y tafarnwr y pensiynwr. "Peint?"

*

Cysylltodd Rob â Jac Dannedd dros y ffôn i drefnu amser cyfleus iddynt alw heibio i bencadlys Pete Gibson er mwyn ad-dalu'r ddyled, tra aeth Ceri ar ei bengliniau i'r atig, i estyn y bagiau llawn arian o'r guddfan yn nyfnderoedd y to. Gadawodd y tri gwn lle'r o'n nhw, yng nghanol y llwch a'r gweoedd pry cop, ac yna aeth y brodyr ati i gyfri'r ysbail ar fwrdd y gegin, gyda Ceri'n peswch yn ddi-stop, diolch i'r gronynnau gwydr ffeibr oedd yn goglais cefn ei wddf. Oherwydd y paranoia, gadawon nhw'r cyfan yn y bargod ers dychwelyd o ddociau Caerdydd, felly dyma'r tro cyntaf iddynt gyfri'r arian, a chawsant eu synnu ar yr ochr orau, gan fod mwy yno nag oeddent yn ei ddisgwyl.

Chwibanodd Ceri ar ôl gorffen cyfri, tra ysgydwodd Rob ei ben mewn anghrediniaeth. "Tri chant a saith mil o blydi bunnoedd. Wow!"

Teipiodd Ceri ffigyrau ar gyfrifiannell. Un trwm gyda llwyth o fotymau arno nad oedd y tafarnwr yn gwybod eu hystyr, heb sôn am beth fyddai'n digwydd petai'n eu gwasgu. "Saith deg chwech mil a saith cant pum deg punt yr un. Not bad am fore o waith."

"Rhwng y pump ohonon ni?"

"Pump?"

"Ie. Paid anghofio Kelly."

Trodd Ceri'n ôl at y gyfrifiannell er mwyn ail-gyfrifo. "Chwe deg un mil, pedwar cant punt yr un. Fi dal yn hapus gyda hwnna."

"Beth yw hwnna rhwng ti a fi, 'te?"

"Aros funud," cyfrifodd Ceri unwaith yn rhagor. "Cant dau ddeg dau mil, wyth cant."

"Minus pum deg mil Pete Gibson?"

Defnyddiodd y cyfarpar i gael yr ateb. "Saith deg dau mil, wyth cant." Yna, defnyddiodd ei frêns i ganfod yr ateb olaf. "So... tua beth, tri deg pump, na, tri deg chwech mil yr un. Fi dal yn hapus gyda hwnna hefyd!"

"A so ni hyd yn oed wedi cynnwys beth bynnag gafodd Sean am yr aur."

"Neis!" ebychodd Ceri, gan fynd ati i roi'r arian yn ôl yn y bagiau'n daclus, namyn dyled ei dad. "Beth ti'n mynd i neud gyda dy gyt di?"

Nid oedd angen i Rob feddwl ddwywaith cyn ateb. "Fi'n mynd i roi'r cyfan i Jen."

"Fy arwr!" llesmeiriodd ei frawd mawr yn goeglyd.

Anwybyddodd Rob ei nonsens. "A' i â'r bags nôl i'r atig nawr."

Nodiodd Ceri a stwffo hanner can mil o bunnoedd i amlen frown.

*

Ar ôl i'r cwsmer olaf adael y Pij y noson honno, hepgorodd y brodyr eu dyletswyddau glanhau, a gyrru i Gibson's Garden Village yn Fiesta Ceri. Gyda hanner can mil yn eu meddiant, nid aeth Ceri dros y terfyn cyflymder hyd yn oed unwaith. Winciodd, stopiodd ac ildiodd, gan gyrraedd pen y daith yn ddidramgwydd. Roedd maes parcio'r ganolfan arddio'n wag ar yr amser yma o'r dydd, ond roedd wyneb cyfarwydd yn aros amdanynt wrth y glwyd gefn. Gyda'i ddannedd afanc yn disgleirio yn y gwyll, cododd Jac Dannedd law ar y brodyr a chyfeirio Ceri at le parcio cyfleus.

"Dilynwch fi," gorchmynnodd y dirprwy, ar ôl i Mr Cyhyrau, y gard diogelwch, chwilio cyrff y brodyr am arfau, heb ffeindio'r un. Clodd Mr Cyhyrau y glwyd ar eu holau, gan wgu a syllu'n filain ar Rob wrth i'r brodyr gerdded i ffwrdd, ac arweiniodd Jac y ffordd i'r pencadlys. Roedd ystafell gyntaf y warws yn llawn bocsys cardbord a phaledi wedi'u gorlwytho â nwyddau gardd. Bagiau compost, cerrig mân, y math yna o beth; ond ffasâd oedd y cyfan. Mwgwd yn masgio'r hyn oedd tu draw i'r drysau, sef sanctwm mewnol oedd yn debycach i glwb preifat i aelodau na dim byd arall. Roedd Rob wedi bod yma'n ddiweddar, wrth gwrs, ond ni allai Ceri gredu ei lygaid. Bar wedi'i stocio'n dda. Dau fwrdd pŵl. Darts. Bwrdd pocer siâp octagon. Soffas lledr. Teledu anferth. Bwrdd du yn nodi amrywiaeth o ddyletswyddau a thasgau ar y wal – domestig, amwys a chyfrin. Roedd chwe aelod o'r gang yn dal yno; cwpwl yn chware pŵl a'r gweddill yn eistedd o amgylch y bwrdd cardiau, ond trodd pob pâr o lygaid i wylio'r brodyr yn croesi'r llawr. Edrychodd Rob i'w cyfeiriad, yn chwilio am Little and Large, ond nid oedd sôn amdanyn nhw heno; a sylwodd Ceri ar y cymysgedd o emosiynau croes ar wynebau'r troedfilwyr wrth iddynt ddilyn Rob ar hyd y llawr – edmygedd, atgasedd a pharch, ar ôl iddo eu herio nhw i gyd ar ei ben ei hun yr wythnos gynt.

"Ma Mr Gibson yn aros amdanoch chi yn ei swyddfa," esboniodd Jac dros ei ysgwydd, gan arwain y ffordd i ben pella'r clwb. "So fe fel arfer yma gyda'r nos, ond ma fe 'di aros yn unswydd heno."

Ar gyrraedd y drws caeedig, oedodd Jac am hanner eiliad, gwên fach ryfedd yn goglais ei geg, a daeth ffynhonnell ei firi i'r amlwg i Rob cyn gynted ag yr agorodd y dirprwy y drws a gwahodd y brodyr i gamu mewn. Daeth traed Rob i stop yn syth wrth weld yr hyn oedd yn aros amdanynt yn y swyddfa fawr, foethus a cherddodd Ceri'n syth mewn i'w gefn, cyn codi ei lygaid a gweld y rheswm dros yr oedi.

"Shit!" mwmiodd Rob o dan ei anadl.

"No way!" ebychodd Ceri dros bob man.

Ym mhen draw'r ystafell, eisteddai Pete Gibson tu ôl i ddesg dderw dywyll, wedi'i amgylchynu gan hen greiriau a darluniau drud. Mynnodd tri gwrthrych sylw Rob ar unwaith; y cyfan i'w weld ar y pren o'i flaen. Yn gyntaf, ffôn Bauhaus. Antîc go iawn. Dyluniad Almaenig clasurol. Deial tro. Drud. Lliw du'r gragen Bakelite yn adlewyrchu golau'r nenfwd uwchben, fel lleuad llawn ar lyn llonydd. Yn ail, cigfran anferth wedi'i stwffio a'i thacsidermio'n gelfydd; ei phlu yn sgleinio yn ei chawell wydrog, a'i llygaid disglair yn syllu'n syth at enaid Rob. Ac yn olaf, ac yn rhyfeddach o lawer na'r frân hyd yn oed, pelen llygad wedi'i phiclo mewn pot jam. Sugnodd Pete Gibson ar sigâr oedd bron mor drwchus â boncyff derwen; y mwg yn chwyrlïo'n ddiog tua'r nenfwd a'r drewdod yn llenwi'r lle. Safai un o'r bars bach 'na ar siâp glôb mewn un cornel, a chadair ddarllen ledr mewn un arall, ynghyd â llond silff o lyfrau a lamp hirgoes. Syllai Little and Large arnynt o unig soffa'r ystafell, un ledr dywyll, anghyfforddus yr olwg; eu hwynebau yn hesb o emosiwn, ond eu llygaid yn gwylio'r brodyr yn graff. Ond nid nhw oedd y rheswm dros ymateb syfrdan Rob a Ceri chwaith, yn hytrach y ddau ddyn arall oedd yn bresennol yma heno. Sean a Paul Gillard; eu hwynebau'n waedlyd ac yn gleisiog, yn eistedd gefn-wrth-gefn, wedi'u clymu at ddwy gadair blastig â rhaff.

Gwawriodd y gwir ar Rob, ac echdynnwyd yr holl obaith a deimlodd ar y ffordd draw 'ma ohono mewn amrantiad. Ei fwriad heno oedd claddu'r mater, unwaith ac am byth, a symud ymlaen, ond roedd presenoldeb y Gillards, heb sôn am eu cyflwr, yn awgrymu mai dim ond dechrau oedd eu trafferthion.

Cymrodd Jac Dannedd y bag o afael Rob ac ystumio arnynt i eistedd ar y ddwy gadair wrth ddesg y bòs. Gwenodd Pete Gibson arnynt, er nad oedd unrhyw groeso'n perthyn iddo. Yn ei siwt Eidalaidd deilwredig, gyda'i sigâr ddrewllyd, ei wallt slic a'r lliw haul ffug ar ei groen, roedd e'n ystrydeb o gangster ar ddwy goes. Cododd ei fysedd modrwyog mewn pader o dan ei ên a syllu ar Rob a Ceri.

Diflannodd y wên a chulhaodd ei lygaid llwydaidd. "Cyn cychwyn," medd Mr Gibson, "hoffwn estyn fy nghydymdeimlad i chi fel teulu. Roedd eich tad yn wyneb cyfarwydd rownd y bwrdd pocer, a byddwn ni gyd yn gweld ei eisiau yn fawr."

Bollocks! bloeddiodd Rob yn ei ben, er mai mwmian eu diolch wnaeth y brodyr, yn bennaf allan o gwrteisi, er nad oedd modd anwybyddu'r islif o bryder iasol a deimlent. Roedden nhw mewn trwbwl go iawn fan hyn. Fel Paul, roedd enw drwg Pete Gibson yn ei ragflaenu, ond yn wahanol i'r cyn-garcharor, roedd grym go iawn gan y gangster. Arian yn llifo a llenwi ei goffrau, o'r pentref gardd ac o ffynonellau mwy amheus. Jac Dannedd. Yr Afanc ei hun. Blythe a Binsy. A milwyr i wneud y gwaith caib a rhaw, ac i gadw trefn ar ei ymerodraeth. Yn syml, doedd neb yn ei groesi, er ei bod hi'n ymddangos i'r brodyr wneud, ac hynny'n gwbl anfwriadol.

Ystumiodd ar ei ddirprwy a rhoddodd Jac Dannedd y bag ar y ddesg. "Rwy'n cymryd bod hwn yn cynnwys hanner can mil o bunnoedd."

Nodiodd Rob a Ceri mewn cytgord.

Dychwelodd y wên i wyneb y bòs, y tro hwn gydag awgrym o gydymdeimlad. "Yn anffodus i chi, fy arian i yw hwn. Pob punt. Pob ceiniog."

Deallodd Rob yn syth pam na fu hanes yr heist yn y newyddion.

"Chi'n gweld, *fi* sydd berchen y siop naethoch chi ladrata oddi wrthi. A dw i'n gwbod nad o'ch chi'n gwbod hynny, wedi'r cyfan, sut allech chi? Sa i'n hysbysebu'r peth. Ond *fi* yw'r perchennog ac, os yw symiau Mr Burns, y rheolwr, yn gywir, ma arnoch chi ychydig dros chwarter miliwn arall i fi, ar ben cynnwys y bag, a hynny mewn arian parod." Pwyntiodd at Sean a Paul gyda'i frawd. "A pedwar bar aur, neu'r gwerth ariannol cyfatebol, sef dau gan mil, ie, Jac?"

Nodiodd Jac ei ateb, tra mwmiodd Sean ei anghytundeb.

"Nawr, credwch fi pan dwi'n dweud fy mod yn cydymdeimlo gyda chi. Sut allwn i beidio? Fel wedes i, doedd dim ffordd i chi wybod mai fi oedd y perchennog. Dyw'r gweithwyr ddim hyd yn oed yn gwybod. Ar wahân i Mr Burns. A dyna pam so'r ddau yma'n gorwedd mewn beddau bas yng nghanolbarth Cymru rhywle. Na Kelly chwaith. Er na fydd hi byth yn llyfu stamp eto, ond ma hynny'n stori arall. Fi'n ddyn rhesymol," honnodd Pete Gibson, er na fyddai'r Gillards gwaedlyd yn cytuno. "Felly mae gen i gynnig i chi."

Cododd clustiau Rob wrth glywed hynny. Efallai nad oedd y sefyllfa mor anobeithiol ag oedd hi'n ymddangos i gychwyn. Efallai y byddai'n gweld Jen a Sam eto. Efallai...

"Nawr, 'te, ydych chi 'di clywed am y Bandidos?"

Ysgyrnygodd Paul wrth glywed yr enw. Mwmialodd rywbeth o dan ei wynt. Ond ysgwyd eu pennau gwnaeth Rob a Ceri.

"Beth am yr Hell's Angels?"

Y tro hwn, nodiodd y brodyr. Roedd *pawb* wedi clywed amdanyn nhw.

"Gwd. So, biker gang o Gaerdydd yw'r Bandidos a, fel Paul fan hyn, sa i'n ffan. Yn enwedig ers iddyn nhw ddechrau gwerthu ar ein patsh ni gwpwl o fisoedd yn ôl. Nawr, ni 'di clywed bod llond car o heroin ar y ffordd o Iwerddon, ac os allwch chi ryng-gipio'r llwyth a dod â fe i fi, gewn ni ail-drafod y ddyled 'ma, y telerau hynny yw, gan fod gwerth y gêr i'r gogledd o filiwn o bunnoedd. Pwy a ŵyr, falle bydd y llechen yn lân unwaith eto."

Crogai'r tawelwch yn y swyddfa am sbel, gan ddawnsio samba mud â mwg y sigâr, tra amgylchynid Pete Gibson gan ryw rin anweledig oedd eto'n amlwg i bawb. Roedd pob un o'i gynorthwywyr, gan gynnwys Jac Dannedd a Mr Blythe, yr uwch aelodau, yn ei barchu, neu hyd yn oed yn llawn parchedig ofn tuag ato, er nad oedd hynny'n syndod, os oedd y sibrydion yn wir. Ymhlith y chwedlau dinesig niferus, roedd un yn sefyll mas. Yn ôl yr hanes, profodd Pete Gibson ei werth i'r arweinydd blaenorol, Charlie Hill, trwy gyfuniad brawychus o eofnder erchyll a hoffter o arteithio, gan losgi croen gelynion canfyddedig at yr asgwrn, gydag olew berwedig. Cofiodd Rob glywed stori amdano'n plicio'r croen oddi ar wyneb un dioddefwr truenus, mor ddifater â phrydferthwraig yn tynnu mwd-fwgwd. Diolch i'r Pete Gibson ifanc, ehangodd cyrhaeddiad busnes Charlie Hill i bob rhan o dde Cymru, gan droi menter leol yn ymerodraeth broffidiol tu hwnt.

"Alla i ofyn rhywbeth i chi, Mr Gibson?" torrodd Rob ar y distawrwydd.

Nodiodd y bòs trwy gwmwl o fwg, gan ei wahodd i barhau.

"Ydy'r seciwriti gard yn iawn? Doedd neb yn fod cael dolur. Dim dyna oedd y plan."

Gwnaeth y cwestiwn i'r gangster edrych ddwywaith ar Rob. "Fi 'di clywed yr hanes ac ma'r euog wedi ad-dalu'r ddyled." Bodiodd i gyfeiriad y Gillards. "Llygad am lygad. Wel, pen-glin am lygad, ta beth..."

Trodd Rob a Ceri i edrych ar Paul, gan weld bod un llygad wedi'i orchuddio gan batsyn môr-leidr coch-frown. Crynodd eu cyrff yn anwirfoddol, wrth i ffawd yr horwth wawrio arnynt.

Wrth siarad, cododd Mr Gibson y potyn oddi ar ei ddesg a syllu ar lygad dadgorfforedig Paul. "Ond bydd Ari'n iawn, diolch am dy gonsýrn. Ma fe on the mend diolch i ymyrraeth chwim y meddyg, a bydd e'n ôl yn y gwaith wap. Er bydd e'n hercan am weddill ei oes, cofia, ac ma'i yrfa bêl-droed ar ben."

Chwarddodd y cynffongwn ar 'jôc' y bòs, er na newidiodd yr olwg ar wynebau'r brodyr.

"Pryd ma'r shipment 'ma'n dod, 'te?" gofynnodd Rob, gan wybod nad oedd modd osgoi gwneud y job. Dim os oedd e'n mynd i weld ei fab yn tyfu fyny, ta beth. "Fi'n fod mynd nôl i'r armi ddiwedd yr wythnos..."

"Tic-blydi-toc, 'te, Mr Milwr," chwythodd Pete Gibson lond 'sgyfaint o fwg Ciwbanaidd i'w gyfeiriad. "Neith Jac roi'r manylion i chi nawr."

"Beth amdanyn nhw?" gofynnodd Rob, gan ystumio i gyfeiriad y Gillards.

"All yours," atebodd y bòs.

22: Gosteg, o fath

"O, ffycin hel! Beth sy'n bod arnot ti nawr?" gofynnodd Jen gan ysgwyd ei phen a rholio'i llygaid, cyn gynted ag y gwelodd hi wep nychlyd Rob ar stepen y drws. Tu ôl iddo, toddai llwydni cyffredinol ystâd tai cyngor y Wern i ddylni'r awyr uwchben, wrth i'r glaw mân tragwyddol ddisgyn yn ddiog dros y dref.

"Dim?" atebodd Rob yn amddiffynnol, corneli ei geg yn cyrlio o dan bwysau'r celwydd. Difarodd eillio'i fwstás yn dilyn y job. Teimlai'n noeth hebddo.

"Bollocks!" chwarddodd Jen yn ei wyneb. "Fi'n gallu darllen ti fel llyfr, cofia, a reit nawr ti fel un o rai Stephen King..."

"Be?" Gwelodd Rob gyfle i adfer rhyw ychydig. "Bach yn sgeri a lot rhy hir?"

Piffiodd Jen ar y jôc, gan godi calon Rob i'r entrychion, er y gwyddai na fyddai'r wefr yn para. Dim heddiw. Dim gyda'r hyn roedd yn rhaid iddo ei rannu gyda hi.

Dilynodd Rob hi i'r gegin yng nghefn y tŷ. Roedd Sam yn yr ysgol a Jen yn cael un mwgyn olaf cyn mynd i'r gwaith.

"Shwt a'th hi, 'te?" gofynnodd trwy gwmwl, gan gyfeirio at gyfarfod y brodyr gyda Pete Gibson y noson gynt. "Ddim yn dda, fi'n cymryd, o edrych ar dy wyneb twll tin giâr di."

"Diolch yn fawr," atebodd Rob, yn mwytho'i wefus foel ac eistedd wrth y bwrdd hanner cylch gan ddechrau chwarae gyda hem y lliain plastig patrymog oedd yn ei orchuddio.

Syllodd Jen arno, ei hamynedd yn ei gadael gyda phob pwff o fwg. "Iesu, Rob, jyst dwed wrtha i beth ddigwyddodd."

Ysgydwodd Rob ei ben. Ni allai hyd yn oed edrych arni nawr. "Fi'n rili sori, Jen," sibrydodd wrth y fowlen siwgr.

"Fi fan hyn," snapiodd Jen ei bysedd o flaen ei lygaid, er mwyn mynnu ei sylw. "Sbit it out, neu get out, dyna'r dewis. Sdim amser 'da fi heddiw. Fi'n goro mynd i'r gwaith mewn munud."

Sadiodd Rob ei hun ac eistedd yn gefn-syth yn y gadair. Edrychodd ar Jen, gan gastio i'r dyfnderoedd am y geiriau cywir. "Naethon ni ffyco lan. Big time."

"Ond o'n i'n meddwl mai jyst talu'r ddyled o'ch chi neithiwr?"

"'Na beth o'n i'n *meddwl* bod ni'n neud..."

Tawelodd ei eiriau, felly llenwodd Jen y bwlch. *"Ond?"*

Anadlodd Rob fel balŵn yn datchwyddo, gan wneud i Jen rolio ei llygaid tua'r nenfwd unwaith eto. "Ond... ond... wel... ti'n gwbod y siop naethon ni... ti'n gwbod..."

"Ie... Y siop naethoch chi ddwgyd cachrgwlyth o arian oddi wrthi. Yr un yna, ie?" Diferodd ei geiriau â choegni pur.

Nodiodd Rob ei ben, ei lygaid yn ochrgamu rhai Jen, er nad oedd modd dianc mewn cegin mor gyfyng. "Guess pwy yw'r perchennog?"

Oedodd Jen cyn dweud dim, ei llygaid yn culhau oherwydd y cwestiwn annisgwyl. Ystyriodd. Meddyliodd. Yna, yn sydyn, blagurodd yr ateb yn ei phen, gan ei llorio'n llwyr. "Paid dweud Pete Gibson?"

"OK. Ond dyna'r ateb."

Eisteddodd Jen a thanio mwgyn arall. Yn sydyn, roedd hi wedi anghofio pob dim am fynd i'r gwaith. "Shit!"

"Dwfn."

"Ond *pa* mor ddwfn? Ar raddfa o un i ddeg."

"Deg."

Edrychodd Jen ar draws y bwrdd wrth i'r pryder afael ynddi. Mewn amrantiad, tasgodd pob posibiliad eithafol yn ei phen, cyn iddynt setlo. Roedd Rob yn eistedd o'i blaen, wedi'r cyfan, felly nid oedd pethe mor wael â *hynny*. Roedd hi wastad yn mynd o flaen gofid. Dyna'i natur. A Rob oedd y bai am hynny hefyd! Tawelodd y sgwrs am sbel. Smociodd Jen tan fod y stwmp yn llosgi ei bysedd.

"So, chi dal mewn dyled i'r diawl?"

"Am nawr."

"Be ma hynny'n meddwl?"

"Ni'n goro neud job iddo fe nos fory. Sa i moyn neud hyn, Jen, ond sdim dewis 'da ni."

Gwyliodd Rob wrth i ben Jen blygu tua'i bron. Dechreuodd ei hysgwyddau grynu. Llifodd y dagrau tawel dros ei bochau. Syllodd ar ei chorun, heb wybod beth i'w wneud. Roedd e 'di torri ei chalon. Eto. Estynnodd law a'i rhoi ar ei hysgwydd, ond gwthiwyd hi o'r neilltu. Mwmiodd Jen rywbeth, er na ddeallodd Rob yn iawn. Plygodd yn agosach a gofyn iddi ailadrodd.

"Cer," sibrydodd, cyn i'w geiriau fagu grym o rywle. Cododd ei phen a syllu ar dad ei mab, y dicter yn orchfygol a'r dagrau hallt yn cusanu ei gwefusau. Pwyntiodd at y drws cefn. "Jyst ffycin cer o 'ma!" gwaeddodd.

*

"Ishte'n llonydd, y ffycin babi!" ebychodd Sean, wrth fynd ati i lanhau'r ceudwll gwag lle'r oedd llygad chwith ei frawd yn arfer bod.

"Babi! Ti'n serious? Fi 'di colli clust *a* llygad mewn ffycin wythnos, Sean! Shwt arall fi fod acto, eh?"

Dabiodd Sean y gwlân cotwm mewn Dettol a cheisio eto. Ni soniodd air am y ffaith nad oedd ei frawd wedi colli ei glust mewn gwirionedd, oherwydd doedd dim amheuaeth ei fod e un llygad yn brin, ac roedd hynny'n hen ddigon, chwarae teg. Y tro hwn, gadawodd Paul iddo wneud ei wneud. Yn ofalus, golchodd y graith daclus, deuddeg pwyth, oedd yn dechrau gwella bellach, bum diwrnod ar ôl y digwyddiad.

"Nath e job da, t'mod," cynigiodd Sean, fel petai'n ymgynghorydd meddygol yn archwilio gwaith llaw myfyriwr yn dilyn llawdriniaeth gywrain. "Teidi iawn."

"Fuck off, Sean," sgyrnygodd Paul.

Nid oedd y brodyr yn gwybod pwy wnaeth echdynnu'r belen o benglog Paul, oherwydd iddo ddihuno'n hanner dall ar ôl iddynt gael eu trydanu yng nghyntedd eu cartref gan Blythe a Binsy ar ddychwelyd o Redhill. Ond roedd un peth yn sicr, nid gweithred ffyrnig o dreisgar oedd hi, fel chi'n gweld mewn ffilms kung-fu; yn hytrach, dial, neu gyfiawnder cilyddol, yn unol â gorchymyn Beiblaidd, a hynny ar archiad Pete Gibson. Roedden nhw'n gwybod hynny fel ffaith, gan fod y bòs ei hun wedi rhannu'r gwir gyda nhw, pan ddaethant atynt eu hunain unwaith eto, wedi'u clymu gefn-wrth-gefn mewn ystafell ddi-ffenest, seinglos. Treuliodd y Gillards yr oriau, os nad y dyddiau, nesaf yn ateb cwestiynau am y lladrad; gyda Mr Blythe yn arwain yr holi a Binsy a gweddill y gang yn darparu'r boen. Roedd Sean yn sicr bod ei fywyd ar fin dod i ben. Wedi'r cyfan, roedd e wedi cynllwynio, arwain a dwyn cannoedd o filoedd o bunnoedd wrth un o fwganod mwyaf dieflig de Cymru. Fodd bynnag, er bod Paul yn gandryll i gychwyn, oherwydd y dignewyllu anwirfoddol, daeth y brodyr i'r casgliad, yn ystod eiliad o eglurder yng nghanol y curo, o ganlyniad i'r weithred eithafol yma, nad oedd y gangsters yn bwriadu eu lladd. Dim eto, ta beth.

Cawsant eu rhyddhau neithiwr, ar ôl i Rob a Ceri ymweld â Pete Gibson a'r criw, gyda'r bwriad o glirio'u dyled. Ar ôl i hynny fynd tits up, a gyda manylion y job nesaf yn canu rhwng eu clustiau, gyrrodd Sean y Cosworth am adref, lle gwnaeth y brodyr ymadfer yn yr unig ffordd roedden nhw'n gwybod sut. Trwy smocio pentwr o ganja a rhochio'r chwim fel dau faedd tew wrth gafn gorlwythog. Er gwaethaf ei ddallineb rhannol, cynhaliodd Paul ei lwyddiant di-dor wrth chwarae Street Fighter, gan wylltio ei frawd yn llwyr yn y broses.

"Beth yw'r chances bydd Gibson yn gadael ni fynd ar ôl neud y job 'ma, ti'n meddwl?" gofynnodd Sean, wrth osod clwt glân dros lygad ei frawd.

Taniodd Paul sigarét a mynd i eistedd ar y soffa unwaith eto, lle'r oedd ôl ei din fel amffitheatr Rufeinig ar y clustog. Meddyliodd am sbel cyn ateb. "Ddim yn uchel iawn," oedd ei gasgliad. "Ni mewn dyled iddo fe am byth nawr."

Eisteddodd Sean wrth ei ochr a mynd ati i rolio sbliff. "So be ni'n mynd i neud, 'te?"

"Paid poeni," gwenodd Paul ar ei frawd fel Snake Plissken. "Ma 'da fi blan."

*

"Ti erioed wedi saethu rhywun?" gofynnodd Sam wrth gerdded adref o'r ysgol.

"Naddo," atebodd Rob gan ddechrau rhaffu celwyddau.

"Ti 'di gweld corff marw, 'te? Cyrff marw?"

"Dim ond un dy ddad-cu cyn yr angladd."

Ciledrychodd Sam ar Rob gan nad oedd ei atebion yn gwneud unrhyw synnwyr iddo. Cyn belled â'i fod e'n deall, roedd milwyr yn lladd pobl ddrwg, gelynion, a dim byd arall.

"Pam na?" gofynnodd, yn gobeithio am esboniad.

"Wel, ni'n cadw'r heddwch, dim ymladd. Ni'n helpu pobl sydd wedi bod mewn rhyfel. Ailadeiladu cartrefi ac ysgolion. Neud yn siŵr bod dŵr glân ganddyn nhw. A bwyd a dillad. Y math 'na o beth."

Crychodd y crwt ei drwyn. "Ond ti'n cario gwn?"

Gwenodd Rob a nodio'i ben. "Ydw. Fi'n cario gwn. Dau a dweud y gwir. Un mawr..."

"Machine gun?"

"'Na ni. A pistol."

"Cŵl."

"Ond so ni'n defnyddio nhw'n aml. Ni'n cario nhw jyst rhag ofn."

Nodiodd Sam ar hynny, wrth i atgofion fflachio ym mhen Rob. Delweddau erchyll o'r pethau roedd wedi eu gweld. Pan ddechreuodd Sam ofyn y cwestiynau, ei reddf oedd ei warchod rhag y gwir. Rhag y gwaethaf o'r ddynol ryw. Ac roedd Rob wedi gweld drygau. Drygau dirifedi hefyd. Cafodd ôl-fflach o'r ddiweddaraf; y mosg yn Bijeljina a'r rhes o ddynion marw ar y llawr. Meddyliodd am Ben Marks a'r ffordd roedd profiadau o'r fath yn newid dyn. Yn troi eich calon yn garreg er mwyn eich amddiffyn rhagddoch chi eich hun. Rhag y lleisiau. Rhag y temtasiwn i ddod â'r cyfan i ben, gan nad oedd unrhyw obaith ar ôl. Yr unig ffordd o ymdopi ag ochr dywyll, ddieflig y byd oedd trwy ddiosg eich emosiynau a'u cloi mewn bocs yng nghefn eich pen. Y peth gwaethaf roedd Rob erioed wedi ei weld, wedi ei brofi, wedi byw, oedd y beddau torfol ar gyrion Srebrenica, a hynny'n gynharach eleni. Ar ôl y gyflafan, lle lladdwyd wyth mil o Foslemiaid yn y dref yn ystod mis Gorffennaf, a dwy fil o'r rheini mewn un diwrnod yn unig, roedd Rob a'i gatrawd yn rhan o'r ymdrechion rhyngwladol i dyrchu am weddillion dynol, er mwyn eu dychwelyd at eu teuluoedd i gael eu claddu yn y ffordd draddodiadol. Roedd y beddi torfol mor niferus, ac mor orlawn, fel bod yr orchwyl bron yn amhosib. Yn wir, roedd y gwaith yn dal i fynd yn ei flaen heddiw ac, er nad oedd Rob a'i gyd-filwyr yn rhan o'r ymdrech bellach, doedd dim diwedd ar y dasg, felly roedd siawns go dda y byddent yn gorfod dychwelyd i'r dref yn y dyfodol agos. Rheswm arall iddo wneud cais i ddychwelyd i Gymru.

"Rhag ofn beth?" gofynnodd Sam.

Oedodd Rob cyn ateb, gan adael i'r atgofion setlo eto. "Rhag ofn bod angen help ar rywun."

"Pwy?"

"Wel... unrhyw un a dweud y gwir."

Crychodd Sam ei drwyn ar amwysedd yr ateb.

Meddyliodd Rob. "Ti'n gwbod y bois sy 'di bod yn dy boeni di yn yr ysgol?"

Nodiodd Sam, ei wyneb yn caledu wrth feddwl am y bwlis.

"Wel, ma'r byd yn llawn pobl fel 'na. Ond gwledydd, dim unigolion. Gwledydd mawr, pwerus, sydd eisiau bwlio gwledydd llai."

Trodd Sam i syllu ar ei dad, wrth iddo ystyried ei eiriau. "Pam?"

Ysgydwodd Rob ei ben. Roedd hynny'n sgwrs i'w chael yn y dyfodol, dros beint efallai. "Sa i'n gwbod, Sam. Ond fi, a'r milwyr sy'n gweithio gyda fi, be ni'n neud yw helpu'r gwledydd sy'n cael eu bwlio."

Gwenodd Sam yn falch ar ei dad. Nodiodd. Roedd e'n hoffi'r hyn roedd e'n ei glywed.

"Fi moyn milkshake," medd Sam o nunlle, gan droi'r sgwrs i gyfeiriad hollol wahanol, er mawr ryddhad i Rob.

*

"So ti'n aros 'da Jen heno, 'te?" gofynnodd Ceri yn hwyrach y noson honno, wrth i'r brodyr glirio gwydrau a mopio llawr y dafarn. Dim ond llond llaw o selogion oedd wedi bod yn slochian heno, felly doedd dim llawer i'w wneud, mewn gwirionedd. "O'n i'n meddwl byset ti gyda hi bob nos, gan bo ti'n gadael wythnos nesaf." Gwelodd Ceri'r cymylau'n hwylio ar draws wyneb ei frawd. Stopiodd fopio ond cyn gofyn beth oedd yn bod, cododd Rob ei lais.

"Fi yn y cach gyda Jen. So hi moyn fi ar gyfyl y lle ar y foment."

Roedd Rob wedi casglu Sam o'r ysgol, ei ddiddanu, ei fwydo a sgwrsio gyda'r crwt am unrhyw beth a phopeth oedd ar ei feddwl. Pêl-droed yn bennaf, ond hefyd swydd Rob, y fyddin yn gyffredinol, crefydd ac, yn benodol, cysyniad y nefoedd (roedd tynged enaid ei ddad-cu yn hawlio lle amlwg yn ei ben), Ninja Turtles a fish fingers (hoff fwyd Sam, oedd hefyd yn ei ddrysu ryw ychydig. Wedi'r cyfan, *Sdim bysedd 'da pysgod, o's e, Dad?*) Dychwelodd Jen o'i gwaith wap wedi wyth ac roedd yn amlwg ar unwaith nad oedd croeso i Rob aros, hyd yn oed am sgwrs fach. Gallai ddeall pam roedd hi wedi digio, wrth gwrs, ond ni allai wneud unrhyw beth i osgoi'r anochel. Am yr eildro mewn pythefnos byddai Rob yn cymryd rhan mewn cyrch arfog, a hynny heb awdurdodaeth y fyddin.

"Pam? Be nest di?" gofynnodd Ceri wrth drywasgu'r dŵr i fwced y mop.

"Paid gofyn," atebodd Rob, felly ni wnaeth Ceri. "Ti'n iawn fan hyn? Fi moyn hôl rhywbeth o'r atig."

"Ydw i," medd Ceri, gan estyn gwydr a throi at yr optics i arllwys chwisgi hael i'w hoff wydr. Tymblyr crisial a gafodd yn anrheg pen-blwydd gan Jen a Sam gwpwl o flynyddoedd yn ôl.

Ar ôl gorffen tacluso'r bar a rhoi'r gwydrau i sychu ar y draeniwr, anelodd Ceri am y gegin gefn gyda'r bwriad o wylio bach o'r bocs cyn mynd i'r gwely.

"Ffycin hel, John Rambo!" ebychodd, wrth weld Rob yn eistedd wrth fwrdd y gegin, yn tynnu'r tri gwn llaw yn ddarnau, er mwyn eu glanhau a'u hailosod yn barod am yfory.

"Force of habit," meddai, heb wyro ei lygaid oddi ar y dasg. "Ma nhw'n frwnt 'fyd, yn ôl y disgwyl. Fi'n synnu bo Paul heb saethu ei hun yn ei wyneb."

Eisteddodd Ceri ar ochr arall y bwrdd. Taniodd sigarét. "Be? Back-fire-o ti'n meddwl?"

Nodiodd Rob ei ben. "Ie. Sdim angen lot i wneud i'r gynnau 'ma ôl-danio. Jyst bach o faw yn y man anghywir. 'Na pam ma'r armi mor obsessed gyda glanhau arfau. Dyna un o'r pethe cynta chi'n dysgu pan chi'n cyrraedd."

Gwyliodd Ceri ei frawd wrth ei waith, gan edmygu ei arbenigedd. "Sa i'n trysto Paul o gwbl, ti'n gwbod. Yn enwedig nawr..."

"Be, ar ôl i Pete Gibson ddwyn ei lygad?"

"Dim 'na beth o'n i'n meddwl, actually. Ar ôl i ti roi gwers iddo fe yn y coed."

Nodiodd Rob ei ben a meddwl am y sefyllfa. "Yn gyntaf,

Cer, sa i ofn Paul Gillard. Dim nawr. A chred di fi, dw i 'di gweld a delio â llawer gwaeth. Y gwaethaf. Y Diafol ei hun ar ffurf dynol..."

Tawelodd ei eiriau, wrth i'w feddyliau ei dywys i'r beddi torfol a thu hwnt.

"Ac yn ail?" prociodd Ceri, wrth dagu ei sigarét.

Dychwelodd Rob i'r gegin o feysydd meirw'r Balcanau. "Yn ail, sa i'n mynd i roi gwn iddo fe chwaith. Dim ar ôl beth nath e yn y siop."

Chwibanodd Ceri ei ymateb. "So fe'n mynd i lico 'ny!"

"Fi'n gwbod," medd Rob, gan godi ei aeliau'n awgrymog.

23: Dros y Dibyn

Roedd dau reswm bod y pedwarawd wedi gwneud eu ffordd ar droed i bencadlys Pete Gibson y prynhawn hwnnw. Yn gyntaf, er mwyn casglu car i wneud y job. Un wedi'i ddwyn yn ddiweddar iawn, gyda phlatiau cofrestru ffug a dogfennau ategol yn cadarnhau'r celwydd. Dim byd flashy a fyddai'n denu sylw, a dim byd rhy fach ychwaith, gan fod angen ychydig o bŵer ble'r oedden nhw'n mynd heddiw. Rover 216 du gydag injan un pwynt chwech litr. Delfrydol. A digon da i Hyacinth Bucket hefyd. Ac yn ail, i gael cyfarwyddiadau manwl gan Jac Dannedd. Ar fwrdd llydan yn ystafell hamdden y clwb, a oedd yn wag ar hyn o bryd heb unrhyw sôn am y troedfilwyr yn unman, lledaenodd y dirprwy fap manwl o dop y cwm, oedd yn dangos pob lôn gefn, pob trac trwy'r fforestydd a'r gwylltiroedd, a phob nant, rhigol a ffos yn yr ardal. Er bod Ceri, Sean a Paul yn bresennol, ac yn craffu ar y cyfuchliniau a'r gridiau fel bechgyn da mewn gwers ddaearyddiaeth, anelodd Jac ei eiriau i gyfeiriad Rob, gan wybod wrth reddf fod y milwr yn hen law ar ddarllen mapiau. Defnyddiodd ffelt-tip i roi cylch o amgylch siâp petryal du yng nghanol nunlle. Amlinell yn dynodi hen fwthyn, yn sefyll rhwng lôn anghysbell a dibyn serth. Roedd gweddill yr ardal yn gwbl wag o dirnodau – naturiol neu o law dyn. Dim llynnoedd naturiol na chronfeydd dŵr. Dim ffermydd. Dim canolfan awyr agored. Hostel ieuenctid. Capel. Ambell nant a braidd dim byd arall.

"Ewch i'r fan hyn." Pwyntiodd gyda'r pen.

"Beth sy' 'na?" gofynnodd Rob.

"Adfail. Hen fwthyn neu dyddyn. Ffarm falle. Sdim ots. Ma cefn yr adeilad wedi dymchwel i'r dyffryn a'r hanner arall yn ddim mwy na chragen. Dim to. Dim ffenestri. A jyst defaid a cheffylau gwyllt yn gymdogion."

Nodiodd y pedwar eu dealltwriaeth.

"Nawr, ges i gadarnhad bod y targed wedi gadael Abergwaun rhyw awr yn ôl, sy'n rhoi hen ddigon o amser i chi gyrraedd o'i flaen."

"Shwt chi'n gwbod bod e'n mynd i ddod ffor' 'ma?" Cododd Ceri ei lais.

"Y gwir yw so ni cant y cant yn siŵr, ond ni 'di dilyn y car, VW Polo lliw arian gyda llaw, ddwy waith dros yr wythnosau diwethaf a ma fe 'di teithio'r union ffordd hyn ar y ddau achlysur. Ma 'da ni inside intel yn Iwerddon ac ar y fferi ac ma'r cyffuriau'n dod draw ar lori, ar ôl cyrraedd Iwerddon o Sbaen. Trwy Dingle. Ma cildyrnau i unigolion penodol yn y porthladdoedd yn sicrhau bod neb yn busnesu. Neb yn cwestiynu. Wedyn, ma'r llwyth yn cael ei drosglwyddo i'r Polo pan mae'n cyrraedd Cymru, ym maes parcio'r Bridgend Inn ar y ddau achlysur ni 'di ddilyn e, cyn i'r gyrrwr gymryd hewlydd cefn yr holl ffordd i Gaerdydd. Wel, i Rhydri, ond digon agos. Ma'r dafarn ar B-road tu fas i Abergwaun, a so'r targed yn mynd yn agos at briffordd o gwbl yn ystod y daith, tan cyrraedd Ponty a throi am Gaerffili."

"A dyna pam mae'n cymryd yn agos at deirawr iddo gyrraedd yr adfail 'ma, ie?"

"Yn union, Rob."

Mewn llais babi, mwmiodd Paul yn biwis o dan ei anal – *Yn union, Rob* – gan dderbyn penelin gan ei frawd am fod mor hy. Roedd Paul, ar ei newydd wedd – namyn un llygad a thalp o'i glust – yn fwy blin a ffrwydrol nag erioed, ac roedd ei waed yn berwi ar ddychwelyd i'r lle 'ma. Nid oedd yr holl chwim oedd yn chwyrlïo trwy ei wythiennau'n helpu o ran ei orffwylltra ychwaith. Caeodd ei ben a theimlo'r tsiaen beic yn ei boced, gan wybod y byddai'n trochi mewn gwaed cyn diwedd y dydd.

Anwybyddodd Jac bigogrwydd gresynus y pric penfoel. Gallai ddeall ei anniddigrwydd, ei ddicter, wrth gwrs. Yn wir, roedd e bron yn cydymdeimlo â Paul. Bron. Wedi'r cyfan, roedd tynnu ei lygad yn beth eithafol iawn i'w wneud, ond mynnodd Pete a chafodd y bòs ei ffordd, fel arfer. Roedd Jac o blaid lladd y brodyr Gillard ar ôl i Blythe a Binsy eu gweini ar blât iddynt, a'u claddu nhw'n bell o'r fan hyn, ond roedd Pete eisiau iddynt fod yn rhan o berwyl heddiw, a hynny er mwyn osgoi unrhyw anafiadau posib i'w filwyr ffyddlon. Nid oedd Pete Gibson yn becso dim petai rhywbeth yn digwydd i'r pedwarawd yma, er fod Jac yn gweld potensial mawr yn Rob Evans. Byddai'r milwr yn ychwanegiad gwych i'r gang, ond nid heddiw oedd yr amser i drafod hynny.

"Pan gyrhaeddwch chi, fi'n awgrymu eich bod chi'n parcio'r car ar ochr ddwyreiniol yr adeilad. Mas o'r golwg. Nawr, ma'r tywydd yn ffafriol. Niwl. Cymylau isel. Glaw. A bydd hi'n dechre nosi erbyn i chi gyrraedd. So'r ffordd yn lot mwy na trac lan 'na a dweud y gwir, so bydd y Polo'n gyrru'n araf tuag atoch chi. Yr unig beth fydd angen i un ohonoch chi neud fydd gyrru'r car allan a blocio'r ffordd, pan fydd y Polo'n agosáu, ac i'r tri arall ddod rownd y bac gyda'ch gynnau."

"Pincer," medd Rob.

"Yn union," atebodd Jac. "Nawr, ma'r bŵt yn llawn pethe defnyddiol. Rhaff. Tâp. Fflachlampau. Ond sa i, a so Pete, eisiau i neb gael dolur heddiw." Edrychodd yn syth ar Paul wrth ddweud hynny. "Os byddwch chi'n neud *unrhyw* beth i'r gyrrwr, ar wahân i'w glymu a'i gagio a'i adael yn yr adfail, bydd hynny'n ein gorfodi ni i ail-drafod pethe. Deall?" Unwaith eto, ar Paul roedd Jac yn syllu.

Nodiodd pawb eu pennau, er na chlywodd Paul yr un gair.

*

"Co fe," medd Ceri, wrth yrru'r car trwy'r niwl, rhywle i'r gogledd o Glyncorrwg; reit ar dopie'r cymoedd lle'r oedd y ceffylau gwyllt yn crwydro, fel Maris Llwyd o gig a gwaed. Pendiliodd y weipyrs i gadw'r winsgrin yn glir, ond roedd y gwelededd yn wael, diolch i'r glaw trwm a'r diffyg golau. Heb lampau stryd na lleuad uwchben, dim ond pelydrau'r car oedd yn arwain y ffordd. Roedd y pedwarawd wedi teithio o Erddi Hwyan mewn tawelwch llethol, y tensiwn yn drwchus yn yr aer. Teimlai Rob fod yr holl beth, y job hynny yw, yn rhy frysiog o lawer. Yn wahanol i'r heist, ac yn wahanol i'r holl gyrchoedd roedd e wedi bod yn rhan ohonynt gyda'r fyddin, doedd dim sôn am baratoi o flaen llaw y tro hwn. Dim recce. Dim intel. Dim byd. Ar wahân i'r hyn rannodd Jac gyda nhw, er bod hynny'n amwys iawn ac yn annigonol a dweud y gwir. Yn anffodus, doedd dim dewis ganddynt ond mynd amdani, er nad oedd hynny'n ei lenwi â hyder. Ond nid oedd Rob yn siŵr ai tyndra cysylltiedig â'r job oedd y teimlad, neu rywbeth arall yn gyfan gwbl. Gwyddai fod Paul yn dal i stiwio. Wedi'r cyfan, ni wnaeth unrhyw ymdrech i guddio'i hwyliau drwg yng nghwmni Jac. Roedd e'n gandryll gyda Rob, heb os, am ddysgu gwers iddo yn dilyn y job diwethaf, ond hefyd oherwydd ei fod yn edrych fel môr-leidr bellach.

Gorweddai'r tri gwn mewn gwarfag clustogog ar gôl Rob, ynghyd â fflachlamp, pâr o fenig, cit cymorth cyntaf, cwmpawd a map. Fel Sgowt da, roedd Rob wedi paratoi. Nid oedd yn edrych ymlaen i dorri'r newyddion i Paul na fyddai e'n cael chwarae â gwn heddiw, ond ei fai e oedd hynny, am saethu'r seciwriti gard yn ei goes. Gallai Paul wneud digon o ddifrod heb arf, wrth gwrs, felly roedd Rob yn mynd i gadw llygad barcud arno dros yr oriau nesaf. Doedd dim lle i gamgymeriadau heddiw. Gwneud y job yn unol â gorchmynion Pete Gibson. I'r llythyren 'fyd. Mynd â'r car a'i gynnwys yn ôl i'r pentref gardd a gweddïo y byddai'r bòs yn cadw ei addewid a sychu'r llechen yn lân. Roedd posibiliad, wrth reswm, y gallai Pete Gibson newid ei feddwl; wedi'r cyfan, fe oedd â'r gair olaf yn yr achos hwn, ond roedd Rob wedi gweld y parch a'r edmygedd yn llygaid ac osgo Jac pan fyddai'n siarad gyda fe, felly roedd rhaid byw mewn gobaith. Ar ddiwedd y dydd, beth arall oedd ganddo nawr?

Edrychodd Rob ar ei oriawr, ac wedyn ar y Gillards yn y sedd gefn. "Yn ôl amseru Jac, ma 'da ni ryw hanner awr cyn bydd y car yn pasio."

"Lle ti moyn fi barcio?" gofynnodd Ceri wrth agosáu at yr adfail.

"Reit f'yna," pwyntiodd Rob at dalcen dwyreiniol yr hen dŷ, lle'r oedd llecyn parod yn aros amdano.

Daeth Ceri â'r car i stop a chamodd pawb allan i'r elfennau. Peidiodd y glaw ond roedd y gwynt yn rhuo fyny fan hyn ac, er bod ambell grawc brân neu fref dafad hefyd i'w clywed gerllaw, nid oedd modd gweld yr anifeiliaid yn y düwch. Arweiniodd Rob y ffordd i'r bwthyn. Doedd dim drws ffrynt, na tho. A dim ond tair wal oedd yn dal i sefyll. Roedd y pridd caregog o dan draed yn llithrig, tra bod hanner cefn yr eiddo, yn union fel y dywedodd Jac, wedi diflannu o'r golwg lawr i'r dyffryn coediog islaw. Camodd Sean yn betrusgar at y dibyn i gael pip dros yr ochr. Roedd hi'n amhosib amcangyfrif y dyfnder, oherwydd yr holl ddail oedd yn dal i lynu at ganghennau'r coed yn y cwm. Roedd ochr y clogwyn yn serth a gallai Sean glywed nant fach yn nadreddu trwy'r tirlun islaw. Estynnodd Paul law slei a rhoi ysgytwad i'w frawd, gan afael yn dynn yn ei fraich ar yr un pryd. Cwympodd ambell garreg dros yr ochr a chafodd Sean harten. Diflannodd yr holl liw o'i fochau, gan ei adael yn edrych fel drychiolaeth.

"Fuckin' hel, Paul!" ebychodd wrth gamu'n ôl at dir cadarn, gan wneud i'w frawd mawr chwerthin yn groch. "Mae'n blydi death trap 'ma, bois!"

"Stopwch ffwcio gwmpas," gorchmynnodd Rob. "Bydd y car 'ma unrhyw funud." Tynnodd y gwarfag oddi ar ei gefn, agor y sip ac estyn gwn. Gyda phob llygad arno, rhoddodd yr arf i'w frawd. Gwiriodd Ceri'r Glock, yn union fel y dangosodd Rob iddo wneud y noson gynt. Gwnaeth bach o sioe o'r holl beth, er mwyn dangos i'r Gillards ei fod yn gwybod beth roedd e'n ei wneud. Ond lledrith oedd y cyfan, gan nad oedd erioed wedi saethu gwn yn ei fyw. "Cer â hwn hefyd," ychwanegodd Rob, gan basio pâr o finocs iddo. "Cadwa lygad am y car." Aeth Ceri at y ffenest wag ar ochr orllewinol yr annedd, tra rhoddodd Rob y gwn nesaf i Sean.

"Be am fi?" gofynnodd Paul yn grac, ac yn ôl y disgwyl.

"No chance!" atebodd Rob heb oedi. "Dim ar ôl be 'nest di i'r security guard 'na."

Camodd Paul at Rob; ei frest mas draw a'i unig lygad yn bolio allan o'i ben. Gydag un llaw yn ei boced, y tsiaen yn dorch am ei ddwrn, roedd y cyn-garcharor yn barod i ffrwydro. Estynnodd Rob ei hun i'w lawn daldra, gan ddychwelyd y drem, gyda llog. Roedd e wedi dysgu un wers i Paul yn barod a gwyddai'n iawn y gallai wneud yr un peth eto, mewn amrantiad. Ceisiodd Sean gamu rhwng yr alffas, ond ni allai eu gwahanu. Yn ffodus i bawb, torrodd llais Ceri ar y tensiwn, gan ddod â'r ddrama fach i ben. Am nawr.

"Ma fe'n dod!" ebychodd yn llawn cyffro. "Action stations!"

Rhedodd Ceri i'r car a llithro tu ôl i'r olwyn. Agorodd ffenest er mwyn clywed cyfarwyddyd ei frawd, tra cyrcydiodd Sean a Paul ar y rhiniog; y brawd mawr yn gandryll nad oedd ganddo wn, ond ei ddwrn wedi'i lapio â dur. Ceisiodd Sean ei lonyddu, gan ddefnyddio dim byd ond ei lygaid a'i alluoedd seicig anfodol. Methodd. Roedd llygad Paul yn pefrio, a'i ddannedd yn crensian o dan bwysau'r dicter a deimlai. Safai Rob gerllaw, wrth y ffenest orllewinol, yn gwylio'r Polo llwyd yn agosáu. Unwaith eto, yn unol â darogan Jac Dannedd, nid oedd y car yn symud yn gyflym. Ling-di-long ar hyd lonydd cefn Cymru. Dim byd i'w weld fan hyn. Onest, guv. Arhosodd Rob tan fod y Polo rhyw hanner can llath o'r adfail, cyn cyfarwyddo Ceri i danio'r injan a gyrru allan i'r ffordd er mwyn atal llwybr y cyffur-gar. Diolch i'w symlrwydd, gweithiodd y cynllun yn berffaith. Daeth y Polo i stop hanner llath yn unig o ochr y Rover a chododd Ceri'r gwn trwy'r ffenest agored a'i bwyntio'n syth at winsgrin y VW; ac at yr wyneb syn ar ochr arall y gwydr. Yn reddfol, haliodd y gyrrwr y gêrs, gan fwriadu gyrru am nôl er mwyn dianc, ond pan gododd ei ben, gwelodd dri dyn yn gwisgo balaclafas yn y drych-ôl, ac roedd dau ohonynt yn pwyntio gynnau i'w gyfeiriad.

Aeth Paul yn syth at ddrws y Polo, ei agor a llusgo'r

gyrrwr allan, cyn ei daflu ar lawr. Plygodd yn agos ato, gan weiddi a sgrechian, er nad oedd y geiriau'n gwneud llawer o synnwyr. Yn y gwyll cynyddol, gyda'r niwl fel mantell dros y tir, ymgreiniodd y gyrrwr o flaen grym digamsyniol y gwallgofddyn cycyllog. Er bod y gyrrwr yn gweithio i'r Bandidos, y gang beics modur, nid oedd ei bryd a'i wedd yn awgrymu unrhyw gysylltiad, a chododd y panig ym mogel Rob yn syth. Nid oedd ganddo wallt hir, ac nid oedd yn gwisgo dillad lledr neu ddenim, na barf neu fwstás anniben. Ac nid roc trwm oedd i'w glywed yn dod o'r stereo chwaith. Yn hytrach, llais trwynol Bob Dylan. Roedd y gyrrwr yn ei chwedegau, heb os, gyda gwallt llwyd wedi'i dorri'n gwta a thaclus. Gwisgai bâr o jîns glas tywyll, siwmper gwddf-V goch a choler siec oddi tani. Ai ffarmwr lleol oedd wedi'i faglu fan hyn? A oedden nhw newydd wneud camgymeriad arall a fyddai'n gwneud dim i helpu eu hachos gyda Pete Gibson?

"Agor y bŵt," mynnodd Rob, gan bwyntio'i wn at ben y gyrrwr, oedd yn dal ei ddwylo o'i flaen mewn ystum o ymgrymiad.

Dragiodd Paul y gyrrwr at gefn y car a gwyliodd y gang e'n datgloi'r gist. Roedd y ffaith *nad* oedd e'n protestio – yn wir, roedd e'n hollol ddigyffro – yn awgrymu i Rob nad oeddent wedi gwneud camgymeriad ond, pan bopiodd y bŵt, suddodd ei galon at fodiau ei draed, gan nad oedd unrhyw beth yno, ar wahân i siesbin a phâr o welis.

"Fuck!" bloeddiodd Paul, gan godi ei ddwrn a bygwth bwrw'r gyrrwr.

"Paid!" gorchmynnodd Rob, gan wneud i Paul oedi. Pwysodd Rob i gist y car, gan chwilio'n ofer am y cynnyrch. "Shit!" ebychodd. Yna, trodd ei ben at y lleill, ar yr union eiliad y glaswenodd y gyrrwr o gornel ei geg a gwyddai Rob mai hwn oedd y targed. Ond roedd un problem: doedd dim sôn am y cyffuriau.

"Rhaid bod nhw gyda'r olwyn sbâr," datganodd Sean gan gamu at gefn y car.

Camodd Rob o'r ffordd a gadael i Sean fynd amdani. Plygodd o'i ganol a rhedeg ei ddwylo o amgylch ffin y gist, lle'r oedd ochrau'r car a'r sedd gefn yn cwrdd â llawr y bŵt, cyn dod o hyd i'r hyn roedd e'n chwilio amdano. Ar ôl hynny, peth hawdd iawn oedd codi'r llawr a datgelu'r gwir. Tynnodd y gorchudd a chamu'n ôl i bawb gael gweld y gogoniant. Yn gorwedd yn fflat, ar ben ac o amgylch yr olwyn sbâr, roedd deg pecyn cilo o heroin, yn unol â honiad Jac; a hefyd deg bwndel o arian parod, wedi'u pacio'n dynn, nad oedd Jac na neb arall wedi'u crybwyll.

"Bingo!" medd Paul, a gwelodd Rob y Gillards yn rhannu rhyw edrychiad bach cynnil tu ôl i'w cefnau.

"Parcia'r car," medd Rob wrth Ceri. "'Na i symud hwn," ychwanegodd, gan nodio at y Polo. Trodd at Sean a Paul. "Cerwch chi â hwn i'r tŷ. Chi'n gwbod beth i'w wneud."

Gwthiodd Paul y gyrrwr i'r adfail tra aeth Sean i estyn y rhaff a'r tâp o gist y Rover. Roedd y cynllun yn syml nawr. Clymu'r gyrrwr. Llosgi'r car. Gyrru'n ôl i Gibson's Garden Village yn y Polo er mwyn sychu'r llechen a hawlio'u rhyddid.

Bagiodd Ceri'r car yn ôl i'r union fan lle y parciodd yn gynharach, tra gwnaeth Rob yr un peth gyda'r Polo, ond ar ochr arall yr adeilad. Roedd y nos wedi cau go iawn nawr, a'r glaw wedi pylu hefyd. Diffoddodd Rob yr injan a gadael i'w ysgwyddau lipáu. Teimlodd ryddhad pur mwya sydyn, ond ni pharodd yn hir, diolch i'r udo poenus oedd yn dod o grombil yr adfail. Neidiodd Rob o'r car a mynd ar drywydd yr oernadu, gan ddod o hyd i Paul ar ei liniau yn y baw, yn dyrnu wyneb y gyrrwr tan nad oedd trwyn ar ôl ganddo; y gwaed yn tasgu o'r tsiaen a'r corff yn gwingo ar lawr, fel pysgodyn ar ddec cwch pleser. Safai Sean gerllaw, y gwn yn ei law, ond yn gwneud dim byd i stopio'i frawd a, heb feddwl, rhedodd Rob i gyfeiriad Paul, gan gadlefen wrth fynd, fel milwr o'r oesoedd canol. Ei fwriad oedd atal y clatsio a glynu at gyfarwyddyd Jac Dannedd i'r gair, ond yn ystod yr holl gyffro, roedd Rob wedi anghofio am gefn erydog yr adfail, felly'r unig beth oedd angen i Paul ei wneud oedd ei wyro rhyw fymryn oddi ar ei lwybr, gan ddefnyddio'i gryfder digamsyniol, a gadael i ddisgyrchiant wneud y gweddill. Diflannodd Rob i'r fagddu, ei gadlef yn troi'n gri ddiasbedain wrth iddo gwympo dros ochr y dibyn a thrwy frigau'r coed i waelod y cwm.

Camodd Ceri trwy'r drws mewn pryd i weld ei frawd yn diflannu i'r düwch. Clywodd e'n cwympo. Y brigau'n clecian. Ei lais yn tawelu. Heb feddwl, cododd ei wn a'i bwyntio at Paul, oedd yn dal ar ei liniau yng nghanol y llawr.

"Sdim 'da ti'r bôls," gwenodd Paul arno, cyn dechrau dyrnu'r gyrrwr drachefn.

Ond ni chafodd Ceri gyfle i wrthbrofi Paul, gan i Sean godi'i wn a'i saethu, heb rybudd, heb drugaredd; agosrwydd a grym y ffrwydrad yn ei chwythu dros ochr y dibyn. Sgrechiodd Ceri mewn poen digyffelyb, wrth gwympo trwy'r coed a dod i stop ar waelod y dyffryn, gan ymuno â'i frawd mewn pydew diderfyn o boen a thywyllwch.

24: Cnawd-glwyf

Agorodd Rob ei lygaid yn araf a gadael iddynt ymgyfarwyddo â'r tywyllwch oedd yn drwch o'i gwmpas. Diolch i'r fyddin, roedd e wedi dysgu *peidio* panicio mewn sefyllfaoedd o'r fath. Felly, cyn gwneud dim, cynhaliodd asesiad clou o'i sefyllfa. Gorweddai ar ei gefn yn syllu tua'r sêr, neu'r cymylau, er na allai eu gweld oherwydd y nenlen o ddail oedd rhyngddynt. Roedd ei warfag wedi gwneud gwyrthiau. Clustogodd ei gwymp ac achub ei fywyd, ar y cyd â'r carped trwchus o fwsogl dan draed a'r canopi deiliog a arafodd ei ddisgyniad, ar ôl cael ei wthio o'r adfail gan Paul. Chwaraeodd yr olygfa mewn slo-mo yn ei ben. Yr oernad gychwynnol. Yna Paul yn chwalu wyneb y gyrrwr â tsiaen beic. Y gwaed yn tasgu. Unig lygad yr ymosodwr yn pefrio yn y prudd-der. Mwynhad. Nid anghenraid. Sŵn y dwrn dur yn malu'r penglog. Yn torri esgyrn. Yn malu madrudd. Diffodd golau. Dylai Rob fod wedi ei saethu. Dylai fod wedi rhoi stop ar y rheibio ciaidd. Ni fyddai'n gwneud yr un camgymeriad eto. Dychlamodd pen y milwr a chododd law at ei arlais. Roedd pob modfedd o'i gorff yn gwynegu. Ond roedd e'n fyw, ac roedd yn falch o hynny. Fflachiodd wynebau Jen a Sam yn llygad ei feddwl. Wiglodd fodiau ei draed a phob un o'i fysedd. Clywodd nant gyfagos yn llifo lawr y cwm. Brefu yn y pellter. Crawcian ar y gwynt. Yna, cofiodd y glec aflafar, eiliadau yn unig cyn iddo golli ymwybyddiaeth ar lawr y cwm.

Ceri!

Cododd yn araf gan regi. Pwysodd ar foncyff mwsoglyd a gwirio nad oedd yn gwaedu. Cwpwl o grafiadau, ond dim byd difrifol, er y byddai'r atchwipio'n siŵr o dreiddio i bob rhan o'i gorff, o'i gnawd, yfory. Ond am nawr, roedd e wedi fferru. Clywodd ffrwydrad ar y tir uchel, tu hwnt i'r dail, a goleuwyd y ceunant am eiliad neu ddwy. Yna, injan yn refio a sŵn car yn gyrru i ffwrdd. Addasodd ei lygaid unwaith eto. Roedd y golau o fflamau'r car i'w gweld yn dawnsio trwy fysedd y coed, gan dreiddio'n wanllyd hyd at waelod yr hafn lle y safai. Manteisiodd Rob ar y llewyrch i chwilio am ei frawd. Sganiodd y tir dwmp-damp gan weld cnyciau a thympau yn taflu cysgodion i bob cyfeiriad. Ond doedd dim sôn am Ceri yn unman. Camodd at droed y clogwyn ac edrych fyny at gefn yr adfail, oedd yn hongian dros ochr y dibyn. Roedd clecian y goelcerth ddur i'w glywed yn glir, a'r golau oren-goch yn dychlamu yn y dyffryn. Trodd Rob a sganio'r tir unwaith eto. Ni allai *weld* Ceri o gwbl, ond gwelodd wn ar lawr ac aeth i'w godi. Rhoddodd y gwn yn ei warfag a gwrando. Clywodd riddfan truenus gerllaw. Caeodd ei lygaid a gadael i'w glustiau ei dywys a daeth o hyd i'w frawd mawr gyda'i gefn at fôn derwen hynafol; yn dal ochr ei fol, ei ddwylo'n drwch o waed. Rhedodd Rob ato. Cyrcydodd wrth ei ochr.

"Fi'n marw," mwmialodd Ceri, gan ddriblan dros ei ên. "Ffycin Sean!" poerodd. "Nath ffycin Sean ffycin saethu fi. Fi'n ffycin marw, Rob!"

"Ble ma'r bwled?" gofynnodd Rob.

"Myn hyn!" ebychodd Ceri, gan godi ei ddwylo gwaedlyd o'i fogel. "Ble ti'n blydi meddwl?"

"Gad fi weld," medd Rob yn fusnes i gyd, gan estyn y fflachlamp o'r bag.

Gwthiodd yr haenau dillad o'r ffordd er mwyn gweld pa mor wael oedd y difrod. Griddfanodd ei frawd mewn ymateb i bob cyffyrddiad; ei gnawd yn amrwd ac yn rhubanog o amgylch y clwyf. Yn ofalus, byseddodd Rob y bloneg er mwyn gweld yn well. Gwelodd ddau dwll. Un rhyw chwe modfedd i'r dde o fotwm bol ei frawd, ble aeth y fwled mewn i ochr cylla Ceri, ac un arall rownd y bac, lle ymadawodd. Nid oedd y fwled wedi mynd yn agos at ei asgwrn cefn nac at unrhyw un o'i brif organau. O ganlyniad, ac o brofiad, gwyddai Rob nad oedd ei frawd ar fin marw. Roedd e wedi gweld llawer o filwyr yn goroesi lot gwaeth dros y blynyddoedd a byddai pethau wedi bod yn llawer mwy difrifol tasai'r fwled yn dal i fod wedi'i chladdu yn ei gnawd, wrth gwrs. Er hynny, roedd amser yn y fantol ac roedd angen glanhau'r clwyf a'i bwytho, a hynny cyn gynted â phosib, cyn iddo gael ei heintio.

"Fi'n marw," medd Ceri.

"Na ti ddim," atebodd Rob, cyn gwatwar y Marchog Du. "Tis but a scratch."

Gwenodd Ceri wrth glywed y dyfyniad, cyn ymuno yn y nonsens. "It's only a flesh wound."

"Ti'n blincin lwcus, cofia."

"Sa i'n teimlo'n lwcus."

"Na. Wel. Aeth y bwled yn syth trwyddo, so, dim ond golchad dda a cwpwl o stitches fydd angen arnot ti..."

"Be, fel Rambo'n hongian off y graig 'na?"

"Dim cweit," gwenodd Rob ar ei frawd mawr. "Galla i olchi fe nawr, ond bydd angen help arnon ni gyda'r pwythau."

Penliniodd Rob ar y garthen fwsoglyd, cyn tynnu ei warfag oddi ar ei gefn ac estyn y botel ddŵr a'r pac cymorth cyntaf. Gyda'r dortsh yn ei geg, defnyddiodd y dŵr i olchi'r briw, cyn taenu ïodin dros y cyfan. Sgrechiodd Ceri wrth i'r diheintydd gyffwrdd â'i gig. Defnyddiodd Rob glwtyn glân i sychu ymylon y clwyfau'n ofalus, cyn rhwbio Savlon dros y tyllau a'u gorchuddio gyda plaster.

"Reit," medd Rob ar ôl gorffen. "Ti 'di cael dolur yn rhywle arall?"

"Sa i'n siŵr," atebodd Ceri. "Ond sa i'n gallu teimlo fy nhroed."

Trodd Rob gan weld ar unwaith bod pigwrn chwith Ceri'n debycach i falŵn na chymal. "Shit!" ebychodd.

"Beth?" Eisteddodd Ceri lan i weld.

"Ti 'di ffwcio dy bigwrn, 'na gyd."

"So fi'n styc 'ma am byth, ydw i?" ffwndrodd Ceri, gan lafoerio dros bob man.

"Dim am byth, ond ti'n styc 'ma am nawr. Fi'n mynd i adael ti fan hyn am sbel..."

"Pam? Ble ti'n mynd?"

"I ffeindio ffordd mas o 'ma i ni."

"Paid gadael fi, Rob," erfyniodd Ceri, er bod gwên fach yn goglais ei geg. "Fi'n ffycin marw fan hyn!"

Cyn mynd, tynnodd Rob ei gôt a'i gosod fel blanced dros ei frawd, a'i adael lle'r oedd e, yn gorwedd â'i gefn at y goeden, a defnyddio'r fflachlamp bwerus – Mini Maglite, cydran bwysig o offer safonol y fyddin – i ddod o hyd i ddihangfa y gallai'r ddau ohonynt droedio, yn ôl i'r tir uchel. At wareiddiad. At iachawdwriaeth. Trodd i wynebu'r clogwyn. Ystyriodd ei opsiynau. Aeth i'r chwith yn gyntaf, a cherdded dros y twmpathau sbyngaidd dan draed ond doedd dim modd dianc y ffordd hon, felly trodd a dilyn yr un llwybr yn ôl at y man cychwyn. Pasiodd o fewn pum llath i Ceri, ond roedd ei frawd yn pendwmpian, felly ni welodd e'n mynd heibio. Cerddodd am bum munud cyfan cyn digalonni a phenderfynu dychwelyd at ei frawd er mwyn ailfeddwl pethe. Roedd aroglau'r tân yn gyfoglyd, ond y fflamau wedi pylu bellach. Hanner can llath o orffwysle ei frawd, gwelodd fwlch bach yn y tyfiant trwchus. Diolch i onglau'r cysgodion a daflai golau'r dorch, a'r drysni cyffredinol, ni oleuwyd y llwybr pan gerddodd heibio i'r cyfeiriad arall, ond doedd dim amheuaeth bod grisiau naturiol i'w gweld yn codi o'r ceunant. Brasgamodd Rob i fyny'r llwybr serth a chyrraedd y brig mewn dwy funud. Safodd yna, mas o bwff, yn edrych i gyfeiriad yr adfail, oedd fel silwét bellach, ar gefnlen o fflamau lliwgar. Unwaith eto, yn seiliedig ar brofiad ac er gwaethaf syrthni'r stepiau, gwyddai Rob y gallai Ceri ei gwneud hi.

"Ble ti 'di bod?" cwynodd Ceri pan ddychwelodd ei frawd at ei ochr. "O't ti ages."

"Fi 'di ffindo ffordd mas i ni," esboniodd. "Ond ma fe bach yn serth, so bydd rhaid i ti ddefnyddio hwn." Yn ei law, daliodd bastwn cadarn i Ceri ei ddefnyddio fel ffon fagl. "Ti'n barod?"

Gyda pheth ymdrech, helpodd Rob ei frawd i godi ar ei draed. Ar ei *droed*. Cwynodd. Diawlodd. Rhegodd. Torchodd Rob falaclafa dros ben ucha'r pastwn, i weithredu fel clustog o dan ei gesail. Gyda lwc, roedd y wialen yn berffaith a Ceri'n weddol ystwyth, er gwaethaf ei anabledd a'i anaf difrifol.

"Fi'n oer," cwynodd, wrth i Rob ei dywys, ei lusgo a'i gario i fyny'r grisiau serth; pob symudiad yn arteithiol i Ceri, a chydbwysedd casgliadol y brodyr yn cael ei herio gyda phob cam. "Fi'n chwysu," datganodd, ar ôl cyrraedd y brig a phwyso ar hen wal.

"Ti 'di colli lot o waed, Ceri. So aros fan hyn i fi gael mynd i hôl help."

"Paid gadael fi!" plediodd.

"Sdim dewis 'da ni. *Rhaid* i ti weld doctor. Cyn bo hir 'fyd."

"Sa i'n meddwl bod y syrjeri ar agor amser 'ma o'r dydd."

Gorweddodd Ceri ar lawr, gyda'i gefn at y wal. Roedd y tir yn wlyb, ond doedd dim byd allai Rob wneud am hynny. Taenodd ei gôt dros gorff ei frawd a rhoi'r botel ddŵr iddo. Mynnodd ei fod yn gwisgo menig hefyd.

"Lle ma dy wn?" gofynnodd Rob, gan obeithio na fyddai'n rhaid iddo fynd yn ôl lawr i'r dyffryn ar ei drywydd.

Cododd Ceri'r Glock o boced ei gôt.

"Gwd. Os daw Sean a Paul nôl am unrhyw reswm, a sa i'n meddwl newn nhw, cofia, ond *os* dewn nhw nôl, ffycin saetha nhw. Paid dweud dim. Paid oedi. Jyst gwna. OK?"

"Sori," medd Ceri, gan wthio'i dafod o'i geg er mwyn blasu'r glaw mân.

"Paid bod yn soft," atebodd Rob, cyn loncian draw at yr adfail.

Aeth Rob mewn trwy fwlch y drws, ar drywydd y gyrrwr, yn y gobaith ei fod dal ar dir y byw. Byddai ffwc o lanast arno, heb os, ond roedd Rob wedi gweld cyd-filwyr yn adfer o sefyllfaoedd gwaeth. Colli coesau i ffrwydron tir, er enghraifft. Neu losgiadau echrydus o eithafol, fel y Simon Weston 'na. Roedd yr adfail yn wag, ond llenwyd ffroenau Rob ag aroglau cyfarwydd; aroglau nad oedd byth i'w groesawu, ond aroglau yr oedd Rob wedi'i wynto lawer gormod o weithiau yn ystod ei fywyd. Cnawd dynol yn llosgi. Croen a blew ar dân, sawr bacwn ar y gwynt, er na fyddai neb eisiau blasu hwn. Rhedodd Rob allan o'r adfail at y car, at y goelcerth drengedig, gan weld corff y gyrrwr yn eistedd yn sedd y teithiwr, ar ei siwrne olaf a hynny at yr angylion. Angylion Uffern, mwya tebyg. Dawnsiodd y fflamau'n isel o'i gwmpas, gan doddi ei groen a gwneud i'w wyneb edrych fel hen gannwyll. Trodd Rob ei gefn ar yr olygfa. Gwag-gyfogodd. Tynnodd goler ei jwmper dros ei drwyn ac estyn cwmpawd o'r bag er mwyn gwirio i ba gyfeiriad oedd y de, cyn rhedeg i bentref Glyncorrwg, mor gyflym ag y gallai. Er gwaethaf pellenigrwydd yr adfail a'r annhebygrwydd y byddai unrhyw un yn pasio heno, roedd y cloc yn tician i Ceri ac enbydrwydd y sefyllfa'n gwthio Rob bob cam o'r daith. Anwybyddodd gwynion ei gorff. Roedd ei ben-glin ar dân a bôn ei gefn wedi'i gleisio'n ddwfn yn dilyn ei gwymp, ond ymlaen â fe, ei nod yn gwbl bendant yn ei ben: ffonio Jac, achub Ceri. Dilynodd y trac caregog am dair milltir droellog, heriol, y fflachlamp yn arwain y ffordd, gan nad oedd lleuad yn yr awyr heno. Ymgodai coed bythwyrdd ar ddwy ochr y trac ac ni welodd olau yn un man. Dim ffermdy ar ochr y dyffryn. Dim car yn diflannu yn y pellter, nac yn agosáu. O'r diwedd, trodd y cerrig mân yn goncrid caled a gwelodd glwstwr o oleuadau ar y gorwel. Ei gyrchfan.

Diolch i'r awr ac i'r elfennau, roedd strydoedd y dref fach bengaeedig yn dawel heno a daeth Rob o hyd i flwch ffôn oedd yn arogli fel pot piso ar y sgwâr, dafliad carreg o dafarn y Neuadd.

Yn ffodus, roedd rhif ffôn Jac Dannedd wedi'i ysgythru ar ei gof. Yn anffodus, ac er gwaethaf ei baratoadau trylwyr, nid oedd ceiniog ganddo. Cododd y ffôn a gwasgu 1-0-0 ar y panel er mwyn siarad gyda'r teleffonydd. Gwnaeth gais i wrthdroi'r taliad cyn rhannu rhif Jac gyda hi.

Cytunodd Jac i dderbyn yr alwad ar unwaith pan glywodd enw'r sawl oedd yn galw. "Popeth yn iawn?" gofynnodd yn betrus.

"Nagyw," atebodd Rob, ei galon yn gwibio bellach.

"Be sy 'di digwydd?"

Ar ras, rhannodd Rob yr hanes gyda Jac. Y llwyddiant cychwynnol, a'r hunllef a ddilynodd.

"Rho hanner awr i fi," medd Jac, cyn dod â'r alwad i ben heb air pellach.

Dychwelodd Rob at ei frawd a dod o hyd iddo'n canu. 'Nessun Dorma' oedd yr alaw, er nad oedd yn gwybod y geiriau. Eisteddodd wrth ei ochr a gwenodd Ceri arno. Roedd ei lygaid yn rholio a'i groen yn fflworoleuol yn y tywyllwch. Crynodd ei gorff cyfan.

"Ma Jac ar y ffordd," esboniodd Rob.

"Ma fe'n mynd i'n lladd ni," medd Ceri.

"Nagyw! Fi 'di esbonio beth ddigwyddodd wrtho fe. Ma fe'n dod i achub dy blydi fywyd di, Cer, 'na beth ma fe'n neud."

Edrychodd Rob i gyfeiriad yr adfail. Roedd y tân wedi pylu a'r fflamau'n isel nawr. Lledorweddodd wrth ochr ei frawd a'i gofleidio'n dynn, mewn ymdrech i atal y cryndod. Roedd wedi ymlâdd; yr adrenalin wedi ei wagio a'r daith i Lyncorrwg ac yn ôl wedi ei drechu. Bu bron iddo gwympo i gysgu, ond ni chafodd gyfle, oherwydd daeth Jac i'r adwy, yn union fel yr addawodd.

*

Deliodd Jac â chorff y gyrrwr trwy wthio'r car fflamedig dros y dibyn, yn y gobaith na fyddai neb yn ei ganfod am sbel. Doedd hynny ddim yn rhy debygol, ond roedd pethau rhyfeddach wedi digwydd. Defnyddiodd ei gar ei hun fel dyrnhwrdd pedair olwyn, cyn helpu Rob i roi Ceri i orwedd yn y sedd gefn. Yna, gyda Rob yn ailadrodd yr hanes, y tro hwn mewn mwy o fanylder, gyrrodd y claf at feddyg taw ym Maesteg, gan adael Ceri yno dros nos. Addawodd sefyll cornel y brodyr pan fyddai'n adrodd yn ôl i Pete Gibson yn y bore ac awgrymodd Rob y gallai wneud un job olaf ar eu rhan. Hela'r Gillards. Adfer yr ysbail. Cytunodd Jac.

★

Gyda'r amser yn tynnu am ddau y bore, taflodd Rob gerrig mân at ffenest ystafell wely Jen, gan nad oedd eisiau cnocio'r drws a dihuno Sam, er nad oedd ei fab yno heno, yn ddiarwybod iddo. Taniwyd y lamp fach ar fwrdd y gwely ac ymddangosodd Jen yn y ffenest. Chwifiodd Rob arni, er nad oedd yn ffyddiog y byddai'n agor y drws. Trodd Jen ei chefn ac, er mawr ryddhad i Rob, ymddangosodd yn y drws hanner munud yn ddiweddarach. Cymrodd un pip arno, a chwympodd ei gên i gyfeiriad y llawr. Roedd Rob yn gytiau ac yn gleisiau i gyd ac wedi'i orchuddio â gwaed. Gwaed Ceri, yn bennaf, wrth gwrs, ond nid oedd Jen yn gwybod hynny. Tynnodd hi e i'r tŷ a'i gofleidio'n dynn, gan fynnu ei fod yn rhannu'r holl hanes gyda hi. Ac, wrth i Jen ferwi'r tecell a mynd ati i lanhau briwiau Rob, adroddodd y stori, heb neilltuo'r un manylyn. Wrth i'r geiriau lifo o'i geg, dechreuodd deimlo'r dolur oedd wedi treiddio mor ddwfn i'w gorff. Tu hwnt i'r cytiau a'r crafiadau arwynebol, roedd y cleisiau wedi cloddio i fêr ei esgyrn, tra'r oedd y llachiau corfforol yn gwneud i bopeth wynegu. Roedd yr adrenalin wedi pylu bellach a'r boen yn cripian i bob croendwll. Ar ôl holl arswyd yr oriau diwethaf, cafodd Rob ei feddiannu gan deimlad o ryddhad pur wrth rannu'r hanes gyda Jen. Fflachiodd delweddau byw yn ei ben. Ceri'n gwaedu ar lawr y cwm. Y gyrrwr di-groen yn llosgi yn y car. A Sean a Paul Gillard a'u twyllo ynfyd. Ni allai waredu eu twpdra na'r delweddau o Paul yn pwnio wyneb y gyrrwr o'i ben. Heb os, byddai'r brodyr yn talu am eu brad. Ni allai Jen gredu ei chlustiau, a phan ddaeth Rob â'r hanes i ben, gyda Ceri'n cael gofal gan feddyg doji oedd ar gyflogres Pete Gibson, gofynnodd:

"Ond dyna ni, reit. Dyma ddiwedd ar yr holl shit 'ma?"

Trodd Rob ei ben a syllu ar ddrws y ffrij. Gwelodd lun diweddar roedd Sam wedi ei wneud yn yr ysgol. Tri ffigwr lliwgar. Mam. Dad. Sam. Dihangodd deigryn unig o'i lygad. Trodd ac edrych ar geidwad ei galon.

"Dim cweit," sibrydodd.

25: Atchwipiad

Cododd Rob ar doriad gwawr a sleifio o wely Jen fel cadno'n gadael cwt ieir; pob tendon a chyhyr yn ei gorff yn gwynegu, a phob cwt, pob craith, pob clais ar dân yn dilyn anhrefn y diwrnod cynt. Meddyliodd am ei frawd. Sut oedd e'r bore hwnnw? Bregus. Simsan. Dolurus. Ond ni allai fyfyrio'n ormodol ar hynny. Dim nawr. Byddai digon o amser i wneud hynny ar ôl iddo gyflawni'r dasg olaf a dod â'r bennod dywyll hon i ben. Roedd Ceri mewn dwylo da, wedi'r cyfan. Wel, yr unig ddwylo fyddai'n ei drin heb ofyn cwestiynau. Yn araf ac yn llafurus, yng ngolau gwan y gegin fach, gwisgodd Rob ddillad y diwrnod cynt. Arogleuodd fwswgl, mawn a mwg wedi'u plethu â'r deunydd du. Chwys egr. Gwaed. Er gwaethaf y boen a'r artaith byw, gwthiodd, gorfododd ei gorff i weithredu. Tynnodd y trowsus dros ei draed a'r sanau hefyd; yna'r crys a'r jwmper dros ei ben. Mygodd sgrech wrth i'w gorff cyfan danio. Meddiannwyd ef â phoen pur. Anadlodd yn ddwfn i reoli'r wefr, gan bwyso ar gefn cadair. Ticiai'r cloc yn y cyntedd. Trodd du y nos yn llwyd y bore bach, tu hwnt i'r ffenestri. Disgynnai'r glaw mân tragwyddol dros y Wern, gan wneud i lechi'r toeon ddisgleirio yn y tawch. Cyn gadael trwy'r drws cefn, gwnaeth yn siŵr bod y Glock yn ei warfag, gan wybod y byddai'n gorfod ei ddefnyddio cyn diwedd y dydd. Gwisgodd ei gôt law; ei phenelinoedd yn drwch o laid, ac allan â fe ar y perwyl olaf.

*

Roedd Jen ar ei thraed cyn gynted ag y clywodd glic y drws cefn yn cau. Gwisgodd mor gyflym ag y gallai. Pisodd yn gynt na hynny hyd yn oed. Ni olchodd ei hwyneb na'i cheseiliau heddiw. Ni wisgodd golur. Ni fwytodd frecwast. Ni smociodd ffag. Roedd pethau llawer pwysicach gyda hi i'w gwneud. Fel sicrhau nad oedd tad ei mab yn eu gadael nhw unwaith eto, a hynny'n barhaol y tro hwn. Gyda Sam yn aros dros nos yn nhŷ ei rhieni, a deuddydd cyn ei shifft nesaf yn y ffatri gig, doedd dim byd ar ei phlât heddiw. O'i guddfan, estynnodd y gwn a roddodd Rob iddi; y dur yn drwm yn ei dwylo. Teimlad anghofiedig, ond nid estron, diolch i'w thad a'i alwedigaeth anarferol. Cododd oriadau'r car o'r fowlen ger y drws ffrynt ac allan â hi i'r bore bach; y cyffro yn ei bol yn brwydro'n erbyn y pryder pur yn ei chalon. Ni ruthrodd. Ni yrrodd fel ffŵl. Gwyddai'n iawn ble'r oedd Rob am fynd gyntaf, felly hwyliodd ar ei ôl, gan gadw'i phellter; ei meddwl ar ras, ond ei ffocws yn absoliwt.

*

Ar ôl diosg dillad ddoe a gwisgo lifrai glân, du o'i gorun i'w sawdl, bwytodd Rob fowlen o uwd yng nghegin gefn y Pij ac ystyried a ddylai gymryd car Ceri, neu fenthyg un gan Jac. Cyn penderfynu, cododd y ffôn.

"Beth?" Roedd llais Jac Dannedd yn gryg ac yn diferu â diffyg amynedd, gan adlewyrchu cynharwch yr alwad.

"Sori am ffono amser 'ma o'r dydd," medd Rob, cyn mynd yn syth at y pwynt. "Ond fi ar fin gadael nawr, ac o'n i'n wyndro os oes car arall 'da chi alla i gymryd, neu ddylwn i fynd ag un Ceri?"

Daliodd Jac y derbynnydd o'r neilltu, gan besychu fel Fidel

Castro dros bob man. Cyn ailafael yn y sgwrs, clywodd Rob leitar yn tanio a Jac yn tynnu'n galed ar smôc gynta'r dydd.

"Bydd angen cwpwl o oriau arnon ni i sorto car, so, cer ag un dy frawd os ti ar frys i fynd."

"Roger that," atebodd Rob, gan sganio'r gegin am allweddu'r Fiesta a dod o hyd iddynt yn hongian ar fachyn ger y ffrij. "Chi 'di clywed wrth y doctor bore 'ma?"

"Newydd ddihuno ydw i."

"Ie. Sori am hynny," ymddiheurodd Rob. "Un peth arall," ychwanegodd.

"Ie?"

"Fi angen cyfeiriad Kelly." Gobeithiai Rob yn arw fod cariad Sean yn dal yn fyw. Fel arall, ni wyddai ble i gychwyn, a byddai ei dasg bron yn amhosib. Nodwydd a thas wair math o sefyllfa. Roedd e i fod i ddychwelyd i'r fyddin mewn tridiau, felly roedd y cloc yn tician a dyfodol ei deulu yn y fantol.

"Pam?"

"Ma 'da Sean fflat yng Nghaerdydd rhywle a fi'n dyfalu mai dyna ble ma'r brodyr yn cwato. Neu o leiaf dyna lle sydd rhaid i fi ddechrau chwilio amdanyn nhw. Sdim leads arall 'da ni, oes e, so fi angen gair gyda Kelly."

Rhannodd Jac y cyfeiriad â Rob, er nad oedd yn ffyddiog y byddai Kelly eisiau siarad gyda fe, hyd yn oed tasai hi'n gallu gwneud.

*

Roedd Kelly wedi colli popeth a bai Sean oedd y cyfan. Fel roedd hi wedi gwneud ers dyddiau bellach, eisteddai yn ei fflat yn crio; stwmp ei thafod yn teimlo mor estron yn ei cheg. Fel malwoden o blaned arall. Ni allai hyd yn oed smocio. Dim tan i'r graith gau, ta beth. Ac roedd hi'n gaspo am fwgyn. Yn blysio am flast o nicotin. Unrhyw beth i dynnu ei sylw o'r ffaith nad oedd ganddi dafod. Nad oedd hi'n gallu siarad. Ar wahân i'w thafod colledig, nid oeddynt wedi gadael marc. Daethai Blythe a Binsy i'w gweld, eisoes yn gwybod am ei rhan yn y cynllwyn. Ni allai ddeall sut i gychwyn, ond datgelwyd yn ystod y 'cyfweliad' mai'r blydi Cosworth oedd wedi canu clychau. Y car coch â'i esgyll echrydus, yn bloeddio ar y byd i 'edrych arna i'! Ac mewn ardal lom fel dociau Caerdydd, roedd y Cosworth fel coelcerth yn yr eira. Beth ddaeth drosti'n gadael i Sean ei darbwyllo i fradychu ei chyflogwr? Gallai feio'r rhyw gwyllt neu'r ecstasi. Yr addewidion gwag a'r breuddwydion ffôl. Ond yn y pen draw, roedd y rheswm dros gytuno yn un syml. Ariangarwch. Trachwant. Ffolineb. Roedd hi'n ysu i ddianc. Yn dyheu am fywyd gwell. Ac roedd Sean wedi manteisio ar hynny, gan addo'r byd iddi. Gobeithiai'n arw fod y twat wedi cael ei haeddiant. Ar ôl iddi gyfaddef ei rhan yn y cynllwyn, a rhannu enw Sean a Paul gyda Mr Blythe, o dan gryn bwysau a bygythiad, dihunodd yn ei fflat yn gegwag ddiwrnod yn ddiweddarach; ei thafod wedi'i dynnu'n llawfeddygol. Ni wyddai beth allai wneud gyda gweddill ei bywyd, nawr ei bod yn fud, ond pan welodd y llygaid glas y dorlan trwy dwll sbio drws ffrynt ei fflat, a phan glywodd y geiriau'n esbonio bod Sean a Paul yn dal ar dir y byw, agorodd y drws er mwyn anelu'r arf dynol ar y trywydd cywir. Os oedd hi wedi colli ei thafod, roedd y brodyr Gillard yn haeddu llawer gwaeth.

*

Gyda'i ben yn morio a'i galon yn rhacs, gyrrodd Rob o ardal Glan yr Afon, a fflat Kelly, ar draws canol y ddinas i waelod

City Road. Gyda'r amser yn tynnu am un ar ddeg, roedd y traffig yn drwm ac wedi tagu'n llwyr o flaen y castell. Ymlusgodd heibio i wal yr anifeiliaid gan bendroni ar ffawd cyn-gariad Sean. I gychwyn, roedd ei chosb yn ymddangos yn llym. Yn llym iawn. Ond, o ystyried ei rhan allweddol yn y cynllwyn, daeth Rob i'r casgliad ei bod yn lwcus ei bod hi'n dal yn fyw. Synnwyd Rob i gychwyn gan ei pharodrwydd i'w helpu, ond trwy gyfres o nodiadau ysgrifenedig, rhochiadau truenus ac ystumiau llaw, daeth i ddeall ei bod hi'n beio Sean am bopeth, ac felly rhannodd yr holl wybodaeth a oedd ganddi am leoliad y fflat. Gwaetha'r modd, nid oedd hi erioed wedi bod yno, ond rhannodd gwpwl o fanylion a fyddai'n siŵr o helpu. Yn gyntaf, roedd y fflat ar stryd gefn oddi ar City Road. Yn agos at Heol Casnewydd, yn hytrach na'r pen arall, ger Croesfan y Grocbren. Tu ôl i dafarn y Tut 'n Shive. Bach yn amwys, heb os, ond roedd yn ddechreuad. Yn ail, ac yn fwyaf arwyddocaol, roedd y fflat uwchben stiwdio tatŵ oedd yn chwarae cerddoriaeth aflafar trwy'r dydd a'r nos. Roc trwm. Metal. Y math yna o beth. Dyna'r rheswm bod Sean yn treulio cymaint o amser yn lle Kelly, gan nad oedd llonydd i'w gael yn y fflat. Yn ôl Kelly, byddai'n defnyddio'r llechfan fel ystordy ar gyfer ei gynnyrch, a dim lot mwy. Cuddfan, hynny yw. Ac ar glywed hynny, gwyddai Rob ei fod ar y trywydd cywir. Wrth yrru, ni allai ddileu Kelly o'i ben. Roedd hi mor brydferth. Mor dlws. Beth yn y byd oedd hi'n gwneud gyda Sean Gillard? A beth bynnag roedd hi wedi'i wneud, doedd neb yn haeddu ei ffawd. Roedd yr hyn a ddigwyddodd iddi hi'n ymddangos yn erwin i Rob, yn enwedig o gofio nad oedd Sean wedi cael unrhyw gosb. Eto.

Parciodd ar The Parade i gychwyn a cherdded i gyfeiriad y Tut 'n Shive ar hyd City Road; y strydoedd yn fwrlwm o fusnesau ac arogleuon estron, yn gwerthu cynnyrch o bob rhan o'r byd. Ymddangosodd yr haul trwy'r cymylau llwyd am gwpwl o funudau hyd yn oed, er na arhosodd yn hir. Ni feiddiodd Rob â gyrru ar hyd Heol Shakespeare, sef lleoliad tebygol y fflat, yn Fiesta ei frawd, gan fod y brodyr Gillard yn adnabod y car. Roedd e angen gweld y lleoliad â'i lygaid ei hun, cyn penderfynu sut i symud ymlaen. Gadawodd y gwn ym mlwch menig y car. Gobeithiai'n arw na fyddai'n difaru'r penderfyniad.

Wrth basio'r dafarn, edrychodd trwy'r ffenestri a gweld yr yfwyr go iawn, y selogion, yn magu peints cyntaf y dydd. Crynodd wrth eu gweld, gan wybod bod ei frawd yn troedio llwybr tebyg iddynt. Efallai byddai ei brofiad porth angau yn newid cwrs ei fywyd, er nad oedd hynny'n debygol iawn, wedi meddwl. Byddai Ceri'n crefu cwrw cyn gynted ag y byddai nôl tu ôl i far y Colomendy. Ac ni allai Rob ei feio chwaith.

Croesodd Rob y ffordd ac arafu. Clywodd y stiwdio tatŵ cyn ei gweld. Roc trwm yn utganu'n aflafar dros yr ardal. Pwysodd ar goeden a gwylio. Trwy ffenest flaen Metal Mayhem Tattoo, gallai weld corff blonegog yn lledorwedd mewn cadair, wrth i feiciwr barfog ei farcio. Yn llygad ei feddwl, fflachiodd delwedd o'r gyrrwr yn llosgi yn y car ar dopiau'r cwm. Ei groen yn toddi. Ei benglog yn foel. Aroglau cnawd ar yr aer. Roedd hynny'n teimlo fel amser maith yn ôl bellach, er mai neithiwr yn unig y digwyddodd y cyfan. Roedd hi fel petai amser wedi ystum-droi. Wedi dod i stop hyd yn oed. Cwynodd ei gorff wrth iddo gofio. Cwympodd drwy ganopi'r coed unwaith eto. Rhuglodd ei esgyrn y tu fewn iddo. Sadiodd ei hun. Roedd y diwedd yn dod.

Roedd drws y fflat i'r dde o ffasâd blaen y siop tatŵ, ac un ffenest lydan ar y llawr cyntaf yn rhychwantu'r eiddo. Roedd llenni'r fflat wedi'u cau, felly nid oedd modd gweld tu hwnt i'r gwydr. Ystyriodd Rob ei opsiynau, ond gwnaeth y glaw y penderfyniad iddo. Dechreuodd bistyllio, felly lonciodd yn ôl at y Fiesta a dod o hyd i fan parcio, rhyw gan llath o'r targed ar ochr draw'r stryd. Roedd e'n cymryd risg yn gwneud hyn, heb os, ond darbwyllodd ei hun y byddai'r Fiesta'n ymdoddi i'r blerdwf trefol yn llwyr, diolch i'w gyffredinedd diflas. Dim ond unwaith y gadawodd Rob y car yn ystod y dydd, a hynny i wagio'i fladren yn y Tut 'n Shive tua thri o'r gloch y prynhawn. Fel arall, gwyliodd y fflat fel eryr, y roc trwm o'r stiwdio tatŵ yn merwino'i glustiau i'r fath raddau nad oedd hyd yn oed yn clywed y curiadau di-baid ar ôl ychydig.

Dechreuodd dywyllu. Tawelodd y strydoedd. Taniodd y goleuadau yn ffenestri'r tai a'r busnesau cyfagos. Parhaodd y stiwdio tatŵ i chwydu ei chyfog clywedol dros bob man. Ni allai ddeall pam nad oedd unrhyw un yn cwyno am y sŵn. Ofn, oedd ei gasgliad. Crwydrodd meddyliau Rob o strydoedd Caerdydd yn ôl i Erddi Hwyan. Meddiannwyd ei galon â balchder wrth feddwl am Sam, cyn datchwyddo drachefn diolch i'r gwarth a deimlai o fod yn rhan o'r ffwlbri hwn. Meddyliodd am ei dad am y tro cyntaf ers wythnosau. Ers yr angladd efallai. Er gwaethaf ei gawlach, ei ddyled, ac er gwaethaf hanes cythryblus eu perthynas, ni allai Rob beidio â diolch iddo am ei dynnu'n ôl i dref ei febyd. At Ceri. At Jen. At Sam. Yn ei ddychymyg, lledaenodd y dyfodol o'i flaen, yn llawn chwerthin, cariad ac anturiaethau. Anghofiodd am y brodyr Gillard a'r rheswm roedd e'n eistedd fan hyn yn gwrando ar Napalm Death a Metallica ar lŵp. Gwenodd.

O nunlle, clywodd ddrws cefn y car yn agor. Gwelodd wyneb cyfarwydd yn y drych-ôl. Teimlodd ddur oer ar gefn ei wddf.

"Shwt yn y byd wyt ti dal yn fyw?" gofynnodd Sean, gan ysgwyd ei ben yn araf.

*

Eisteddai Rob ar hen soffa dreuliedig yn fflat truenus Sean Gillard. Dirgrynai'r llawr o dan ei draed; riffs y roc trwm yn treiddio drwy'r trawstiau ac yn ysgwyd sylfeini'r adeilad cyfan, fel daeargryn stereoffonig diddiwedd. Eisteddai Paul ar gadair gyfforddus gyferbyn, yn syllu ar y carcharor trwy ei unig lygad, tra stelciai Sean y tu ôl iddo, gan gamu'n fân, y Glock yn ei afael yn addo dim byd ond diweddglo trychinebus i'r stori hon.

Rhwng Rob a Paul, ar fwrdd coffi afiach yr olwg, safai pentyrrau o bowdr gwynfrown, blychau llwch llawn, potel fodca wag, Rizlas glas, tybaco a bloc mawr o ganja. Ar gownter y gegin, ar ochr arall yr ystafell cynllun agored, gallai Rob weld dau fag cyfarwydd; y ddau yn bolio. Gwyddai yn iawn beth oedd ynddynt.

"Sa i'n credu ti," crawciodd Paul, ei eiriau'n araf, fel petaent yn cael eu hadrodd o dan ddŵr. Dyfalai Rob ei fod wedi blasu cynnyrch brown y Bandidos. Er efallai mai'r fodca oedd ar fai.

"Gyd ma nhw moyn yw'r arian a'r heroin. Fel arall, chi'n rhydd i fynd. Dim fy ngeiriau i. Geiriau Pete Gibson." Roedd Rob yn rhaffu celwyddau yn y gobaith y byddai cyfle'n codi iddo ddianc rhag ei dranc anochel.

Cododd Sean y gwn a'i anelu i gyfeiriad Rob. Syllodd Rob i'w lygaid gwaetgoch, gwag. Ceisiodd ei orau i reoli ei ofnau. Er nad dyma'r tro cyntaf iddo wynebu baril gwn, dyma'r tro cyntaf iddo gredu efallai bod y diwedd ar ddod. Meddyliodd am Jen a'r addewid yr oedd ar fin ei dorri. Meddyliodd am Sam a'r dyfodol na fyddent yn ei rannu. Meddyliodd am Ceri a'r holl flynyddoedd coll.

"Bollocks!" poerodd Sean. "Ni'n goro mynd, Paul. Heno. Nawr. Yr eiliad hon."

Nodiodd Paul ei ben tarw; croen ei benglog fel lledr llyfn. "Ca'r cyrtens yn dynn," gorchmynnodd wrth ei frawd, cyn tynnu tsiaen beic o'i boced a'i lapio am ei ddwrn.

"Bois," plediodd Rob, gan weld y waliau'n cau. "Os chi'n rhedeg heno, byddwch chi'n rhedeg am byth. Meddyliwch am y peth."

Plygodd Paul at y bwrdd coffi a ffroeni lein swmpus o spîd. Cododd drachefn, ei lygad yn morio a llysnafedd yn hongian o'i drwyn. Rhochiodd deirgwaith. Taniodd ffag.

Camodd Sean tu ôl i'r soffa a mynd ati i gau'r llenni'n gyfan gwbl. Curai'r glaw ar y gwydr. Parhaodd y gerddoriaeth i ddrilio trwy'r llawr mewn cacoffoni o guriadau aflafar. Rhuodd llais y Diafol o'r dyfnderoedd. Edrychodd Rob o'i gwmpas am ddihangfa, am obaith. Ond ni welai ddim.

Am yr eildro mewn llai nag awr, teimlodd Rob ddur oer ar ei wddf.

"Be newn ni, 'te?" gofynnodd Sean wrth ei frawd, y gwn yn ei law yn gorwedd ar ysgwydd y carcharor.

Pendronodd Paul. Oedodd amser. Gwelodd Rob ei gyfle. Gafaelodd ym maril y gwn a'i bwyntio at y wal. Yn reddfol, tynnodd Sean y taniwr. Ffrwydrodd y glec yn ei glust a byddaru Rob, ond hedfanodd y fwled i gyfeiriad Paul, gan wneud i'r cawr ddawnsio. Cododd, rhegodd, chwipiodd y tsiaen, gan rwygo croen boch Rob yn rhacs. Yn dal ar ei eistedd, daliodd Rob yn dynn yn llaw Sean, oherwydd byddai gadael fynd yn rhoi cyfle iddo ei saethu. Gyda'i ddwy law yn gafael yn y taniwr, a Paul yn anelu ergydion milain i'w gyfeiriad, gyda'i holl nerth, taflodd Sean dros ei ysgwydd, pob cyhyr yn ei gorff yn cydweithio, ei feinwe ar dân, y fflamau'n ei feddiannu. Glaniodd Sean ar ei gefn, reit yng nghanol y bwrdd coffi, gan chwalu'r dodrefnyn a difetha pob peth oedd ar ei ben. Cododd y powdr yn gwmwl. Griddfanodd Sean mewn poen. Cododd ei law er mwyn pwyntio'r gwn a saethu Rob yn ei wyneb, ond roedd ei fysedd yn wag a'r Glock ym meddiant y milwr. Am hanner eiliad, daeth y byd i stop. Syllodd Sean ar Rob a syllodd Rob ar y gwn yn ei feddiant. Gorfoleddodd. Ond, cyn gallu gwneud dim byd arall, chwipiodd Paul y tsiaen a diarfogi Rob; y gwn yn tasgu o'i law ac yn tanio unwaith yn rhagor, cyn dod i orffwys ar y llawr, o dan y teledu.

"Fffffffuuuuuuuuucccckkkkkk!!!!!!" bloeddiodd Sean, gan ddal ei fol, y sgarlad yn llifo dros ei ddwylo i bob man.

Trodd llygaid Rob a gweld y gwir. Yn wahanol i Ceri, a gafodd ei dyllu drwy gyhyr yn hytrach nag un o'r prif organau, roedd y fwled ddistryw wedi turio i ganol perfedd Sean, bron yn syth trwy'r botwm bol, gan chwalu ei goluddyn a'i fladren ac angori yn ei asgwrn cefn. Rhaeadrai'r gwaed o'i gylla, gan gronni o dan ei din. Udodd mewn poen. Gwyddai fod ei fyd ar ben. Fflachiodd delwedd o Kelly a'i thafod colledig ym mhen Rob. Yna, atseiniodd un gair rhwng ei glustiau. *Haeddiant.*

Trodd Rob ei lygaid a dod o hyd i'r gwn. Dal ar lawr. O dan y teledu. Ceisiodd godi, ond ni allai symud. Roedd wedi drysu am hanner eiliad, cyn iddo deimlo dur rhydlyd y tsiaen yn palu i'w gnawd, gan gywasgu ei afal Adda a'i atal rhag anadlu. Wrth i'w frawd wingo ar lawr a hoelio sylw'r milwr, roedd Paul wedi symud tu ôl i'r soffa, lle'r oedd e'n awr yn tynnu'r tsiaen fel rhaff am wddf Rob Evans, yn union fel y gwnaeth i Finn Cox. Ceisiodd Rob wthio'i fysedd rhwng y dur danheddog a'i groen, ond roedd gafael Paul yn rhy gadarn. Ceisiodd Rob afael yn ei ben moel, ond roedd hynny tu hwnt iddo nawr, gyda'i holl egni'n diflannu, ynghyd â'i wynt. Cymylodd ei lygaid. Disgynnodd y niwl. Ceisiodd weiddi. *Help!* Ond ni allai yngan gair. Dirgrynodd y llawr o'r stiwdio tatŵ islaw. *In Roath, no one can hear you scream.* Llenwodd ei ben â delweddau byw. Jen. Sam. Ceri. Ben Marks. Beth oedd e'n neud mewn 'na? Jac Dannedd. Ei dad. Newidiodd ongl y llindag wrth i Paul godi ar ei draed i orffen y job. Roedd wyneb Rob yn goch-ddu a'i lygaid yn bosto o'i ben. Gweddïodd am wyrth er nad oedd erioed wedi credu mewn Duw. Caeodd y byd amdano. Llenni ei fodolaeth yn cwympo am y tro olaf un. Difaru popeth. Difaru dim. Trwy'r mwrllwch morbid, clywodd ddrws yn agor â chlep. Trwy'r niwl, gwelodd ffigwr lled-gyfarwydd ar drothwy'r arall fyd. Yna, clec aflafar. Tân llachar. Gwaed yn tasgu. Rhaff yn llacio. Y byd yn ailffocysu'n araf. Pesychodd. Poerodd. Gorweddodd. Anadlodd. Clywodd Paul yn udo y tu ôl iddo. Gwelodd Sean yn ddiymadferth ar lawr. Clywodd lais angel yn ei glust.

"Rob!"

Teimlodd gledr llaw ar ei foch.

"Rob!"

Dwylo'n ei ysgwyd nôl i dir y byw.

"Jen?"

Gwenodd ei hateb, gan nad oedd eiliad i sbario'n awr. Gadawodd Rob ar y soffa'n dod ato'i hun; ei wddf yn dynn ac yn dyner, ond ei bibell wynt yn dechrau agor unwaith eto. O'i gwarfag, estynnodd dâp a mynd ati i dawelu Paul. Fel ei frawd, roedd y byd bron ar ben iddo ef, ond roedd Paul yn dal i barablu, felly caeodd Jen ei geg a gadael iddo waedu ar lawr. Llifodd yr adrenalin trwyddi. Ni allai gredu'r hyn roedd hi newydd ei wneud. Roedd y fwled wedi agor ogof yn ei fron. Reit yn y canol, ble roedd cawell yr asennau'n cwrdd. *Ddim yn ffôl am siot gyntaf*, meddyliodd Jen. *Wel, ei siot gyntaf ers saethu wiwerod gyda'i thad yn ei harddegau, a doedd hynny ddim yr un peth o gwbl!* Ar ôl gorffen gyda Paul, trodd ei sylw at y bagiau ar gownter y gegin. Diolch i Rob, oedd wedi rhannu'r holl hanes gyda hi neithiwr, gwyddai'n iawn beth oedd ynddynt. Teimlodd y cynnwys trwy'r deunydd. Roedd y cyntaf yn llawn briciau mawr caled a'r ail yn llawn pentyrrau llai o arian parod. Agorodd yr ail a thynnu pedwar bwndel ohono. Diolch i Rob, gwyddai nad oedd Pete Gibson a'i gang yn gwybod faint oedd yno, felly ni fyddent yn gwybod faint roedd hi wedi sgimio. Yn wir, ni fyddent yn gwybod dim am ei rhan hi yn yr hanes. Rhoddodd yr arian yn ei gwarfag a chyrcydio o flaen Rob.

"Ti'n OK?" gofynnodd, wrth i'r lliw ddychwelyd i'w wyneb.

Anadlodd Rob yn ddwfn, gan nodio'i ben yn araf. Ni allai gredu ei lygaid.

"Diolch," meddai, ac estyn ei law i gyffwrdd â'i gwallt.

Gwenodd Jen ar geidwad ei chalon. "Fi'n mynd nawr," meddai. "Ffonia Jac. Sorta'r shit 'ma. A so ti 'di gweld fi, reit."

Tarodd ochr ei thrwyn gyda'i bys, ac i ffwrdd â hi, fel rhith.

Gyda'r fflat yn dal i siglo, cododd Rob ac yfed peint o ddŵr. Tawelodd griddfan y brodyr Gillard a safodd Rob yng nghwmni'r meirw, fel roedd e wedi gwneud gymaint o weithiau dros y blynydde. Cyn mynd, cipiodd fwndel o arian o'r ail fag. O leiaf ugain mil, dyfalodd. Hanner cant, efallai. Diffoddodd y golau ar y ffordd mas a chloi'r drws tu ôl iddo. Camodd heibio i'r stiwdio tatŵ. Roedd y roc trwm yn dal i grynu'r adeilad a'r rheini ar y tu fewn yn gwbl anymwybodol o'r lladdfa uwch eu pennau. Cyn gyrru am adref, ffoniodd Jac Dannedd o flwch ffôn tu fas i'r Tut 'n Shive.

*

Clywodd Kelly slot llythyrau drws ffrynt ei fflat yn clecian dros leisiau aflafar Ian a Cindy Beale ar y bocs. Cyflymodd ei chalon. Crynodd ei dwylo. Wrth reswm, roedd hi'n hollol para ar ôl pob dim. Arhosodd am gnoc, ond ni chlywodd un, felly cododd ar ei thraed a sleifio o'r lolfa'n betrusgar ar hyd y coridor byr. Yn y golau isel, gwelodd amlen ar y mat. Un drwchus. Camodd at y drws ac edrych trwy'r twll sbio. Roedd y stryd tu hwnt yn wag. Plygodd a chodi'r amlen cyn dychwelyd i'r soffa i'w hagor. Cyfrodd bob nodyn deirgwaith, gan gyrraedd yr un ffigwr bob tro. Deugain mil o bunnoedd, ar ei ben. Eisteddodd yno'n syllu ar y sgrin, er nad oedd yn gweld nac yn clywed y cymeriadau. Pedwar deg mil o bunnoedd. Wow! Dim digon i brynu tafod newydd, efallai, ond hen ddigon i dalu am wersi arwyddo. A mwy na digon i ddianc o'r fan hyn.

26: Camgymeriad Gwych

Chwe mis yn ddiweddarach, gyda'r gwanwyn yn ei anterth a Rhyfel y Balcanau yn dal i rymial, gadawodd Capten Rob Evans ei gatrawd am y tro olaf, gan ffarwelio yn y ffordd draddodiadol, sef meddwi'n rhacs yn y mès a chanu tan fod eu lleisiau fel corws o frogaod yn sefyll gyda'i gilydd. Rhoddodd Rob ei rybudd ar unwaith i'w uwch swyddogion, pan aeth yn ôl i Fosnia ar ôl ei ddychweliad buddugoliaethus, ond digwyddlawn, i Erddi Hwyan. O ganlyniad, roedd y daith adref hon yn dra gwahanol i'r un ddiwethaf. Yn hytrach na phryder, cywilydd a hunan-atgasedd, teimlai gyffro a chariad pur yn byrlymu ynddo. Roedd wedi siarad â'i frawd yn wythnosol yn ystod y cyfnod rhybudd, a Jen a Sam yn amlach na hynny hyd yn oed, felly gwyddai mai croeso cynnes fyddai'n ei ddisgwyl heddiw, yn hytrach nag ansicrwydd, dwrn i'w drwyn a sioc fwyaf ei fywyd. Byddai'n dechrau gweithio yn Ysgol Frwydro'r Troedfilwyr yn Aberhonddu ymhen wythnos, yn hyfforddi milwyr y dyfodol, felly roedd ganddo hoe fach haeddiannol ym mynwes ei deulu tan hynny. Roedd Jen wedi crybwyll y gallai hi a Sam symud yno i fyw ar y safle, gan fod Rob yn cael llety fel rhan o'r swydd, ond nid oedd unrhyw beth wedi'i benderfynu'n derfynol eto. Un cam ar y tro.

Dilynodd yr un llwybr yn union â'r tro diwethaf. Hofrennydd Chinook o Bijeljina i faes awyr Sarajevo, ac wedyn hen Hercules i faes awyr RAF Brize Norton yn Swydd Rhydychen. Unwaith eto, roedd yr awyren yn llawn milwyr mewn pob math o gyflyrau corfforol, gan gynnwys tri cwd celain. Ac unwaith eto, cymerodd Rob y cyfle i ddarllen. *London Fields* gan Martin Amis y tro hwn ac argymhelliad arall gan Ben Marks, oedd wedi caledu erbyn hyn, ac yn profi i fod yn filwr o'r radd flaenaf. Byddai Rob yn ei weld yn y Pij y tro nesaf y byddai Ben yn dod yn ôl i Erddi Hwyan.

Roedd Rob yn awyddus iawn i gyrraedd pen ei daith a chofleidio ei dylwyth yn dynn, ac yn ffodus, nid oedd angen iddo aros dros nos yn Brize Norton y tro hwn. Ni newidiodd o'i lifrai ychwaith, gan fod Jen wrth ei bodd pan fyddai'n eu gwisgo. Daliodd drên ben bore i Gaerdydd, cyn neidio mewn tacsi er mwyn cyrraedd adre'n gynt. Gyda'r haul yn codi dros y dref, gan oglais a difodi cysgodion oer y tai teras wrth wneud, cyrhaeddodd y Colomendy wap wedi deg y bore, a sylwi ar unwaith bod yr hen le wedi cael côt o baent. Roedd y waliau'n wyn fel y galchen, a fframiau du y ffenestri yn sgleinio, tra roedd arwydd newydd yn hongian uwch ben y drws.

Gwelodd ei frawd trwy'r ffenest yn aros amdano. Cododd Ceri law a gwenu fel giât, cyn diflannu o'r golwg, agor drws ffrynt y dafarn a'i wasgu fel arth. Dros ei ysgwydd, gallai Rob weld Sam yn aros ei dro. Ar ôl cael ei ollwng yn rhydd o gogwrn tro coflaid ei frawd, disgynnodd i'w bengliniau er mwyn cyfarch ei fab. Rhedodd Sam ato, cyn diflannu i freichiau ei dad, a lapiodd Rob amdano fel blanced gysur wedi'i nyddu o gariad pur. Wrth swsian ei ben ac ymgolli yn ei bersawr bachgennaidd, syllodd Rob ar Jen, oedd yn sefyll tu ôl i'r bar gyda gwên fach betrus yn goglais ei gwefusau a gwawr gynnes yn dawnsio o'i hamgylch. Gwenodd y ddau ar ei gilydd.

"Dewch 'ma, y ddau ohonoch chi!" ebychodd Rob, ac ystumio arni i ymuno yn y sgarmes deuluol.

Camodd Jen rownd ochr y bar, gan anwesu ei bol, oedd fel balŵn o dan ei dillad. Roedd Rob yn gwybod am y babi, wrth gwrs, ond dyma'r tro cyntaf iddo weld y bwmp. Ni chododd ar ei draed. Yn hytrach, tynnodd Jen ato, gan gusanu ei chanol a gadael i'r dagrau lifo. Ni allai gredu ei lwc. Camgymeriad arall, heb os, ond camgymeriad na fyddai'n ei esgeuluso'r tro hwn.

DIOLCHIADAU

Lisa, Elian a Syfi.

Pops.

Russ, Liz, Alaw a Dan.

Al Te.

Ozzie.

Ffion Dafis a Huw Stephens am eu geiriau caredig.

Meleri Wyn James, fy ngolygydd gwych.

Sion Ilar, am glawr cofiadwy arall.

Robat Trefor, y golygydd copi.

Lefi a phawb yn y Lolfa.

Hoffwn hefyd gydnabod cymorth ariannol
Cyngor Llyfrau Cymru.

NOFELAU ERAILL GAN YR AWDUR

Ffawd, Cywilydd a Chelwyddau (2006)

Ffydd Gobaith Cariad (2006)

Yr Ergyd Olaf (2007)

Mr Blaidd (2009)

Faith Hope & Love (2010)

Un Ddinas, Dau Fyd (2011)

Heulfan (2012)

The Last Hit (2013)

Y Ddyled (2014)

Taffia (2016)

Pyrth Uffern (2018)

Iaith y Nefoedd (2019)

Rhedeg i Parys (2020)

O Glust i Glust (2022)

Helfa (2024)